出来損ないと呼ばれた元英雄は、
実家から追放されたので
好き勝手に生きることにした
7

紅月シン

TOブックス

目次

出来損ないと呼ばれた
元英雄は、
実家から
追放されたので
好き勝手に
生きる
ことにした

これまでのお話

国々への侵略や陰謀を繰り返す正体不明の種族“悪魔”。その拠点であった大聖堂にて、悪魔と化した教皇を打ち倒したアレンたちは、ついに騒がしくも平和な日常を手に入れた——はずだったが、目覚めたアレンには、直前の記憶が全て失われていて……？

旅の仲間

アレン

ヴェストフェルト公爵家の元嫡男。神の祝福であるギフトを得られず、「出来損ない」とされ実家を追放された。前世では、異世界を救った英雄。今世の目標は、平穏な生活を送ること。

リーズ・ヴェストフェルト

アドアステラ王国第一王女。アレンの元婚約者。ギフト「星の巫女《オールインワン》」を持ち、傷を癒す異能ゆえに巷では聖女とも呼ばれている。本世界では、新教皇の付き人としてアレンの前に現れて……？

ノエル・レオンハルト

エルフの鍛治師。腕は一流以上。先天性のギフト・妖精王の瞳《グラムサイト》を持つ。本世界ではは唯一のハイエルフとしてエルフの長に。アレンと旅の道連れになるが……？

悪魔

世界に反逆するモノ。ギフトを持たず、スキルと呼ばれる力を用いる。

ソフィア

悪魔の女。アレンとは一時的に協力し合った仲。

ベアトリス・アレリード

王国最強の一角とされるリーズの専属近衛だったが、公爵家当主となったリーズの下で代理業務をこなしていた。

大聖堂

教会の総本山。あらゆる権威から独立して存在しており、絶対不可侵といわれる世界においての中立地帯。悪魔と手を組んでいた教皇はアレン達により滅ぼされたが……？

アマゾネス

イザベル

悪魔に囚われていたアマゾネスの村長。

クロエ

悪魔の拠点でアキラが拾ってきたアマゾネスの少女。ミレーヌの友人。

アンリエット

アレンが記憶をなくす前の世界では、元リンクヴィスト侯爵家の令嬢だった。前世は「神の使徒」。前世界での記憶を取り戻して、アレンを認識する。

アキラ・カザラギ

ギフト『勇者《ブレイバー》』を持つ、今代の勇者。異世界から召喚されたのち、アレンらと出会い共闘する仲となったが……？

ミレーヌ・ヘーグステット

悪魔の奴隷にされていたアマゾネスの少女。本世界ではノエルの従者に。

イラスト／ちょこ庵
デザイン／舘山一大

招待

「ここは並行世界なんかじゃねえです。アンリエット――ワタシとオメエがよく知る世界で、間違いねえです」

そう言って見つめ返してきたアンリエットの目は、アレンのよく見知ったものだった。

辺境の街の広場にできた人だかりの中、新教皇に随伴する聖女リーズの姿を認めながら、アレンの脳裏にある場面が蘇った――


――「――新教皇？」

耳慣れない言葉に、アレンは思わず首を傾げていた。

アレンが教皇を倒してからそれなりの時間が経ってはいるものの、次の教皇選びは様々な理由から難航《なんこう》しているという話だったはずだ。

まあ、別に教会と連絡を取り合っているわけでもないし、アレンの知らないところで次の教皇が決まっても不思議はないのだが……。

「……随分唐突な話じゃねえですか。新しい教皇が決まっただなんて、初めて聞いたですが？」

「そうですね、実際唐突に決まったらしいですから。そしてだからこそ、お披露目《ひろめ》を兼ねて就任のご挨拶を王都でする、ということみたいです」

「ふーん？　で、ヴェストフェルト公爵家の当主であるリーズもそこに呼ばれた、と？　……大丈夫なわけ？」

「……罠《わな》？」

「いえ、さすがにそれはないと思います。確かに教会の人達はわたしに、というか、わたし達に対し複雑な思いを抱いているとは思いますが、今更何かしてくるとは思えませんし」

リーズの言い分はもっともではある。

ただ、それでも何故か、釈然《しゃくぜん》としなかった。

アンリエット達の様子が訝《いぶか》しげなのも、おそらくは同じようなものを感じているからだろう。

「うーん……リーズが行かなくちゃならないんだよね？」

「はい。形だけの当主とはいえ、さすがにこれは人任せには出来ませんから」

「まあ、前の教皇はあんなんでしたが、教皇ってのは教会のトップですからねえ。さすがに無視するわけにはいかねえですか……」

「……でも、心配？」

「正直なところ、あまりいい予感はしないのよね。……まあ、あの教皇のこともあってってことは否定しないけど」

確かに、あの教皇のせいで教会に対し不信感のようなものを覚えていることは否定できない。

本人がいなくなったとしても、影響が完全になくなったわけではないはずだ。

ただ、今感じているものはそれともまた別のような気もするのだが……。

「……というか、リーズは不安みたいなのとか感じてないの？」

「え？　そう、ですね……言われてみれば、確かに。ですが、心配する必要はない、というか、むしろ、行かなくてはいけないような気がしているんです」

「……それはもしかして、啓示ってことですかね？」

「いえ……違う、と思います」

「思う、って随分曖昧じゃない？　それとも、啓示ってそういう感じなのかしら？」

「えっと……いえ、啓示というものは、授かった時にそうはっきりと分かるものです。少なくとも、わたしが授かったものはそうでした。ですから、今回のものは違うとも言えるのですが……」

「……断言は出来ない？」

「はい。結局のところ、感覚的なものですから。それに、啓示は頻繁に授かるものでもありませんし、その時々で得られる感覚も異なります。そもそも、わたしが最後に啓示を授かったのは結構前のことですから、正直どんな感覚だったのかも曖昧で……」

「そうなの？　確か、アキラに会いに行ったのは、その啓示が理由だったんだよね？」

「はい、ちょうどそれがわたしが授かった最後の啓示ですね。それ以後わたしが啓示を授かったことはないんです」

「なるほど……」

あれから色々あったわけだし、以前の感覚が曖昧になったところでおかしくはないだろう。

ということは、単にアレン達の取り越し苦労ということだろうか。

と、そこまで考えたところで、いや、と思い直す。

「別に啓示だったとしても安全だとは限らない、か……」

「むしろ、逆に安全じゃねえ可能性の方が高いと思うですよ？　啓示ってのは基本的にそういうやつですし」

「えっと……そうですね、それは否定できないと思います」

「なによ……じゃあ、駄目じゃない。行かない方がいいんじゃないの？」

「……やっぱり罠？」

「……いえ、たとえ危険なことが待ち受けていようとも、行かなければならない気がするんです。行きたい、と思うんです」

そう言ったリーズの顔は、梃子《てこ》でも動かない、と告げていた。

どうやら意思は固いらしい。

そんなリーズのことを眺めながら、アレンはふと横目でアンリエットのことを見つめた。

それは何となく思いついたことがあったからだが……さすがと言うべきか、アンリエットはその意図を察してくれたようだ。

さりげなく近づいてくると、小声で尋ねてきた。

「……なんです？　なにか気になることでもありやがったんですか？」

「まあ、割とどうでもいいことって言えばそうでもあるんだけど……僕が前世で受けてたのも啓示になるのかな、って思ってさ」

「あー……いえ、オメエが受けてたのは啓示とは違うですね」

「そうなの？」

未来に待ち受けている困難に対しての助言、というのがアレンの持つ啓示に対する認識だ。

アレンも前世でそういったものを受けることがあり、だからあれも啓示だったのではないかと思ったのだが……ではあれはどういうことになるのだろうか。

「んー……啓示っつーのはですね、助言ってよりは、軌道修正《きどう》、って言った方が近いんですよ。言い方は悪いですが、誘導《ゆうどう》、とかとも言えるですね」

「誘導……？」

「世界には、運命ってのがあるです。それは世界が辿るべき未来であり、定まった結末ですが、何せ世界単位の話ですからね。割と大雑把っていうか、最終的に辿り着くところは決まっていても、道中は割と曖昧なんですよ。ですから、辿り方次第ではよくなることもあれば悪くなることもあって……そんな状況で、なるべくよくなる方向に導こうとするのが啓示ってわけです」

「僕の場合は違った、と？　でも……」

「確かに、結果だけを言っちまえば同じです。ですが、本質的にはまったく別……っていうか、真逆なんですよ。オメエにワタシ達が求めたのは、運命の否定でしたからね。運命に従わせるための啓示とはまったく別物ってわけです」

「……なるほど」

それは確かに別物であった。

ただ、そういうことならば……。

「リーズのことは止めない方がいいってことかな?」

「うん?　何でです?」

「危ないかもしれないけど、結局はより良い未来に辿り着くための行動ってことだよね?」

「まあ、リーズが受けたのが本当に啓示だったんなら、って話ですがね。ただ、そうだとしても、別にあんま気にしなくていいと思うですよ?」

「え、なんで?」

なるべくリーズに危ない目にあってほしくはないが、かといって他がどうでもいいというわけでもないのだ。

何より、リーズ自身がそれを望みはしないだろう。

「より良い未来っつったところで、結局は運命が定めた範囲内での話ですからね。本当の意味でそれ以上の未来がないとは限らねえですし、それを考えたらオメエは気にする必要がねえじゃねえですか。何せオメエはそもそも運命を否定出来るんですから」

「そう言われても……それって前世の頃の話でしょ?　前は出来たからって今も出来るとは限らないわけだし……」

「オメエは何を言ってやがるんですか?　今もその力を持ってやがるんですから、出来るに決まってるじゃねえですか」

「今も持ってる……？」

「……あー、そういや、オメエにはっきり言ったことはなかったでしたっけ？　オメエに与えた権能の一つ、剣の権能《ワールド・エンド》。それは、別名神殺《かみごろ》しの剣って言ってですね、神を殺せるほどに剣の才を磨き上げ、至ったやつが持ってた力です。それによって神になる資格を得て、結果権能にもなったんですが……神を殺すってことは、運命を否定するってことと同義です。ですからオメエはやろうと思えば運命を否定出来るですし、実際だからこそ出来たんですよ」

「なるほど……そうだったんだ」

　正直なところ、驚きはあまりなかった。

　むしろあったのは、納得だ。

　そういうことだったのかと、何となく自分の右手を眺めた。

「ま、与えられたからって扱えるかはまた別の話ですし、オメエがやったことは間違いなくオメエの成果ですよ」

「フォローはありがたいけど、その辺は特に疑ってないかな。今更自分のやったことを疑いはしないよ」

「ふんっ……そうですか。ともかくそういうわけで、リーズが受けたのが啓示だろうが啓示じゃなかろうが、気にする必要はねえってことです。オメエはいつも通り、やりたいようにやればいいんじゃねえですか？」

「うん……ありがとう。そうするよ」

「そうしやがれです。何かあったら、出来る範囲でワタシも手を貸してやるですしね」

「え……？」

そこで驚いたのは、アンリエットが手を貸してくれるということに対してではない。

それは今更というか、疑うことすらなかったし、何も言わずともアンリエットは助けてくれるに決まっていた。

驚いたのは、わざわざアンリエットがその言葉を口にしたことで、その意味するところを理解できたからだ。

「……もしかして、アンリエットも王都に行くつもり？」

アンリエットは帝国の元侯爵家の当主である。

死んだことになっているとはいえ……いや、だからこそ、万が一にもその身元がバレるわけにはいかない。

新しい教皇がやってきて、リーズも呼ばれているとなれば、それなりの者達が王都には集まるはずだ。

アンリエットが向かうにはそれなりのリスクがあるはずだが……。

「何となく気になるですからね。リーズの言葉じゃねえですが……ワタシも行った方がいいって、そう感じるんですよ」

「……そっか」

元使徒の勘となれば、軽視は出来まい。

これは本気で警戒しておいた方がよさそうだ。

ミレーヌの言葉ではないが、本当に罠である可能性も考えておいた方がいいのかもしれない。

そんなことを考え、アレンはリーズのことを見つめながら、目を細め――。

思い出した記憶

「――っ」

瞬間走った頭痛に、アレンは思わず顔をしかめた。

しかしおそらくそれは、今まで忘れていた記憶を思い出したことによるものだ。

新教皇……その相手と、アレンは確かに以前会ったことがあった。

ただしそれは辺境の地ではなく、王都であったが。

「つまり……やっぱり罠だった、ってことになるのかな？」

「アレン……？　……いえ、もしかしてオメエ、記憶が？」

アレンの様子に、アンリエットもアレンに何があったのかを察したようだ。

探るような目に、頷きを返す。

「多分、全部思い出したと思う」

おそらくは、アンリエットの言葉が呼び水となったのだろう。

あるいは、先に全てを思い出したのだろうアンリエットの存在そのものが、か。

何にせよ、アレンは全てを思い出すことが出来たようだ。

ただ。

「結局のところ、どうしてこんなことになってるのか、ってことは分からないままなんだよね。僕の記憶にあるのは、王都で皆と一緒に新教皇に会った……というか、目にしたところまでで、次の瞬間には王都の宿屋で目覚めてたから」

少なくとも、アレンの主観ではそれが全てだ。

アンリエットの物言いからすると、アンリエットはもう少し何かを知っていそうだが……。

「いえ、ワタシが覚えてるのも大差はねえです。違いがあるとしたら、ワタシが目覚めた先は冒険者ギルドだったってだけで」

「冒険者ギルドで……？」

「オメエと違って、ワタシは記憶がなかったですからね。唐突にギルドで目を覚ましたところで、違和感すら覚えることはなかった、ってわけです。もちろん今となっちゃ違和感だらけですがね」

「……なるほど」

確かに、アレンが違和感を覚えたのは、全てでなかったとはいえ、記憶があったからだ。

そこにいるのが当たり前、という記憶を持っていたら、本来なら違和感を覚えるような状況でも何も感じない、ということになるのも道理であった。

「でも、そういうことなら、どうしてさっきは何かを確信したかのような言い方を？」

「そうですね……これは完全に感覚的なものなんですが……昔似たようなことが起こったのを見たことがあるから、ですかね。いわゆる、世界の改変ってやつを、です」

「世界の改変、か……かなり大変なことのように聞こえるけど？」

「そりゃ大変ですよ。本来は神の御業ってやつですからね。ただ、今回に限って言えば、それはそう難しいことでもねえです。──なにせ、その神本人がこの世界にいやがるんですから」

自分でも不思議なほどに、その言葉に対する驚きはなかった。

むしろあったのは、納得だ。

「……驚きやがらねえんですね？　これでも結構、衝撃的な事実を口にしたつもりなんですが」

「そうだね、そうなんだろうとは思うんだけど……ところで、一つ聞いてもいいかな？」

「……なんです？」

「あの新教皇なんだけど……」

それだけでアンリエットは何を言いたいのかを理解してくれたようだ。

諦めの混ざったような溜息《ためいき》を吐き出しながら、頷いた。

「……オメエの考えてる通りだと思うです」

「そっか……じゃあやっぱり、あの人が君の元上司ってわけだね」

使徒であった頃のアンリエットの上司──すなわち、神。

どうやら、そういうことであるらしかった。

「元上司、ですか……」

「今の君は使徒じゃないってことだったから、元上司って言葉が相応《ふさわ》しいんじゃないかと思ったんだけど……さすがにまずかったかな？」

「いえ……問題ねえと思うです。むしろ気に入ったですよ」

「そっか……ならよかった」

「……にしても、よく分かったですね？」

「うん？　ああ……確かにね」

アレンがいるところからは、顔がよく分からない程度には距離が離れている。

いや、そもそもアレンは神の顔をよく知らないため、目の前に立ったところでそうとは分からないだろう。

ただ。

「まあ、何となくっていうか……目にした瞬間にさ、気配をどこかで感じたことがある気がしたんだ。それも、王都で会うよりも前に、ね」

「……言われてみれば、そりゃそうですか。直接会ったことはねえはずですが、オメエの持つ権能とかも、実際のところアレ経由で与えられたものですしね。さすがにそこまでの権限はワタシ達にはねえですし」

「アレって……いいの、その言い方？」

「いいんですよ。所詮元上司なわけですし。それに……そもそも、本来アレはここにいないはずなんですからね」

「いないはず……？」

確かに神が降臨《こうりん》するというのは一大事であるし、本来あまり起こりえることではない。

だが……何となくアンリエットの言い方からは別の意味を含んでいるように感じた。

「単純な話ですよ。神っていうのは、一柱だけではねえです。無数……とまでは言わねえですが、多くの神がいて、それぞれの神には担当する世界ってもんが決まってるんですよ。で、この世界はワタシの元上司の管轄《かんかつ》外のはずなんです」

「それどころか、世界に何故か降臨した、ってこと？」

「管轄外の世界に何故か降臨した、ってこと？」

「それどころか、世界を改変した可能性が高い、です」

「……なるほど」

神というものに縄《なわ》張り争いというものが存在しているのかは分からないが、確かに普通ならば有り得ない状況のようだ。

ただ問題は、どうしてそんなことになっているのか、ということだが……。

「……ま、何が目的かなんてことは、これ以上考えたところで分からねえと思うです」

「まあ、そうだね……」

「というか……そもそも、考える必要がなさそうですが」

その言葉の意味を問う必要はなかった。

まるでアレン達の話し声が聞こえているかのように、新教皇がアレン達のことを見つめていたからだ。

偶然アレン達のいる方向を見ているだけ、という可能性もあるが……まあ、ないだろう。

間違いなく目が合っているし、その口元に浮かんでいる意味ありげな笑みが気のせいだと感じる余地を奪っていた。

「あれは、説明してくれる、ってことでいいのかな？」

「まあ、こっちの状況は理解してるでしょうしね。あるいは、最初からここまで予定通り、って可能性もありますが」

「……ま、それはどっちでもいいかな。どうせやることは変わらないし」

別に手荒な真似をするつもりはないが……それも結局は、これから次第か。

たとえ相手が神だろうと関係はないし、少なくとも遠慮するつもりはない。

そんなことを考える先で、まるで全てを見通すかのように、新教皇は口元に笑みを浮かべているのであった。

新教皇

簡単な挨拶《あいさつ》を終えると、新教皇達はあっさり民衆の前から立ち去った。

正直話していた時間は短く、話していた内容自体も挨拶を超えるものではない。

傍目に見たら何のために来たのか分からないほどで、ノエルやミレーヌも首を傾げていた。

「一体何しに来たのかしらね……？」

「……挨拶？」

「それはそうなんでしょうけれど、本当にそのためだけに来たのかしら？　教皇なら暇ってことはないでしょうし」

「……でも、それ以外にこんなところに来る理由はない？」

「そうなのよねえ……というか、そもそもそれだって、そんな理由で？　って思うようなものだし。逆に教皇になったばかりだから暇だったりするのかしら？」

　二人がそんな会話を交わしているのを横目に、アレンはアンリエットへと視線を向けた。

　確かにこの場にいる大半の人達には新教皇がここに来た理由は分からないだろうが――

「これって、ついていっていいのかな……？」

「さて……どうでしょうね？　まあ、あっちは気にしねえでしょうが……他からの印象は悪いんじゃねえですかね？」

「確かに……」

　熱心な信者だとでも思ってくれればマシな方だろう。

　出来るならば、それでも勘弁してほしいところだが。

「つーか、別にそこまで急いで追いかける必要もねえでしょうよ。アレの立場を考えれば、泊まるような場所はいくつもねえでしょうしね」

「なるほど……言われてみれば」

教皇が泊まっても問題ないような宿はこの街では限られる。

というか、アレンの知る限りでは一つだけだ。

王女であった頃のリーズも泊まっていた宿屋である。

そして、すぐにこの街から出ていく、ということもないだろう。

最後に一度、駄目押しとばかりにこちらを一瞥《いちべつ》してきたのである。

これで気のせいということはさすがにあるまいし、となれば、アレン達が訪ねていくのは想定内のはずだ。

あるいは、訪ねなくとも向こうからくる可能性もあるが、わざわざそれを待つ理由もあるまい。

「とりあえず少しだけ待ってみて、それから行くってことでいいかな？」

「そうですね。急がなくちゃならねえ理由はねえですが、なるべく早いに越したこともねえですし」

と、そんなことを話していた時のことであった。

「なに……？　これから貴方達どこかに行くわけ？」

どうやらこちらの会話はノエルにも聞こえていたらしい。

まあ、すぐそこにいるのだし、そこまで声を潜めていたわけでもないのだから、当然と言えば当然か。

もちろん聞かれたらまずそうなものはちゃんと周囲に気を配っていたが、今話していた内容ならば問題はない。

ゆえに少し考えた後で、素直に頷いた。

「うん。ちょっと新教皇に会いに行こうかと思ってね」

別にそのこと自体は隠す必要はない。

だが、さすがにノエルは驚いた様子であった。

「は……？　新教皇って、たった今ここにいたばかりのあの？」

「他に教皇って名乗ってる人はいないしね」

「……実は、熱心な信者？」

「そんなんじゃねえですよ。ただ、ちょっと気になったことがあって、それを尋ねに行くってだけです」

「え、アンリエットもなの？　さっきの話で何か気になることなんてあったかしら……？　というか、こんな気軽に会いに行けるような相手ではない気がするのだけれど……？」

「……結局何しに来たのかは謎と言えば謎？」

訝しげにアレン達のことを見つめるノエルだったが、不思議そうにしながらも、一応納得したらしい。

ふーん、と呟きつつ、それから何かを思いついたような顔をした。

「あ、そうだ、そういうことなら、私達も行っていいかしら？」

「ノエルも？　何か聞きたいことでも？」

「……何しに来たのか聞く？」

「違うわよ。私が用があるのは聖女の方。さっき何か言っていたでしょ？　何かやろうとしてるみたいだし、手伝えることがあるなら手伝おうと思って。でもそのためには、まず話をする必要があるでしょう？」

「……そうですか。随分友達想いですね」

「そんなんじゃないわよ。そもそも私達は友達じゃないし。ただ、色々と借りがあるから、返せるなら返そうってだけ」

「……友達じゃない、か」

その言葉に、アレンは思わず目を細めた。

ノエルの中では、それはただの事実なのだろう。

だが、この世界が並行世界などではない、アレンのよく見知った世界と地続きの世界であるというのならば。

やはりすぐにでも話を聞かねばなるまいと、改めて強く思った。

「ま、そういうことなら、別にいいんじゃないかな？」

「そうですね。そもそも、アンリエット達に止める権利はねえですし。どうせ同じ場所に行くなら一緒に行けばいいんじゃねえですか？」

「……わたしも行く」

「分かってるわよ。だから私達って行ったでしょ。別に護衛は必要ないでしょうけれど、敢えて離れる必要もないもの」

「……ん、ならいい」

そんな会話を交わす二人の姿に、アレンは再度目を細める。

それから、小さく溜息を吐き出した。

「さて、それじゃあ、行こうか。向こうも暇ってわけじゃないだろうし、先約が入っても面倒だからね」

そしてそう促《うなが》すと、四人で新教皇達が滞在しているであろう宿屋へと向けて歩き出すのであった。

†

予想通りと言うべきか、新教皇達はアレンの思った通りの宿屋に滞在していた。

ついでに言うと、会うのに苦労もしなかった。

宿で新教皇のことを尋ねれば、事前に話を聞いていると言われたのだ。

まあ、さすがにノエルからは怪しまれたが、何とか誤魔化すと新教皇が待つという部屋へと向かう。

ちなみに、リーズが泊まっている部屋とは離れているということで、途中でノエル達とは別れた。

実はリーズに関しても宿の人からは特に何も言われず、それどころかあっさり泊まっている部屋を教えられたのだが……そっちもそっちで予想していたということなのかもしれない。

ノエル達のこともリーズは気付いていただろうし、訪ねてくることも予想できているだろう。

あるいは、そこの手引きをしたのも新教皇なのかもしれないが――

「っと……余計なことを考えてる暇はなさそう、かな？」

「そうですね……ったく、中で堂々と待ってりゃいいものを。嫌味か……それとも、余裕ってやつですかね？」

吐き出すようなアンリエットの声に、応えがあった。

アレン達が視線を向ける先、向かっていた部屋の前に立っていた人物が、肩をすくめたのだ。

「――心外だなぁ。ボクとしては、ただ単にキミ達を歓迎しようとしただけだっていうのに」

そう言ってその人物――新教皇は、まるで本当に歓迎しているかのように、その口元に笑みを浮かべたのであった。

世界の改変

新教皇の姿は、一見するとただの人間に見えた。

それは最初に目にして以来、変わらぬ印象だ。

だが、それでいながら、アレンは同時に思う。

間違いなくアレは、人では有り得ない、と。

「……分かっていたことではあるけど、どうやら友好的ってわけにはいかないみたいだね。これでもボクとしては本気でキミ達に対しては友好的にしているつもりなんだけど」

そう言って肩をすくめる新教皇のことを、アレンは油断なく見据えた。

どれだけ親しげな言動を取ろうと、相手は文字通り次元の異なる存在だ。

根本的なところで価値観が異なる以上、額面通りに言葉を受け取るのは危険すぎる。

何より、現状を招いた元凶である可能性が高いのだ。

何をされても不思議ではないことを考えれば、警戒するのは当然のことと言えた。

「うーん……ボクとしてはキミ達にも友好的にして接してほしいんだけど……ま、その辺は追々ってところかな。それよりも、まずは部屋の中に入ろうか。キミ達が何をするつもりで来たにしろ、さすがにこんなところで立ち話をするつもりはないだろう？」

それはもちろんだが……果たして素直に従っていいものか。

とはいえ、ここで引き下がったところで意味はあるまい。

アンリエットと視線を交わすと、頷き合った。

「うんうん、相棒って感じでいいね。……キミの願いは無事叶ったってわけかな？　ボクとしても嬉しい限りだよ」

と、その様子を眺めていたらしい新教皇から茶々が入った。

アレンとしては別に何も思わなかったのだが、アンリエットは思うところがあるのか、顔をしかめると、新教皇を睨みつけるように見つめた。

「……戯言《ざれごと》を聞くつもりはねえです。つーか、アンリエット達が何しに来たかなんて、わざわざ言うまでもねえでしょうに」

「ボクとしては、キミ達と親交を深めることもやぶさかではないんだけどね。特に、ボクはこれまでずっと一方通行だったからさ。こうして言葉を交わせることは本当に嬉しいんだよ？　ねえ――元英雄君？」

真っ直ぐに見つめながら告げられたその言葉は、意外と本心なのかもしれないと思った。

しかしそうだとしても、アレンの態度は変わらない。

「……残念ですけれど、今の僕はただのアレンです。そして、無駄話をするつもりもありません」

「うーん……色々な意味で固いなぁ。まあ、無理強いしても意味はないしね。分かったよ、アレン君。それと、アンリエット……いや、アンリエットちゃん、の方がいいかな？　今のキミはボクの使徒ってわけではないんだし」

「……アンリエット、でいいですよ。ちゃんとか付けて呼ばれると鳥肌《とりはだ》が立ってしかたねえです」

「つれないなぁ。ま、そういうところもキミらしくはあるけど。さて、ともかく、アレン君とアンリエット、そろそろ部屋に行こうか。なに、そう警戒しなくても何もしないさ。繰り返すけれど、ボクはキミ達には胸襟《きょうきん》を開いているつもりなんだからね」

ならば、何故、世界の改変《こんなこと》をしたのか。

そう問い詰めたくなったが、この場でするようなことではあるまい。

自分を落ち着けるために、一つ息を吐き出した。

「……分かりました。確かに、しっかり腰を据えて話すべきことですし、まずは部屋に行きましょうか」

「んー……別に改まって話す必要はないんだよ？　キミは信徒ってわけでもないんだし、ボクとキミは立場的には同格なんだからね」

「……そういうわけにはいきませんよ」

神ということを差し引いて考えても、相手は教皇という立場である。

対して、アレンのこの世界での立場ははっきりしておらず、よくて一冒険者といったところだろう。

同格などでは有り得ない。

まあ、もちろんと言うべきか、線引きの意味合いが大きいが。

そしてそれは向こうも分かっているのだろう。

それ以上言うことはなく、ただ肩をすくめた。

「ま、これからに期待といったところかな。互いを理解するためには、まず言葉を重ねないと、だしね」

そんなことを言いながら部屋の方へと歩いていく新教皇の後を追うように、アレン達も歩き出した。

が、それも部屋の中に足を一歩踏み入れるまでだった。

その瞬間、違和感に似たものを覚えたからだ。

「――っ。今のは……結界？」

「……しかも、かなり強力なものですね。アンリエット達をこの場から逃がさないつもり、ってことですか？」

「それはさすがに穿《うが》ち過ぎというか、警戒し過ぎというものだよ。ここで話そうとしていることを、万が一にも他の誰かに聞かせるわけにはいかないだろう？　だから、少しだけ強力な結界を張ったってだけのことさ」

「……少しだけ、か」

呟きながら部屋の中を見渡し、確かに、と思う。

これを少しだけ、と言ってしまっていいものかは迷うところだが、実際のところ、やろうと思えば脱出できないほどではない。

となれば、警戒しすぎだと言われてしまうのも無理はないことではあった。

「……確かに、ちと言い過ぎだったみてえですね。ですが、それも仕方ねえことだと思うですが？　そっちがやったこと――いえ、今もやってることを考えれば」

「うーん……まあ確かに、今のキミ達が置かれている状況を考えれば警戒するのも当然だとは思うんだけど……そうだね、まずはその誤解から解こうか」

「誤解、ですか……？」

「うん。まあ、端的に結論から言ってしまうとだね――この世界をこんな風にしたのは、別にボクの仕業《しわざ》じゃないいってことさ」

一体何を、と思ったものの、どうやら本気で言っているようであった。

少なくとも、アレンの目には嘘を言っているようには見えない。

そしてそれは、アンリエットにとっても同じだったようだ。

戸惑ったように新教皇のことを見つめる中、当の本人は悠々と部屋の中を横切ると、窓辺の椅子に腰かけた。

「まあ、状況から考えれば、ボクの仕業だと考えるのも無理はない……というか、当然だろうけれどね。でも、これは本当に、ボクがやったことではないんだよ」

「……世界を書き換えるなんてこと、神の力以外で出来るわけがねえと思うですが？」

「うん、そうだね。それも確かだ。でも、神の力を使えるのは神だけとは限らない。そのことは、キミ達が一番よく分かっているだろう？」

それは確かに、その通りではあった。

他ならないアレン自身が、神の力である権能を身に宿しているのだ。

ならば、その言葉を否定できるわけがない。

「神の力が使われたからといって、神が力を使ったと考えるのは早計、ということですか。それは確かにそうかもしれませんが……ならば、神がこの世界に降臨しているのも関係ない、と？」

「いや？　ボクはあくまで、キミ達が今回の件の主犯をボクだと考えているようだから、それを訂正しようとしているだけさ。実際関わっていないのかと問われたら、それはノーということになるしね。まあ、そうは言っても一割……いや、精々《せいぜい》が二割程度かな？　最初の一歩の手助け、あるいは最後の一歩の後押し。ボクがしたのは基本的にはその程度のことだし」

「……結局のところ、アンリエット達が問い詰めるべき先だってことに違いはねえ気がするんですが？」

「そうだね、それも否定はしないよ？　だけど、ボクが一体何をしたのか、ということが分からなければ、問い詰めようもないだろう？　ボクは別に、誤魔化すつもりもなければ、嘘を吐くつもりもないんだよ。ただ、建設的な話し合いがしたいってだけでね」

「建設的な話し合い、ですか……」

本当にそんなことが可能なのだろうか。

この世界がアレンの知っている世界であり、だが改変された結果の世界だというのならば、アレンは元の世界に戻したいと思っている。

主犯でないということが事実なのだとしても、関わっていることに違いがないのならば、新教皇とアレンは敵対関係にあるということだ。

無論、だからといって話し合いが出来ないとは言わないし、色々と聞きたいことがあるのも確かだが……建設的な話し合いが出来るのかどうかは、別の話だろう。

「ま、とりあえずは、キミ達も座ったらどうだい？　どうせすぐに話が終わるってこともないだろうしね。もっとも、キミ達がボクとの話し合いの席に着きたくはない、というのならば仕方ないけれど」

一瞬、迷った。

正直なところ、状況はあまりよろしくない。

分かっていることは少なく、この状況で話をしたところで、相手に一方的にペースを握られるだけだろう。

だが、不利な状況など分かりきっていたことだ。

多少想定とは違っているが、ここで引いたのでは何のために来たのか分かったものではない。

アンリエットに視線を向けると、同意するように頷きを返してきた。

アレンも頷くと、新教皇に示された椅子へと進む。

そしてアンリエットと二人して座れば、新教皇は満足そうに笑みを浮かべた。

「うん、そうこなくちゃね。帰られてしまったらどうしようかと思ったよ」

「……よく言いやがるです。別にそうなったところでそっちには何の問題もねえでしょうに」

「いや、そうでもないさ。というか、そうなっていたらボクとしては非常に困っただろうね」

「困った、ですか……？」

「うん。キミ達はどうやら勘違いしているみたいだけれど、別にボクはキミ達に対し上の立場に立っているわけじゃないんだよ。というか、キミ達はもう少し自分の立場というものは自覚した方がいい。この世界がこうなったのは、まさにそれが理由でもあるんだから」

「……それは、どういう意味ですか？」

それは聞き捨てならない言葉であった。

それではまるで、アレン達に原因があるかのようではないか。

「どういう意味も何も、まさにキミ達に原因があるのさ。というか、キミ達に聞いてみたいんだけど、キミ達はこの世界を何だと思っているんだい？」

「何……と言われましても……」

分かるのは、アレンの知っている世界とは似ているようで似ていないこと、そしてアレンのことを知る人が一人もいなかったということぐらいだ。

正直なところ判断材料がなさ過ぎて、何とも言えない。

だが、そう思ったのはアレンだけだったようだ。

新教皇はもとより、アンリエットからも何かを言いたげな気配を感じたのである。

「アンリエット……？」

「うん、どうやらアンリエットは気付いたみたいだね。いや、それとも、最初から分かってたのかな？」

「……さすがに最初から分かっちゃいねえですよ。ただ、何となくそうなんじゃねえかとは思ってて、で、さっきの言葉で確信を得ただけです」

「そっか……まあそれでも、さすがって言うべきかな？　気付いたのは、使徒としての経験と、今の世界の記憶もあるからかい？」

「……んなとこです」

そう言いながら溜息を吐き出すあたり、今の状況はアンリエットにとってよっぽど不本意なもののようだ。

果たして正確にはどんな状況になっているのだろうかと考え、しかしそれよりも先に新教皇が口を開いた。

「ま、別に勿体ぶることじゃないから答えを言っちゃうとだね、今の世界は本来この世界が辿《たど》るはずだった未来、それに限りなく近付けた世界なのさ」

「本来この世界が辿るはずだった、未来……？」

「うん。この世界はそこから随分かけ離れちゃったからね。他でもない、キミとアンリエットによって、さ」

その言葉があまりにも真っ直ぐに向けられてきたからだろうか。

いくらでも反論は出来るだろうに、何故かそれが口から出ることはなかった。

「うん、もちろん分かってるさ。キミにそんなつもりはなかっただろうってことぐらいはね。でも、残念ながら自覚の有無は関係ないんだよ。大事なのは結果だけ――キミが活躍した結果、この世界の未来は本来有り得ないはずの道をたどることになってしまった、っていう事実だけさ」

あるいは、その言葉に感情が込められていたら、アレンの感じ方も変わっていたのかもしれない。

だが新教皇は淡々とその言葉を口にした。

まさに、事実を述べているだけだとでも言うかのように。

「あと、一つ言わせてもらうならば……キミは確かにそのことを知らなかったのかもしれない。でも、予測がまったく出来なかった、とは言わせないよ？　記憶を持ったまま他の世界に転生するということは、その世界に異物を持ち込むのと同様だ。しかもキミの場合は、世界を救えるほどの力付きだからね。キミが望むままに力を振るえばこの世界にどれほどの影響を与えてしまうか。少し考えるだけでも、容易に想像が付くはずだよ？」

「……それは」

それは確かに、否定しきれなかった。

自分がどれほどの力を持つのかということを、アレンはしっかり自覚していた。

あるいは、ずっとこの力を使ってこなかったのは、その辺のことを無意識にでも理解していたのもあったのかもしれない。

自分が力を使ったらどうなるのか、ということを。

もっとも、言ってしまえばアレンの力は目の前の人物から与えられたものでもあるのだが……そこで責任転嫁するほどアレンは恥知らずではない。

とはいえ、それでも何と返せばいいかと迷っていると、それよりも先に横から言葉が飛んできた。

「――待ちやがれです」

「うん？　どうしたんだい、アンリエット？」

「黙って聞いてりゃ、結局何が言いてえんです？　つーか、そのことでアレンを責めんのは筋違いってもんですよ？　そもそも、その辺のことはこの世界を管理してる神から許可もらってるですからね」

「え……そうなの？」

目の前の新教皇も神ではあれど、この世界は管轄外だと言っていたこと。

それを考えれば、別の神のことなのだろうが……そんなことまでしていたとは。

感心したように呟くと、アンリエットは呆れたように溜息を吐き出した。

「当たり前じゃねえですか。ワタシがその辺のことを想定してねえとでも思ってやがるんですか？　転生すること自体もそうですが、全てひっくるめて承知してもらえたからこそ、アンリエット達はこの世界に転生出来たんですよ。ですから、この世界に影響を与え、その結果本来辿るはずだった未来からずれた今に辿り着いたとしても、文句を言われる筋合いはねえんです」

「うん、その辺の話はもちろん僕も知っているさ。むしろ、積極的にそれを望んでいた、ということもね」

「積極的に望んでいた、ですか……？」

「さっきから言ってるように、神ってのはその世界が辿る未来――運命ってのを大体知ることが出来るらしいですからね。で、大方それが望んだ通りのもんじゃなかったってことでしょうよ」

「そういうことだね。でも、望ましくないものだとしても、ボク達はそれに直接干渉することは出来ない……いや、するべきではない、って言うべきかな？　運命っていうのは、世界が辿るべき最善の未来だからね。少なくともボク達では、それ以上の未来は用意出来ない。だからこそ、運命と呼ばれているのだから」

「そんで、だからこそ、どうしようもない運命しか待っていないんだとしたら、それを打倒できるやつに託したりすることもある、ってわけですよね？」

そう言ってアンリエットが視線を向けてきたのは、そういうことだろう。

前世のアレンこそが、新教皇である彼――神にとっての強硬策だったということだ。

「で？　自分は同じことをやったのに、他のやつは許さねえとか言うつもりですか？」

「もちろんそんなことを言うつもりはないさ。ボクはそこまで傲慢ではないつもりだからね。でも、自分がそうだったからこそ、分かることもあるんだよ」

「分かること……何がです？」

「――少し軽率過ぎた、ということさ。アレン君のことを、分かっていなさ過ぎたんだよ。ま、仕方ないことではあるし、人のことを言えた義理でもないんだけど」

そう言って肩をすくめた新教皇の姿は、妙に人間臭く感じた。

少なくとも、嘘は言っていないように思える。

だが、それでも……あるいは、だからこそか、アンリエットは気に入らないとでも言いたげに眉をひそめた。

「……で、結局何が言いてえんです？　神が軽率だったってんなら、やっぱりアレンのことを責めんのは筋違いだと思うですが？」

「ああ、うん……というか、ボクは最初からアレン君のことを責めてはいないよ？　さっきから言っているのは……そうだね、ボクなりの忠告というやつさ。アレン君、意外とそういうの気にする質《たち》だろう？」

そんなことはない、とは言い切れなかった。

最初から分かっていれば別だが、実は運命を捻じ曲げていた、と後から言われてしまうのは、何とも座りが悪い。

そういう意味では、確かにこれからにも関わる忠告をくれたのはありがたかった。

「……忠告、ありがとうございます」

「どういたしまして、さ。まあ、それはそれとして、って感じみたいだけど」

「当たり前じゃねえですか。それとも、恩に着てほしかったんですか？」

「そうだね……恩を感じてくれて、ボクの考えに賛同してくれたら一番だったかな？」

「思ってもねえことをよく言いやがるです。つーか、そもそもその考えとやらが分からねえんじゃ賛同もクソもねえじゃねえですか」

「まあ、それは確かにね。じゃあ、まずはそれを分かってもらうためにも、話を戻そうか」

戻す、とは言うが、今していた話もそこまで本筋から外れていたようには思えない。

いや、ともすれば、そこまで含めて予想通りの可能性もあった。

考えすぎかもしれないが……何せ相手は神である。

警戒しすぎて困るということはあるまい。

だがそんなアレンの態度を見透かしたように、直後に新教皇が話を振ったのはアンリエットの方であった。

「ところで、確認しておきたいんだけど、アンリエットはそっち側の立場、ということでいいのかな？」

「……なんです？　立場も何も、まだろくに話も聞いちゃいねえですし、たった今、だから話を聞くって流れだったと思うですが？」

「アレン君が相手ならば、そうなるだろうね。だけど、アンリエット、キミは違うだろう？　キミは話を聞くまでもなく、ボクの考えてることが大体理解出来ているはずだ」

「っ……それは……」

「キミとの付き合いは何だかんだ長いからね。ボクが考えるようなことは大体分かるし、転じて状況等に関しても大体分かっているはずだ。まあ、さすがに確証を得るところまではいっていないだろうから、ボクの話を聞きたいっていうのも嘘ではないだろうけれど……それでも、立場を決めることぐらいは出来るだろう？　だから、尋ねたのさ」

アンリエットが言いよどんでいるあたり、新教皇の推測は正しそうだ。

とはいえ、それだけならば言いよどむ必要はないはずだが……何かある、ということか。

「……元使徒なら、元上司を尊重しろ、とでも言いやがるんですか？」

「いや、別にそういうわけじゃないんだけれど……ふっ、元上司、か。なるほど……面白い言い回しだね」

そう言って笑みを漏らすあたり、アンリエットと感性が近いのかもしれない。

響きが気に入ったのか、口の中で何度か言葉を転がした後、気持ちを改めるようにアンリエットを見つめた。

「まあ、元上司のボクとしてはそうしてくれた方がありがたいけれど、もちろんそうじゃないよ。むしろ逆さ。キミはこの世界に転生した時点で、使徒という立場は捨てているんだからね。キミは自分の意思を一番に考えていいし、そうしなければならない。それはキミの権利であり、義務だ。そしてだからこそ、確認しているのさ。それは他の誰でもない、キミ自身の望みなのか、とね」

笑みを引っ込め、真っ直ぐに見つめながら発されたその問いは、心からのものであるように思えた。

アンリエットも同じように感じたのか、真剣な顔で少し俯き、それからはっきりと頷いた。

「……当然です。つーか、そもそもワタシは、世界の改変ってのが嫌いなんですよ。それはその世界で頑張ってきたやつら全てを侮辱《ぶじょく》する行為です。そんなこと、ワタシは絶対許さねえです」

「そっか……うん、いい答えだ。元使徒らしくはないけれど、とてもキミらしい」

それなりに覚悟を込めたのだろうアンリエットの答えは、あっけらかんとした様子で肯定された。

ただそれは、彼女を軽く見てのことではないのだろう。

主張を違えてはいても、意見を尊重するぐらいの信頼関係はある。そう言っているように感じた。

「さて……それで、ついでってわけじゃあないんだけど、アレン君の方も世界の改変については同意見、ということでいいのかな？　ああ、もちろん今の時点では分からないことも多いだろうけれど、彼女との会話を聞いた今の時点では、って感じで。念のためにさ」

「……わざわざ聞くまでもねえと思うですがね」

「分からないだろう？　ここまでの話を聞いて考え直した可能性もある。そしてそれならば、改めて話をする必要もなくなる……というか、話をした結果やっぱり、ってなっちゃう可能性もあるからね。とりあえず今の時点の考えを聞くのは大切さ」

それは冗談交じりではあるが、半分ぐらいは本気のようにも感じた。

出来るだけ敵対したくないと考えてのことなのか、あるいは、それだけの何かがあるということか。

考えつつも、少なくとも現状では考えが変わる余地はない。

「……僕の方は、アンリエットほど立派な理由じゃありませんけどね。僕は言ってしまえば、個人的な理由ですから。今の世界は気に入らないというか、元の世界の方がいいというか。それだけです」

「へえ……個人的な理由、か。そういうことなら、ボクとしては正直意外かな」

それは本気で意外に思っているような声音であった。

だがアレンとしてはどこに意外に思うところがあるのか分からず、首を傾げる。

「意外、ですか……？」

「うん。ボクはてっきり、キミはこの世界のことを気に入っていると思っていたからね」

「……それは何故ですか？」

「うん？　だってそうだろう？　この世界ならば、キミはキミの夢を叶えることが出来る――真の意味で、平穏な生活というものを送ることが出来るんだから」

「――っ」

一瞬言葉に詰まったのは、確かにその考えが頭をよぎったことがあるからだ。

アレンのことを誰も知らないのであれば、誰にも何にも邪魔されることなく、真の意味で平穏な生活を送ることが出来る、と。

しかし。

「……別にそれは元の世界でも叶えることは出来ますし、何なら既に手に入れていましたが？」

「いいや？　まあ確かに、一時的にならば手にすることも可能かもしれないけれど、ずっとというのは無理というものさ。キミが手に入れたと思っていた平穏は、そう遠くない未来に壊れていたよ」

「……言い切るじゃねえですか。まるで見てきたように言うですね」

「なに、簡単な話だよ。何せアレン君は偉業を為しすぎたからね。まだ知る人ぞ知るという感じだったけれど、遅かれ早かれその存在は多くの人が認知することとなっただろう。そしてそうなれば、あとはもう一直線だ。キミは再び、英雄に祭り上げられる」

決して強い口調だったわけではない。

だが淡々とした口調だったからこそ、事実を並べているにすぎないのだということが、嫌でも分かった。

「断言しよう。あのままだったらキミは、確実に平穏とは程遠い生活を送ることになっていた、と」

そこで、新教皇はほんの少し目元をやわらげた。

それはまるで、心配する必要はないとでも言っているかのようで――

「でも、この世界ならば、キミの望みを叶えることが出来る。言っただろう？　今の世界は、本来この世界が辿るはずだった未来――キミが存在しなかった世界を再現している。だからキミのことを知る人はいないし、そもそも存在していたという事実がない。こう言ってはなんだけど、今のキミは完全にぽっと出の人間なんだよ」

「……もちっと他に何か言いようがある気がするんですが？」

「ボクもそう思ったけど、まあ、言い方なんてどうでもいいだろう？　要するに、今のアレン君は自由の身だってことさ」

「僕が存在していたって事実がないから、僕が何かをしたって事実もなくなってる、ってわけですか」

「なくなったのは、あくまで君がしたってことに関してだけだけどね。起こった事実は変えられないから、今までキミが為したことは全て勇者が為したことになっている。まあ、見方によっては手柄が横取りされたとも言えるけど……キミはそういうの気にしないだろう？」

「確かに気にしませんが……」

気にはしないが、少し迂遠なようには感じた。

もう少しやりようがある気がするのだが……。

「言っただろう？　起こった事実は変えられない、とさ。それは文字通りの意味なんだよ。改変とは言っても、要は組み換えみたいなものでね。基本的にはあるものをなかったことには出来ないし、ないものをあったことにも出来ない。今回は世界の本来の運命を基にしたから割とそっち側に寄せることに対しての融通は利いたけれど、それでも影響力が大きい出来事なんかは、解決した人を差し替えるぐらいしか出来なかったんだよ」

「……あったものをないことには出来ないのに、僕の存在はなかったことに出来たんですか？」

「これも言っただろう？　あくまで、基本的には、ってのと、本来の運命に寄せることに対しては割と融通が利いた、って。そもそも、キミの存在に関しては、前提条件だったしね。キミが存在してたら、どこで何をしていようと、キミは確実に世界に影響を及ぼす。今のこの世界に辿り着くには、キミの排除は絶対だったのさ」

別にそんなことはないだろうと思ったのだが、アンリエットの方を眺めると無言で肩をすくめられた。

どうやらアンリエットもその件に関しては異論はないらしい。

解せぬ。

「……先ほど、僕だけじゃなくてアンリエットもこの世界に影響を与えていた、みたいな話をしていましたが？」

「うん？　ああ、キミとアンリエットの差かい？　確かに、アンリエットもかなり世界に影響を与えてはいたね。アンリエットは割と無自覚に人をたらしちゃうからさ、それが回り回って結構な影響は出ていたんだよ」

「……たらした覚えとかねえんですが？」

「ね？」

それに関しては何とも言えなかったので、無言を貫いた。

アンリエットから納得いかなそうな視線を向けられたが、先ほどの仕返しとばかりに肩をすくめて返す。

実際アンリエットは割とそういうところがあるので、否定はしきれまい。

「ま、実際のところアンリエットが最も影響を与えたのは、エルフに対してなんだけどね」

「エルフが……？」

「アンリエットがエルフに手を貸した結果、エルフ達は少なからず自立という手段があることを知った。そしてその結果、生き残りの王の血筋を探す、という出来事が起こらず、結果本来エルフの王になるはずだった少女が――キミもよく知るノエルちゃんが探し当てられず、エルフの王どころか鍛冶師になってしまった。本来なら彼女には勇者の支援っていう大切な役目もあったんだけど……ま、そんな感じでね。アンリエットがこの世界に与えた影響はそれなりに大きいのさ」

「……ワタシは別に大したことはしてねえですよ」

「キミは本気でそう思っているのだろうけれど、彼らがどう感じたのかはまた別、というわけさ。世界への影響もね。ただ……それも結局のところは、アンリエットに使徒だった頃の記憶があるからだ。記憶がなければ、性根は変わらずとも取れる手段っていうのは大きく変わるからね。結果、アンリエットはそれだけで十分だったたってことさ。ま、これも結局は、アレン君の存在をなかったことにした影響でもあるんだけどね」

「僕の存在が……？」

アレンの存在とアンリエットの記憶に何の関係があるのだろうか。

特に関係性はないような気がするが……新教皇は、いいや、と首を横に振った。

「大いにあるとも。アンリエットが記憶を保持したまま転生したのは、キミがいたからだ。いざという時キミの助けになるには、使徒だった頃の記憶は必須だからね。だから逆に言うならば、キミがいないならアンリエットは記憶の保持をしたまま転生する理由がなくなるのさ」

「……変なこと言いやがるなです。んなことねえです」

「と言っても、キミは実際今の世界で記憶を失っていただろう？　その事実が存在しているのに否定したところで、説得力がないさ」

それ以上何も言わないことを考えると、どうやら否定しきれないことであるらしい。

しかしこういう場合、アレンは何を言えばいいのだろうか。

「えっと……ありがとう、でいいのかな？」

「うるせえです。何も言うなです。つーかさっさと話を先に進めろです」

「ま、確かにそれもそうだね。で、どこまで話したっけか……ああ、そうそう。そういうわけで、今のこの世界は、キミが自分の願いを叶えるのに最適ってわけさ。ちょっとした騒動は起こっちゃったみたいだけど、その程度ならば問題ないだろうし。少なくとも、キミがしっかり自覚を持てば、世界に影響を与えるようなことはないだろう。……さて」

そこまで告げた後、新教皇はアレンの目を真っ直ぐに見つめてきた。

その瞳に映っている自分の姿を眺めながら、小さく息を吐き出す。

「――それなのに、キミはこの世界を否定するというのかい？」

本当ならば、即座にそうだと頷くべきだったのかもしれない。

だが、ふと思ってしまったのだ。

それでいいのか、と。

少なくとも、新教皇は嘘は言っていないようであった。

そして、アレンも新教皇の言っていることを否定しきれなかった。

あの世界であのまま過ごしていたとして、果たして平穏な生活をずっと続けることは出来たのか。

出来た……してみせる、という思いと、確かに無理だったんじゃないだろうか、という思考が交差する。

少なくとも、絶対大丈夫だと自信を持って言うことは出来なかった。

それに、もしも自信を持って言えたところで、結局のところそれは、アレンのわがままなのだ。

アレンはあの世界の方がよかったと思っているが、新教皇曰く今の世界の方が本来の未来に近いのだという。

運命とは、世界にとって最善な未来なのだという話だ。

アレンが引っ掻き回してしまった結果訪れたのがあの世界で、今の世界の方が正しい姿だというのならば……アレン以外の者にとっては、今の世界の方が望ましいのではないだろうか。

いや……あるいはそれは、アレンにとってさえ。

そんな考えが、頭から離れなかった。

「ま、すぐに結論を出す必要はないさ。というか、極論キミ達がこの世界を否定したところで意味はないしね」

「意味がない、ですか……？　それはつまり、貴女が立ち塞がるから、と？」

「いいや？　ボクは関係ないよ？　事はもっと単純な話でね、文字通りの意味でどうしようもないのさ。改変っていうのは、言ってしまえば世界の上書きだからね。真っ白い紙に墨を塗りたくったとして、その紙を元の真っ白い紙に戻すことは出来るかい？　改変っていうのは、そういうことなんだよ。元の世界に戻すことは出来ないんだ。それこそ、ボクでもね」

「……嘘を吐いてるわけじゃねえみてえですね」

「もちろんさ。そんなことをしたところで意味はないからね」

そう言って肩をすくめる新教皇のことをジッと見つめるも、確かに嘘を吐いているようには見えなかった。

しかし、そういうことならば――

「……話を聞いてる限り、話し合いをする余地は最初からない気がしますが？」

元の世界に戻すことが出来ないのであれば、確かにこの世界を否定したところで意味はない。

アレン達が何をしようと無意味なのだ。

そしておそらく、それは正しいのだろう。

ならばこそ、これ以上話すようなこともないはずであった。

だが、そこで新教皇は首を横に振った。

「いやいや、そんなことはないさ。というか、ここまでの話は前座というか、前提事項でね。それを知った上で、キミ達と……特にアレン君とは話し合いをしたかったんだよ。厳密には、お願いをしたかった、ということになるかもしれないけれどね」

「僕にお願い、ですか……？　一体何を……？」

この世界に存在していなかったことになったアレンに出来ることなど、多くはあるまい。

そもそも、教会の頂点に立つのであれば、かなりの権力を振るうことが出来るはずだ。

教皇に出来ないことなどそうないとは思うが……。

「うん、といっても、これは難しい話でもなくてね。というか、すごく単純で簡単な話さ」

「……本当に何を？」

「なに……キミには、是非とも願いを叶えてもらいたいのさ。誰にも、何にも邪魔されることのない、平穏な日々を過ごしてほしい」

「それは……」

そんなことは、わざわざ言われるまでもないことであった。

今となっては、そうする以外にない、とも言うが――

「いや……もっとはっきり言おうか。――キミには、何もしてほしくはないのさ」

「……なるほど」

そういうことかと、頷く。

何を言いたいのかを、ようやく理解した。

「キミはこの世界の誰よりも強大な力を有している。キミがその気になれば、出来ないことなんてないだろう。だからこそ、君には何もしないでほしいんだ」

「何かをすれば、また世界に影響を与え、運命を歪めてしまうから、ですか……」

「んー……そうとも言えるんだけど、厳密にはちょっと違うかな？」

「何が違うってんです？　結局はそういうことじゃねえですか」

「まあ、最終的な結果だけを見ればそうなるんだけど……ほら、アレン君が力を振るう時っていうのは、基本的には誰かのためだろう？　つまりは、誰かの手助けってわけだけど……アレン君の手助けっていうのは、基本的にはこの世界の者にとって真の意味での助けにはならないんだ。いや、それどころか、時には害悪とすら成り得てしまう」

「害悪……？」

「キミの力は、それほどまでに大きすぎるんだよ。それこそ、成長の余地を奪ってしまうほどにね」

　そんなことを言われても、アレンとしてはよく分からなかった。

　いや、何を言いたいのかならば、何となくは分かる。

　障害をアレンが排除してしまうことで、その障害を乗り越えることで得られるはずだった成長の妨げとなってしまう、ということだろう。

　だが、それは――

「一つ、例を挙げようか。キミは勇者――アキラちゃんのことは知っているだろう？」

「もちろんですが……彼女が何か？」

「赤龍王《せきりゅうおう》、という名をキミは……いや、キミは知らなかったかな？　まあ、キミとアキラちゃんが出会った時にキミが倒した龍のことなんだけど……アレ実は、アキラちゃんが倒すはずだったんだよね」

「そうなん、ですか……？」

あの時のことは、もちろん覚えている。

そしてだからこそ、その言葉には疑問しか湧かなかった。

確かにあの時のアキラはどちらかと言えば囮《おとり》役ではあったが、倒す気がなかったわけでもないはずだ。

しかし。

「……正直なところ、倒せそうには思えなかったですが？」

「そうだね……キミの見立ては正しい。あの時点でのアキラちゃんに、正直勝ち目はなかった」

「勝ち目がなかったんじゃ駄目じゃねえですか。それでどうやって倒すってんです？」

「うん、そうなんだけどね……それでも、彼女は勝つんだよ。死の淵に立ちながら、自らの命を燃やすことで、それだけの力を手に入れる。そう、勇者はあそこで、龍を打倒するほどの成長を遂げるはずだったのさ。けれど、そうはならなかった。何故かは、もう言うまでもないだろう？」

その前に、アレンが倒してしまったから。

つまりは、そういうことか。

「うん、そういうことだね。とはいえ、ボクは別にキミを批判したいわけでもなければ、否定したいわけでもない。キミがやったことは確かに意味があった。おかげでアキラちゃんは死の淵まで追い込まれることはなかったし、被害も最小限に済んだ。でもね、キミの行いは、彼女の成長という一点だけで見れば、余計なお世話でしかなかったんだよ」

「……確かに、勇者の成長の機会を奪っちまったのは問題っちゃあ問題でしょうが、そもそもそこまでしなくちゃならねえってこと自体が問題じゃねえですか」

「うん、それはそうだね。ボクとしてもそこは否定しないよ。成長の機会とは言っても、それは上手くいけばの話だからね。正直なところ、失敗する可能性の方が高かった」

「……それでも、あそこは手助けをするべきではなかった、と？」

「必要なことだったからね。本来はね、キミの父上を倒すのも彼女の役目だったたし、帝国のゴタゴタは彼女が収めるはずだったんだよ。さらに言えば前教皇もまた、彼女が倒すはずだった。でも彼女には出来なかった。キミが果たしたから、ではない。彼女がそこまでの力を得るほどに成長をすることが出来なかったから、結果的にキミが果たすことになったのさ。そしてキミが果たすことになったのだって、結局のところは偶然だ。もしその場にキミがいなかったら、アキラちゃんは何も出来ずに死んでいただろうね」

その言葉を否定することは出来なかった。

そうなのかもしれないと思ってしまったし、そう思ってしまうぐらいには、説得力のある話だったからだ。

「これはアキラちゃんが分かりやすかったから例として挙げたけれど、つまりはそういうことなのさ。キミは長い目で見た場合、誰かのためにはならない。そしてその責任を取らなければならないのは、キミではなくその誰かなんだ。キミは強いけれど、一人で全てをどうにか出来るわけではないからね。キミの手の届かない場所で、死ぬはずではなかった者が死んでしまうかもしれない」

だから、何もしないでほしい、という言葉を、アレンは黙って聞いていた。

返せる言葉が思いつかなかった。

だが。

そんなアレンの代わりとばかりに、アンリエットが口を開いた。

「その結果として、誰かが死ぬかもしれなくとも、ですか？　訪れるかも分からない誰かの未来のために、誰かの今を見捨てろと、そう言いやがるんですか？」

「――そうだね。でもそれは、仕方のないことでもあるのさ。だって、それこそが、この世界が紡ぐ運命なんだから。正しい未来なんだから。それをキミ達が……この世界にいないはずの人達がどうにかしようとしてしまったら、その分この世界の運命は歪む。そしてその先に待つのは、誰にも……ボク達にすら予測できない未来だ。それを許容することはボクには出来ない」

毅然として告げられた言葉に、アンリエットが溜息を吐き出した。

それは呆れのようにも、諦めのようにも見えた。

「……結局のところ、それが理由ってことですか」

「うん？」

「こんな世界にした目的、ですよ」

「ああ……まあ、そうだね。キミの考えてる通りだよ。ボクは、英雄の手を借りることで、世界の運命を歪めてしまった。それは破滅を避けるためだったけれど、その結果として取り返しのつかない歪みを作り出してしまった。だから、思ったのさ。この世界では、今度こそ悲劇を繰り返させはしない、と」

「そのために、本当なら負う必要のないやつらにその分の負債を抱えさせて、ですか」

「それは違うよ。本来なら負っていたはずの負債を抱えてもらうだけさ」

二人が何のことを話しているのかは、分かるようで分からない。

……いや、あるいは、分かりたくないだけなのか。

一つだけ確かなのは、今のアレンに出来ることは何もないということである。

新教皇の言葉を、否定することも肯定することも出来ない。

果たして自分は、どうするべきなのか。

そんなことを考えながら、アレンは答えの出ない思考を押し流すように、一つ大きな息を吐き出すのであった。

聖女

「さて……それじゃあ、一通り話すべきことは話したし、今回の話し合いはここまでとしようか。もう少し話していたい気もするんだけど、ボクもこう見えて結構忙しくてね。申し訳ないけれど、ここで失礼させてもらうよ。ああ、そうそう、何もしないでほしいと言われてもジッとしていられるようなキミ達じゃあないだろうからね。その代わりっていうわけじゃないけれど、それが難しいようなら、今のこの世界を見てみてほしいかな。今の状況を理解した上で、もう少し色々なところを。――それじゃあね。次に会う時は、良い返事をもらえるのを期待しているよ」

そう言って足早に部屋を後にする新教皇を、アレンは思わず追いかけていた。

追いかけて何をしようというわけではない。

ただ、何もせず見送るというのは違う気がしたからで、半ば反射的なものであった。

だが、部屋を出た瞬間、アレンの足は止まっていた。

それもまた反射的なもので……部屋を出たその先に、一人の少女がいたからだ。

それは見知った少女であった。

しかしだからこそ、今この状況で会うとは想像しておらず……いや、あるいはそれは、考えるのを避けていたのかもしれない。

ただでさえ考えることが多く……その上、彼女に関して、何となく答えが出てしまっていたから。

そして、おそらくは、だからだろう。

瞬間、目が合い――はっきりと、理解した。

「――リーズ、君は……」

呟きに反応することなく、少女――リーズは、そのままアレンに背を向けた。

その先にいるのは新教皇であり、追いかけていった、ということだろう。

だがアレンは、それどころではなかった。

新教皇を追いかけてきたはずが、既にどうでもよくなっている。

今のリーズの様子で、確信してしまった。

アレンの呟きに反応しなかったということは、それが答えだ。

アレンのことを知らないのならば、あそこは反応するはずだった。

見知らぬ相手に自分の名前を呟かれたのだ。

それがどんなものであれ、反応しないはずがない。

反応しなかったということは、つまり自分の名前を呟いた相手のことを知っていたということである。

そうなることを予想していたからこそ、何の反応もなかったのだ。

その意味するところは――

「――リーズ」

思考を進めながら、アレンは再度口を開いた。

それがはっきりしたものであったからか……あるいは、そこに込めたものを感じ取ったのか、リーズの足が止まる。

しかし、それでも振り向きはしなかったが、構わなかった。

別にリーズとここで話し合いたいと思ったわけではないのだ。

ただ、一つだけ言いたい……いや、聞きたいことがあったのである。

それさえ聞ければ、十分であった。

「――君は一体、何をするつもりなの？」

それはあまりにも漠然とした問いではあった。

何を言っているのかと、無視されたところで仕方のないものだ。

だが、アレンは何となくそうはならないだろうと確信を持っていた。

果たして、応えはあった。

「――世界を、正しい姿に戻すだけです」

そしてそれだけを告げ、リーズは歩みを再開させた。

すぐにその背も見えなくなり、思わず溜息を吐き出す。

「……やっぱりこうなりやがりましたか」

と、背後から聞こえてきた声に振り向けば、少し遅れてアンリエットが部屋から出てきたところであった。

その視線はリーズが去っていった方を向いており、何とも言えない表情を浮かべている。

「アンリエット……」

「……オメエも、何となく気付いてたんじゃねえですか？　さっきの話し合いの中で、アイツのことだけは、一度も触れられなかったです。自分に付き従ってる人物で、オメエに近しい人物だってのに、不自然なほどに」

アンリエットの言葉には答えず、アレンもリーズが去っていった方向へと視線を向けた。

既に姿は見えなくなっていたが、その背を眺めるように目を細める。

確かに、何となく妙だな、ぐらいのことは考えていた。

ただ、確証はなかったし、たまたまという可能性もあった。

他に確認しなければならないこともあったし……いや、結局のところは、言い訳か。

アンリエットの言う通りだ。

おそらく、アレンは何となく気付いていた。

なのに言及しなかったのは、きっとそうであってほしくないという願望によるもので――

「リーズも、あっちの世界の記憶が残ってる、ってことなんでしょうね。その上で、あの言葉ってことは……まあ、そういうことでしょうよ」

その言葉は、聞きたくないものであった。

だが、聞かなかったフリをしたところで、なかったことにはならない。

それでも、抵抗するかのように、アレンは再度溜息を吐き出すのであった。

†

宿に来る時はノエル達と一緒であったが、帰りをどうするかは決めていなかった。

そのことに気付いたのは家に戻ろうとした時であったが、結論から言ってしまえば悩む必要はなかった。

宿の外に出たところで、ちょうどノエル達と遭遇したからだ。

「あら……貴方達も用事が終わったのかしら？」

「まあね。そっちも？」

「……正確には、少し前？」

「で、これからどうするか話し合い中だった、ってとこですか？」

返答は言葉ではなく、肩をすくめるという行為であった。

まあ、つまりは、向こうも同じような状況だった、ということだろう。

「……ちなみになんだけど、どんなことを話したのかを聞いても？」

「……？　変なことを気にするのね？」

「そう思うのは、自分達のことだからじゃねえですかね？　聖女とエルフの王との会話となれば、大半の人は気になると思うですよ？」

「……確かに？」

「ふーん……そんなものかしらね」

もちろん実際には違うが……アンリエットの利かせてくれた機転に、視線で礼を述べる。

理由を述べなくとも問題なかったような気もするが、より自然となるならばそれに越したことはあるまい。

「ま、そもそも隠すようなものでもないから、別にいいけれど。というか、聞いたところで面白くもないわよ？」

「ただの興味本意だからね。そこは気にしなくていいよ」

「……野次馬根性？」

「違う、とも言い切れないけど、それだとちょっと意味が違ってきそうかな？」

「それはどっちかってーと、最初に新教皇を見に行った時のやつなんじゃねえですかね？」

「それだと、私達もそうだってことになるわね」

そんなことを言いながら、ノエルは遠くを眺めるように目を細めた。

先ほどした話し合いとやらを思い出しているのだろう。

だがほんの少し前のことだったからか、すぐに視線を戻すと、その口を開いた。

「と言っても、本当に話すようなことはないのよね。どうして新教皇と一緒にいるのか、って話をしたら、あとは世間話っていうか、まあ、近況を話したりしただけだもの」

「そういえば、借りを返せそうなら、ってことで話を聞きに行ったんだっけ？　……その辺は、どうなったの？」

「……肩透かし？」

「期待してた返答はなかった、って感じですか」

「んー……まあ、そうね。結論を言っちゃえばそうなるんだけど……」

頷きつつも、どこかノエルの返答は歯切れが悪かった。

一瞬、応えにくい内容なのかとも思ったが、何となくそれとも違うような気がする。

「何か気になることでもあったの？」

「気になることっていうか……あの娘って、あんな感じだったかしら？」

「え……？」

「……それはどういう意味です？」

「んー、何て言うのかしらね……ほら、ちょっと話したけれど、私とあの娘の関係って、あくまでも勇者を間に挟んだ関係なのよ。私もあの娘もそれぞれの理由から勇者に協力していて、だから顔見知りってほど浅い関係じゃないけれど、かといって友達ってほどでもない。ない、はずだったんだけど……」

そう言うノエルは、本気で困惑している様子であった。

ただ……何となくではあるが、その光景は想像できる気がした。

もっとも、あるいはだからこそ、アレンにはノエルの気持ちは理解出来ないのだろうが。

「そう言うってことは、まるで友達みたいに接してきた、ってこと？」

「いえ、接し方は変わっていなかった……と、思うわ。でも、なんて言うのかしらね……そう、目、かしら。私のことを見る目が、少しだけ優しいような気がしたのよね。ただ、それだけってわけでもなくて、何か別のものも混ざってるような気もしたのだけれど……」

「……ミレーヌも、同じように感じた。……少しだけ、悲しそう……寂しそう？」

それはおそらく、アレンが二人を見る目と似たものなのだろう。

リーズにも記憶があるのならば、それは当然のことであった。

「……エルフの森に帰らず、いつまでもこんなとこに留まってるエルフの王に悲しくなった、とかじゃねえですか？　なら、あとは優しいんじゃなくて、生温かった、ってとこですかね？」

「失礼しちゃうわね。そんなものじゃなかったわよ。……違うわよね？」

「……多分？　……自信ない」

「そこは是非とも自信を持ってほしいところなのだけれど……？」

そんなやり取りを笑みを浮かべて眺めつつ……アレンは思わず、遠い目をしてしまった。

どうしてこうなってしまったのだろうかと、思う。

リーズが、実は新教皇に弱みを握られている、とかだったらよかったのに。

それで新教皇に無理やり付き従わされてる、とかだったら、きっともっと簡単だった。

悩む必要なんてなかった。

そんなことをする新教皇のことなんて、たとえ神だろうと、前世で世話になっていようと、受け入れられない、と。

新教皇のことを否定して、リーズのことを助け出して、それで済んだのに。

それでも世界が戻るわけではないし、そこの問題は残されたままだが……アレンとアンリエットとリーズと、三人も元の世界のことを覚えている者がいるのだ。

きっと何だかんだ言いつつもノエル達も手伝ってくれるだろうし……ならば、どうにかなるだろうと、そう自信を持って言えたのに。

だが、そうは決してならないだろうことは分かっていた。

一目見ただけで理解してしまったし、先ほどのやり取りで確信もした。

リーズは間違いなく、前の世界の記憶を持ちつつも、自分の意思で新教皇に付き従っているのだ。

いや、それどころか――

「……ままならないもんだなぁ」

口の中だけで呟き、溜息を吐き出す。

そんなことはずっと前から分かっていたことではあるが、それでも思わざるを得なかった。

あるいは、この状況だからこそ、改めて思うのかもしれない。

ノエルがいて、ミレーヌがいて、アンリエットがいて……リーズだけがいない。

しかし、今の世界では、それで当然なのだ。

この世界にとって、それこそが正しい姿なのである。

おかしいと思うのはアレンとアンリエットだけで、アレン達の方がおかしいのだ。

「本当に、ままならないなぁ……」

再度呟くも、口の中だけで転がしたそれが誰かの耳に届くことはない。

それは当たり前のことでしかないのだが……何故か虚《むな》しく思え、アレンは再度溜息を吐き出すのであった。

神からの贈り物

宿での用事を終えたアレン達は、結局そのまま家に戻ってくることになった。

特に他にやることがないから、というのがその理由だが……本当のところは、アレン達に他の何かをやる気が起こらなかったからだろう。

意外にも、と言うべきか、ノエル達はその辺の機微には敏感だ。

言葉には出されなかったが、気を使われたのは明らかであった。

「やれやれ……この借りはいつか返さないとなぁ」

呟き、それからふと今の自分の姿を思い返し、苦笑を浮かべる。

説得力などまるでないなと思ったからだ。

ベッドに横になり、ただ天井を眺めているだけの人間が、何を言うのやらといったところである。

せめてそういう台詞は、起き上がってから言うべきだろう。

だがそう思ったところで起き上がることがないのは、そんな気力が湧かないからだ。

とはいえ、別に寝ているわけではなく、考え事をしているだけなのだが……まあ、傍目に違いはないか。

「そもそも、誰に言い訳してるんだって話だし……」

そんな呟きを口にしながら、随分行き詰まってるな、と思う。

独り言や余計な思考が増えているのは、現実逃避のようなものだろう。

考え事に集中したところで、一向に進展がないからこそ、そんなことになっているのだ。

ちなみに、何について考えているかといえば、もちろん――

「――うん？」

と、部屋の扉がノックされたのは、その時であった。

さすがにベッドに寝たままというわけにはいかず、身体を起こす。

それでもそれ以上動くことがなかったのは、誰がやってきたのかを理解していたからだ。

「どうかした、アンリエット？」

その相手へと問いかければ、間が、一瞬あった。

だが、すぐに扉が開かれる。

そして中に入ってきたのは、予想通りアンリエットであった。

「まあ、別に気配隠してもいなかったですから、オメエが分かるのは不思議でも何でもねえんですが……それでもやっぱり、思うところはあるですね」

「そんなことを言われてもなぁ……」

分かってしまうのだから仕方があるまい。

まあ、そもそもアンリエットは本当は言うほど気にしていないだろうが。

これは言ってしまえば、本題に入る前のじゃれつき、といったところである。

「で、それはともかくとして、どうしたの？」

「あっさり流しやがったですね……まあいいですが。つーか、どうしたも何もねえでしょうよ。今の状況でワタシがオメエのところを訪れる理由は、一つです」

「……ま、確かにね」

分かっていながらも問いかけたのは、ほんの少しでも先延ばしにすれば考えがまとまるのではないかと思ったからだ。

もちろん、そんなことがあるわけもないのだが。

「現状について、だよね？　まあより正確に言えば、現状の確認……いや、すり合わせ、かな？　それと、これからどうするのかについて」

「……ま、そういうわけです。やらねえわけにはいかねえですからね」

「……そうだね」

現状は色々複雑で、そして大変だ。

二人での話し合いは、必須であった。

「まあでも、よかったよ」

「……？　何がです？」

「アンリエットの記憶が戻ってくれて、だよ。だからこそ、こうして話し合いも出来るわけだし」

「あー……まあ、そうですね。一人で考え続けるよりもマシですし、一人より二人の方が出来ることもあるわけですしね」

実際アレン一人だけだったら、きっと途方に暮れてしまっていたことだろう。

今の世界で目覚めた時、一人でも問題なかったのは、まだ状況を理解していなかったからだ。

状況を理解した今となっては、さすがにアレン一人では厳しかったに違いない。

「……ですが、そういうことなら、ある意味悪かったとも言えるんじゃねえですか？」

「……？　何が？」

「どうせもう一人記憶が戻るなら、ノエルとかの方がよかったんじゃねえですか？　あっちは今じゃエルフの王ですからね。単なる冒険者のワタシよりよっぽど頼りになったでしょうよ」

「——いや？」

確かに、ノエルが全面的に協力してくれたら、心強くはあっただろう。

エルフの王としても、ということを考えれば、尚更だ。

だが。

「僕は、他でもないアンリエットでよかったと思ってるよ？　僕が知っている中で、アンリエット以上に頼りになる人はいないからね」

「——っ。そ、それは……どうも、です……？」

アレンの返答が予想外だったのか、アンリエットは一瞬言葉に詰まると、そっぽを向きながら小さな声でそう口にした。

その様子につい口元を緩めると、それに気付いたアンリエットに睨まれる。

「ん、んなことより、さっさと話し合いを始めるですよ！　色々考えなくちゃならねえことがあるんですから！」

「うん……そうだね」

話題を変えるための言葉だったのだろうが、それはそれで事実だ。

気を引き締めるように息を一つ吐き出すと、意識を切り替えた。

「まず話すべきは、やっぱり今のこの世界のことだけど……」

「……ま、それに関しちゃ、話し合いっつーか、確認ってことになるでしょうね。話し合うようなことはねえっつーか、話し合う余地がねえでしょうから」

「嘘とかはなかった、と？」

「ねえです。これは確信を持って言えることです」

あまりにもはっきり断言するものだから、思わずアンリエットの顔を見つめてしまう。

ただそれは、元使徒だから、というわけではなさそうであった。

「随分はっきり断言するけど、根拠は？」

「元上司が名乗らなかったから、ですね」

「名乗らなかった……？」

言われてみれば、確かにそういうのはなかった。

向こうは名乗ったりしなかったし、アレン達も自己紹介をするようなことはなかった。

それは単に必要がないからだと思っていたが、そこに何か理由があったということだろうか。

「神とはいえ、ああもはっきりした姿を持っているということは、この世界に人として存在しているはずです。まあ、でなけりゃ教皇にもなれねえですしね」

「確かにそれはそうだろうけど……それが？」

「つーことは、元上司には人間としての名があるはずです。なのに名乗らなかったってことは、あの場では神としてワタシ達と相対してたってことなんでしょうよ。で、あるならば、嘘は吐かない……いや、吐けねえです。神の言葉ってのは、そのぐらいの重さがありますからね」

「なるほど……」

アンリエットがそう言うのならば、それは確かなのだろう。

そしてだからこそ、先ほどの言葉に繋がる、というわけだ。

「それなら確かに、話し合う意味はなさそうだね」

「まったくない、とまでは言わねえですがね。嘘は吐けなくとも、誤魔化したり言わなかったりすることは出来るですから。そういう意味では、頭から全部信じるってのも危険ではあるです」

「でもだから、その部分を話し合うのも難しい、か」

「何が言わなかったことなのか、そもそもそんなものはあるのか、疑っていったらキリがねえですからね」

ただ、言われた言葉を疑う必要がないというのは、それはそれで助かることではあった。

同時に、偽りかもしれないと疑えないからこそ、困ることでもあるのだが。

「今の世界こそが、この世界の本来あるべき姿、か……」

「……厳密には、それに限りなく近づけたもん、ですがね。本来あるべき姿に戻すことは、不可能でしょうから」

「それは、僕達がいるから？」

本来いるはずのない異物が存在している時点で、本来あるべき姿には成り得ないだろう。

そう思ったのだが、アンリエットは首を横に振った。

「いえ、そういうわけじゃねえです。それ以前の問題、と言うべきですかね？」

「それ以前、ということは、僕達以外にも理由がある、ってこと？」

「元上司も言ってたじゃねえですか。世界の改変では、あったものをないことには出来ねえんですよ。あれは要するに、本来の歴史ならば失われるはずだった命、ってやつだと思うです。本来の歴史に戻すためだとはいえ、今生きてる命を奪うわけにはいかねえですからね。そして、いなかったはずの人、という意味ではワタシ達と同じってことですから」

「なるほど……どうしたって同じには出来ない、か」

それは一応、歓迎すべきことではあるのだろう。

世界の、神の勝手な都合で奪われる命がないのならば、それに越したことはない。

だが同時に、そんな神だったのならば、アレンも好きに振る舞えるのに、とも思ってしまう。

「って、リーズの時にも同じことを思ったなぁ」

「うん？　何です？」

「いや……ままならないもんだなぁ、と思って」

「まあ、生きるってことはそういうもんなんでしょうよ」

本当に、そうなのだろう。

まあ、もしもあの神がそんな自分勝手な存在であったのならば、その神に手を貸したアレンの前世の行いまでどうなのか、ということになってしまうから、そういう意味ではよかったのかもしれないが……。

何とも言えない、複雑な心境であった。

「……ともかく、今の世界は本来あるべきだった姿に限りなく近い状態で……でも、そうしたのは神自身の手によるものじゃない、ってことだったよね？」

「まあ、おそらくワタシの記憶を封じたのは、元上司の仕業だったと思うですがね」

「そうなの……？」

「今のワタシは姿こそ人間ですが、魂に関しちゃ使徒だった頃と同じですからね。世界を改変するほどの力だとしても、その程度の抵抗は出来るです」

「でも実際には、アンリエットの記憶は完全に失われていた」

だからそこに関しては、神の手が入っているだろう、ということか。

この件に関わったのは二割ほど、と言っていたのも、そういうことなのだろう。

「じゃあ、アンリエットの記憶が戻ったのも、記憶を封じた相手の姿を目にしたから、ってこと？」

「んー……それに関しちゃ何とも言えねえんですよねえ」

「というと？」

「さっき言ったように、ワタシの魂は使徒だった頃と変わってねえです。元使徒とは言っても、それは言っちまえばただの意識の問題であって、ワタシは未だにあの元上司との繋がりもあるんですよ。ですから、ワタシの記憶に干渉も出来たんでしょうし……もっと強く封じたり、あるいは、完全に消すといったことも出来たと思うです」

「それは……ちょっとぞっとしない想像だね」

つまり、こうしてアンリエットと話し合うことが出来なかった可能性もあったということだ。

しかし実際には、アンリエットの記憶は消されていないし、戻っている。

それがどういうことを意味したのかと言えば――

「……わざとその程度に留めた、ってこと？　自分の姿を見るまでは忘れてるぐらいに」

「単純に、そのぐらいが一番扱いやすかった、ってことなのかもしれねえですがね。完全に消したらもちろんのこと、強く封じた場合でも、少なからずワタシの人格に影響があったでしょうし。そうなったらワタシの行動も予測しづらくなっちまうでしょうから、それを嫌ってのことだった可能性もあるです」

そうは言いつつも、アンリエットはそれが正解だとは思っていなさそうであった。

ただ、それでもそれ以上のことを口にしないのは、おそらく何か考えがあってのことだろう。

気にはなるが、知る必要があればアンリエットから言ってくるはずだ。

一先ずそのことは意識から外し、別の話題に映ることにした。

「アンリエットの記憶を封じてたのが神の仕業だったってことなら、僕の記憶もそうだった、ってことかな？」

アンリエットとは違い、アレンの場合は今回の件に関わる一部だけではあったが、アレンの記憶が戻ったのも、アンリエットとほぼ同時であった。

となれば、自然とそこに関連性を見出すものだが……。

「……いいえ。多分ですが、オメエの記憶は元上司とは別件だと思うです」

「そうなの……？」

「確かに思い出したタイミングはほぼ同時でしたが、オメエが記憶を取り戻したのはワタシの言葉が原因だったっぽいですからね。多分単純にあれが切っ掛けになった、ってだけだと思うです」

「……なるほど」

確かに、言われてみればそんな感じではあった。

しかしそうなると――

「まあ、オメエの記憶に関しては、この世界をこうしたやつの仕業でしょうね。一部しか記憶が失われていなかったのは、それだけしか影響を与えることが出来なかった、ってことだと思うです。まあ、それでも十分だとは思うですが。それだけ頑張りやがった、ってことなんでしょうね」

そう言って肩をすくめるアンリエットだが、そこにはどことなく親しさが感じられた。

まるで今回の件を誰が引き起こしたのかを知っているかのようで……いや、実際に知っているのだろう。

そしてそれは、アレンも同じであった。

「……この世界をこうしたのって」

「――リーズ、でしょうね」

「……っ」

そうなのだろう、と思ってはいた。

確証はなくとも、リーズの姿を目にし、一言とはいえ言葉を交わしたことで、確信出来てしまったのだ。

今回の件の主犯は、リーズだ、と。

「……まあ、そうなんだろうね」

「ええ、十中八九……いえ、確実にリーズがやったんでしょうよ」

「うん、それに異論はないんだけど……でも、どうやって、ってのは疑問かな」

何故、とは思わない。

それは理由が分かっているからではなく、考えたところで意味がないからだ。

そんなことは本人に確認しなければ分からないだろうし、何よりあのリーズの姿を見れば、絶対に引かない覚悟をしているのは明らかであった。

もちろん気にはなるが……それは、今考えたところで仕方があるまい。

「あー……そうですね、オメエからすればそう思うのも当然ですか」

「ってことは、アンリエットは分かってる、ってこと?」

「まあ、そうですね。ただ、元上司が力を与えたり貸したりした、ってわけじゃあねえですよ？いえ、ある意味ではそうとも言えるんですが」

「ある意味でそう言える、ってことは……」

ふと、思い当たるものがあった。

そういえばアレは、神からの贈り物と言われているのだったか、と。

「――ギフト、か」

「そういうことです。――星の巫女《オールインワン》。あの娘の持つギフトの力で、やったんでしょうね」

「なるほど……それは確かに僕には分からないことだね。僕はギフトを与えられなかったわけだし」

「別にそういう意味で言ったわけじゃねえですよ。オメエじゃあのギフトの本質を見抜くのは難しい、ってだけです。アレは言っちまえば、オメエの力と同質ですからね」

「同質……？」

　ということは、権能と同種の力ということか。

　確かに、世界の改変をするには神の力が必要ということだったが……。

「アレの本質は、祈りと願いであり、因果の否定です。過程を必要とせず、望む結果だけを引き寄せる、真の意味での神からの贈り物。癒しの力は、あくまでリーズがそう願ったから引き起こされたもんで、言っちまえばただの副次的な効果に過ぎねえんですよ」

「……なんか話を聞いてると、物凄い力みたいに聞こえるんだけど？」

「そりゃ当然すげえ力ですよ。何せ、本来は世界を救うための力ですからね」

「世界を救う……？」

　一瞬大袈裟に言っているのかと思ったが、アンリエットはどこまでも真剣な様子であった。

　そのことから、全て本気で言っているのだということが分かる。

「つまり、リーズには世界を救う役目が与えられてる、と？」

「そういうことなんでしょうね。まあ、ワタシもそれが分かったのは、元使徒としての特性っていうか、それが理由でギフトの詳細が分かるからですが」

「なるほど……」

そしてその力を使って、リーズはこの世界をこうしたということか。

アレン達のせいで本来の世界とはかけ離れてしまったこの世界を、有り得たはずの姿に戻した。

それは、つまり――

「……オメエが何を考えてるのかは大体想像出来るですが、それは違う、と否定しておくです」

「……そう言ってくれるのはありがたいんだけど」

「これは別に慰めで言ってるわけじゃなくて、単なる事実です。何故ならば、ギフトってのは、基本的にその世界が本来辿る未来に従って与えられるもんなんですよ。つまり、リーズが世界を救うって役割だったのも、それは本来の世界だったら、ってわけです」

そう言って呆れたように溜息を吐き出すアンリエットの姿を、ジッと見つめる。

だがどうやら、本当のことを言っているようであった。

そのことに、アレンは思わず安堵の息を吐き出す。

リーズの力が、実はアレンに対抗するためのものでなくてよかったと、心の底から思った。

「……ありがとう、アンリエット」

「何で礼を言われてるか分からねえですが？　ま、ともかくそういうわけで、リーズのギフトなら世界の改変をすることも可能ってわけです」

「うん……よく分かったよ」

リーズがやったのだろうと確信を持ってはいたが、これで確証も得られてしまったというわけだ。

とはいえ、いつまでも事実から目を背けてはいられない。

これから何をどうするにせよ、まず事実は事実としてしっかり受け止める必要があった。

まあそれはそれとして、気が重いのも確かではあるが。

「つまり状況次第では、リーズと敵対することになるってわけ、か」

「んなのはリーズが元上司に付き従ってる、ってことが分かった時点で分かりきってたことだと思うですが？」

「まあそうなんだけどさ。正直、神と敵対するって方が楽な気がするかなぁ」

「そんなこと言うのも言えるのも、オメエぐらいのもんですがね」

そう言って肩をすくめるアンリエットに、苦笑を返す。

そうなのかもしれないが、実際そうなのだから仕方あるまい。

「……リーズと敵対する、か」

正直なところ、まさかそんなことが起こるなんて思いもしなかった。

それが現実であり、受け止めなくてはならないと分かってはいるのだが……それでも、気が重いのはどうしようもない。

「はぁ……平穏な日々は遠いなぁ」

「そうですね。考えなくちゃならねえことは多いですし……もしこの状況を否定しようとしたら、間違いなく今まで以上の困難が待ち構えてやがるでしょうしね。いっそのこと、元上司の言う通り、本当に何もしないって選択をするのもありかもしれねえですよ？　それはそれで、平穏な日々には違いねえでしょうしね」

それを否定することは出来なかった。

確かにその道を選べば、それはそれで平穏な日々は手に入るのだろう。

だが、素直に頷くことも出来なかった。

ふと、何となく窓の外を眺めた。

その先には、先ほど訪れた宿がある。

果たしてリーズは今頃何を思って、何をしているのだろうか。

そしてアレンは、何をどうするべきなのだろうか。

しかし考えてみたところで、どちらの答えも得られることはない。

本当に、どうしたものだろうかと思いながら、アレンは一つ大きく溜息を吐き出すのであった。

迷宮都市

どれだけ悩んだところで、生きている以上腹は減っていく。

ふと空腹だということに気付いたのは、何気なく窓の外を眺め、中天に達している太陽を見つけた時のことであった。

「……そういえば、お腹空かない？」

「ああ……そういえば、もう飯の時間ですか。ちょうどいいところですし、一先《ひとま》ず飯食うですかね」

「だね」

それに、ちょうど頭を整理したいところでもあった。

今までしていたのは大半が分かっていた情報の整理と確認ではあるが、だからといって事実の重みが軽くなるわけではないのだ。

むしろはっきりしてしまったことで、より気は重くなってしまったような気もする。

ここらで一度、気分転換を挟むのは悪いことではなかった。

「ま、それにこの後話し合うことっつったら、これからどうするか、ってことになるでしょうからね。自分なりに考えをまとめるためにも、一旦時間を開けた方がいいでしょうよ」

「まあ、というか正直なところ、何も思いついてないしね」

「ワタシもですよ」

感情的な面では、今の世界を肯定したくはない。

だが否定するにしても、何かしらの根拠が欲しかった。

本来ならば正しいというこの世界を否定するに足る、何かが。

「……そういえば、キミの元上司が、今のこの世界を見てみてほしい、とか言ってたっけ？」

「ああ……何か言ってやがりましたね。……もしかして、乗るんですか？」

「あんなことを言うってことは何か理由があるんだろうしね。何も思いつかないまま無駄に時間を費やすぐらいなら、それもありかな、と思って」

「……まあ、まったくなしってわけではねえですか」

「まあ、問題は、見て回るとして、何処《どこ》を、ってことだけど」

正直アレンは王国ですらろくに土地勘がない。

おそらくはアンリエットも似たようなものだろう。

その時点で見て回れる候補など限られているが……。

「んー……いっそのこと、まったく知らない場所、とかでもいいのかな？」

「どうなんでしょうね。見知った場所を見て変化を感じろ、って感じだったような気もするんですが……まあ、別にんな指定はされてねえですしね。好きにしたらいいんじゃねえですか？」

「そうだね」

さしあたり、ノエル達あたりに何か心当たりがないか聞いてみるとしようか。

彼女達も大差ないような気もするが、とりあえず聞いてみても損はあるまい。

「……どこか知らない場所に、か」

果たしてそれは、気分転換となるのか、それとも現実逃避となるのか。

そんなことを考えながら、見知らぬ場所へと思いを馳せるように、アレンは目を細めるのであった。

†

「――どこか面白そうな場所？」

怪訝そうな顔でノエルがそう聞いてくるのに、アレンは頷きを返した。

昼食の席で、早速尋ねてみたのである。

しかし案の定と言うべきか、ノエルは呆れたような溜息を吐き出した。

「また随分唐突な質問ね。しかも、漠然《ばくぜん》としてるし」

「うん、まあ、そうなるよね……申し訳ない」

「まあ、こう言っちゃあなんですが、とりあえず聞いてみようっていうか、そういう感じですから、分からねえなら分からねえで問題ねえですよ」

「……期待されてない？」

「そう言われると何が何でも答えてやろうって気になってくるわね……」

「いや、別にそこまでは言ってないんだけど……」

しかしアレンの言葉は届いていないのか、食事の手を止めてまでノエルは真剣な顔で考え始めた。

ノエルに期待していないというよりかは、単に食事時の話題を兼ねてのものだったので、そこまでして考えてくれる必要はないのだが……。

と、真剣に考えた甲斐があったのか、ふとノエルが、そういえば、と呟いた。

「聖女が何か言ってたわね」

「リー――聖女が？」

「……迷宮都市？」

「そうそう、それそれ」

「あー、迷宮都市、ですか……アンリエットも名前を聞いたことぐらいはあるですね」

「僕も一応名前だけは知ってる、かな？」

この世界には、迷宮と呼ばれるものが存在している。

誰がいつ作ったのは定かではないが、昔からずっと存在しているとされている不可思議な場所だ。

そこに出現する魔物は他で出現する魔物と外見は同じでもずっと強力なことが多く、その素材は通常よりも高値で取引される。

ただ、それは迷宮から得られる物からすれば、おまけのようなものだ。

迷宮から得られる物の中で最も価値が高いのは、宝である。

宝という曖昧な言い方なのは、それ以外に言いようがないからだ。

時にそれは失われた古代の叡智が記された魔導書であったり、時にそれは振るうだけで炎を生み出す魔剣であったりと、その時々で変わるのである。

しかも、入手方法も様々だ。

魔物が持っていたとか、珍しい魔物を倒したらその体内から見つかったとか、隠されるように置かれていたとか、はたまた宝箱の中に入っていた、などというものもある。

そのあまりの不可思議さに、迷宮を研究している専門家が時に頭を抱えるほどだとか。

だが、どれだけ不可思議であろうとも、宝を欲する者にとっては何の問題もない。

いや、むしろ不可思議であれば不可思議であるほど、物珍しさからくる付加価値によってその値打ちが高まることを考えれば、望んでいるとすら言えるだろう。

そして、それを望む者の筆頭が、冒険者だ。

アレンが迷宮に関してある程度の知識を有しているのも、それが理由であった。

とはいえ、迷宮というものは時に危険なものが見つかることもあり、その管理は厳重にされていることが多い。

その大半は国が直接管理しており、確か王国内にも一つか二つぐらいは存在していたはずだ。

ただ、中には立地の関係上どうしてもどこかの国が管理するわけにはいかない場合もあり、そういう時は冒険者ギルドに管理を委託したりする。

そしてその場合、その迷宮はどこの国にも属していない、ということになるのだが、その利点は大きい。

特に冒険者にとって大きいのは、国管理の迷宮と比べ、そこまで管理が厳重ではない、ということだろう。

国管理の迷宮では入れないような冒険者達でも、冒険者ギルドが管理している迷宮ならば入れることがあるからだ。

そうして、人が集まれば物も集まり、結果一つの街が作られることもある。

迷宮都市もそういったものの一つだが、あそこは他と明確に異なる点があった。

迷宮都市の近くには、合計で三つもの迷宮が存在しているのだ。

しかも、まるで図ったかのようにそれぞれの攻略難易度が異なっており、迷宮探索を行う冒険者となりたければ、まずは迷宮都市に行けと言われるほどであった。

「沢山の人が集まるから、かなり雑多だとは聞いたことがあるけど……」

「私も聖女に聞いただけだから詳しくは知らないけれど、まあ、色々興味深かったとは言っていたわよ？　少なくとも、今まで行ったどの場所よりも、予測が付かない街だったって」

「それはいい意味でなんですかねえ……」

「……どっちも、らしい？」

「うーん……でも確かにそこなら、色々なものを見られそうではある、か。ところで、聖女はどうしてそんな場所に？」

前の世界では行ったことはないはずだから、この世界で行ったのだろう。

だが、どういう理由があれば迷宮都市に行くことになるのだろうか。

「さあ……？　私も詳しくは聞いていないけれど……あの新しい教皇と一緒に行ったとは言ってたわよ？」

「……挨拶回り？」

「身も蓋もねえ言い方ですねえ。にしても、あんなところにまで行きやがったんですか……いえ、ここに来てる時点で今更ですかね」

「だね。むしろ迷宮都市の方がマシじゃないかな？」

迷宮都市はどこの国にも属してはいないが、辺境の街はそもそも公には存在していないことになっているのだ。

ならば、迷宮都市の方がマシというものだろう。

と、そんなことを考えていた時のことであった。

「ま、聖女達も行った場所なら、貴方達の行く先にも相応しいでしょうよ」

「うん……？　それはどういう……？」

「――だって、突然変なことを言い出したのは、どうせあの新しい教皇に会った時に何か言われたからでしょう？」

「――っ。……そんなに分かりやすかったかな？」

「……ノエルは意外と鋭い」

「意外と、は余計よ。というか、あの新しい教皇と会って話をしたって直後に変なこと言い出すのよ？　関係があるって考えるのが当然でしょうよ」

「……確かに、言われてみりゃ当然ですね」

思わずアンリエットと顔を見合わせ、それから、苦笑を浮かべ合った。

そんな当たり前のことに思い当たらないあたり、思っている以上に衝撃を受けているということなのかもしれない。

「ま、何があったのかなんてことは聞かないわよ。話さないってことは話せないってことなんでしょうし」

「別にそういうわけでもないんだけど……まあでも、少なくとも今は話すつもりはない、かな」

ノエルとミレーヌにならば話しても問題ないとは思う。

それでノエル達の記憶も戻る、なんて都合のいいことは起こらないだろうが、それでもきっと信じてはくれるだろう。

だがそれは、間違いなくノエル達の悩みとなってしまうに違いない。

しかも、アレンはまだ自分の立ち位置を決めきれてはいないのだ。

そんな中でノエル達を巻き込むわけにはいくまい。

「……秘密？」

「そういうことになる、かな？　ごめんね、こっちは聞いておきながら」

「別にいいわよ。こっちだって何でもかんでも話してるわけじゃないし」

そう言って何でもないことのようにノエルは肩をすくめるが、そんなことはないだろう。

不義理のそしりを受けてもおかしくないほどだ。

この借りはいつか返さなければなるまい。

「まあでも、ちょっとでも悪いって思ってるんなら、ちょうど頼みたいことがあるのよね」

「頼みたいこと？　僕に出来ることなら喜んでやらせてもらうけど……」

リーズとの話で何かあって、それ関連だろうか。

借りを返せるようなことはなかった、という話であったが、それとは別口で何かあったのかもしれない。

と、そう思ったのだが――

「簡単なことだから、別に身構える必要はないわよ？　――だって、私達も一緒に迷宮都市に連れてってほしい、ってだけだもの」

そう言ってノエルは、何でもないことのように、再度肩をすくめるのであった。

違和感

辺境の街から迷宮都市までは、馬車で移動したとしても数か月はかかる。

王国と面した場所にはなく、むしろ帝国の方が近い。

ただ、幸いにもと言うべきか、その道のりをかなり短縮できる手段がアレン達には存在していた。

ノエルがかつてヴァネッサと共に暮らしていた山。

あそこからならば、一月もかからない距離となるのだ。

それでも一月というのはそれなりに長い時間ではあるが、幸いにもその時間を苦と感じない程度の関係は築けている。

そしてそれは、複雑な状況を整理するのに、とても助けとなる時間でもあった。

それだけの時間共にいれば、必然的に会話がない時間も発生するし、そういう時には自然と色々なことを考える機会となるからだ。

むしろ、その時間が長くは続かないからこそ、長々と無駄なことを考えずに済んでよかったのかもしれない。

今もちょうどその時間であり……ふと、その場を眺めたアレンはポツリと呟いた。

「見識を深めるために迷宮都市に行きたい、か」

それは独り言のつもりだったのだが、ノエルの耳には届いたらしい。

その目をアレンへと向けると、文句があるのかとでも言いたげに細められた。

「……なによ。別に個人的な興味本位ってわけじゃないわよ？　折角エルフの集団の外にいるのだから無駄には出来ないっていう、エルフの王としての判断なのだけれど？」

「いや、別に僕は何も言ってないんだけど……」

「やましいことなんてない、って言いたげな口振りのくせに、口数多いですねえ。語るに落ちる、ってやつです？」

「うるさいわね。王が何かをするには建前ってのが大切なのよ」

「建前って言っちゃ駄目なんじゃないかなぁ……」

まあともあれ、それが今回ノエルがついてきた理由らしい。

もっとも、本音としては興味本位であるのは間違いないだろうが。

リーズから話を聞いて興味を持ち、ちょうどよかった、といったところだろうか。

ただ、アレンがあの時のことを思い返し思わず呟いてしまったのは、別にそこに文句があるからではなかった。

多分前の世界のノエルだったとしても、同じようについてきたのだろうと思ったからだ。

とはいえ、その時の理由はきっと鍛冶関係で、迷宮都市だとどうなってるのか気になるから、とか言ったことだろう。

その違いを思い、つい口に出てしまった、というわけであった。

「……ま、僕達も結局は興味本位になるわけだから、ノエルのことをどうこう言える立場でもないんだけど」

「そうですかね？　アンリエット達は一般人なんですから、立場って意味なら文句を言えることになるんじゃねえですか？」

「だから、私は興味本位で行くわけじゃないって言ってるでしょう？　興味本位じゃないんだから、文句を言われる筋合いもないのよ」

建前であるのは明らかなのに、まだその建前を貫くらしい。

いや、貫けているのかは微妙なところだが。

と、そんなことを考えていると、ふとミレーヌが静かなことに気付いた。

元々ミレーヌは言葉が多い方ではないが、皆で話す時は何らかの言葉を挟むことが多い。

ミレーヌは馬車の御者も兼ねているため、もちろん常に会話に参加出来るわけではないが――

「ミレーヌ……？　何かあった？」

「……ん、何が？」

「いや、静かだからさ」

「そういえば、話にあんま入ってこなかったですね」

「言われてみれば……ミレーヌ、どうかしたの？　それとも、疲れた、とか？」

問いかけてみるも、ミレーヌからの返答はすぐにはなかった。

少しの間が空いた後、何かを迷うかのようにおずおずと口を開いた。

「……変なのは、アンリエット？」

「はい？　アンリエットが何です？」

「……前までと、少し違う気がする？」

それは唐突にも思える言葉であったが、アレンとアンリエットは一瞬言葉に詰まった。

ミレーヌの言っている『前』というのがいつのことを指しているのかは分からないが、それがアンリエットの記憶が戻る前のことを指しているのならば、確かに今のアンリエットはある意味で変だと言えるからだ。

とはいえ、正直アレンとしてはほぼ変わっていないと思っているし、今までそんな話が出たこともない。

だから、てっきり誰も気付いていないと思っていたのだが……。

「……別にアンリエットは何も変わってねえですが？」

「んー……まあ、少なくとも私は何も感じないわねえ。もっとも、アンリエットって元から変だから分からないだけなのかもしれないけれど」

「誰が元から変ですか。失礼なやつですねえ」

「……ノーコメントで。ちなみに、ミレーヌは何でアンリエットが変だって思ったの？」

「……何となく？」

「何となくかぁ……」

どうやら明確な根拠があってのことではなく、勘ということのようだ。

まあ、元々ミレーヌは頭で考えるよりも感覚で考えるタイプだし、何かミレーヌの感覚に引っかかるものがあった、ということなのだろう。

「まあ、アンリエットだって日々成長してるわけだしね。それを変だって思ったってことじゃないかな？」

「……成長？」

「なんですか、そんな言葉初めて聞いた、みたいな顔は。アンリエットだって当然成長してるに決まってるじゃねえですか。……いえ、っていうか、よく考えたらアレンも同じようなこと言ってねえです？」

「まあ、でもこう言ったら何だけれど、正直言いたいことは分かるのよね。アンリエットって何となく成長しないっていうか、ずっと変わらないような気がするっていうか」

「だよね？」

「だよね、じゃねえです。何言ってやがんですか、オメエらは。ったく、失礼にもほどがあるですね」

そう言って不服そうな顔を見せるアンリエットに苦笑を浮かべるが、実際言っていること自体は本心ではあった。

アレンにとってのアンリエットというのは、やはりどうしても前世の頃の様子が思い浮かぶ。

今もその傾向があるものの、あの頃のアンリエットはもっと教え導くという立場にあり、そのイメージから、いまいち成長したり変わったりするといった様子が思い描けないのだ。

「まあ、ともかく何か問題が発生したってわけじゃないんならよかったかな」

「露骨に話そらしやがったですね……まあいいですが。それはそれで事実ですし」

「確かにね。もう迷宮都市はすぐそこだっていうのに、面倒ごとに巻き込まれるのはごめんだもの」

「……下手をすれば、入れなくなる？」

「だね」

国が管理する迷宮に比べれば審査基準が温《ぬる》いとされるギルド管理の迷宮だが、それはあくまで国が厳しすぎるだけだ。

当然のように犯罪の前科を持つような冒険者は弾かれるし、直前に何か問題を起こした冒険者も敬遠される傾向にあるという。

しかも、それはその冒険者自身が問題でなくとも、という話らしい。

迷宮そのものはもちろんのこと、道中も気を付ける必要があると、辺境の街のギルドで迷宮都市に行くと告げた時に忠告されたのである。

「自分達に非がなくても入れない可能性があるって、かなり厳しい気もするけど……まあ、逆にそれだけ迷宮都市は安全だってことになるのかな？」

「まあ、冒険者なんて大半が荒くれ者と大差ねえですからね。迷宮をしっかり管理しようと思ったら、そんぐらいは必要ってことでしょうよ」

「でも、ということは、迷宮都市も相応の秩序があるってことよね。それはちょっと残念かもしれないわ」

「……むしろその方がいい」

「まあ、そういう変な方向の見識は深めないでいいんじゃないかな？」

そう言って苦笑を浮かべながら、馬車の進行方向を眺める。

予定では、あと二日もすれば迷宮都市のはずだ。

移動に一月もかかったおかげで、現状も十分に整理できた。

ただ、未だにどういう立場を取るかの結論は出ていないが――

「迷宮都市、か……」

そこに行ったところで、何かが分かるという確証はない。

だが何故だろうか……少なくとも、無駄に終わることはないのだろうということは感じた。

それが良い意味でなのか、悪い意味でなのかは分からないが。

それでも、確かに感じる予感に、アレンは目を細めるのであった。

騒動

迷宮都市の第一印象を一言で言い表すと、雑多、というものであった。

ただ、そう思いつつも驚きや戸惑いがなかったのは、既に似た雰囲気のものを知っていたからだろう。

他でもない、辺境の街だ。

もっとも、街並みが似ているわけではないし、むしろぱっと見の印象で言えばまったく違う。

何せ迷宮都市には見上げるほど巨大な市壁《しへき》があるのだ。

迷宮への入り口が都市と直結していることから、万が一何かあっても外に被害を漏らさぬためと、不心得者を都市の外に出さないためであるらしい。

つまり基本的には内から外へのためのものなのだが、一目見た時に感じる威容は、なるほどここでは下手なことは出来ないだろうと思うに十分なものであった。

まあ、そんなことを思っていたのは中に入るまでで、中に入ってみたら雑多の一言に尽きたのだが。

とはいえ、それは悪い意味というわけでもない。

そこには雑多なりの活気というものもあったからだ。

そもそも雑多とは、様々な物が入り乱れている、という意味である。

ならば活気があるのも当たり前のことなのかもしれない。

ともあれ、その様子はアレンに、自然と辺境の街のことを思い起こさせた。

あそこも雑多という言葉が似合う、色々な物が入り混じった街だ。

もちろん違うところは多いが、雑多という言葉でひとくくりに出来てしまうぐらいには、二つの街の雰囲気は似通っていた。

ただ、アレンが最も違うなと思ったのは、そこにいる人だ。

辺境の街にも冒険者は多かったが、迷宮都市はそれに輪をかけて多いのである。

目につく大半の人が冒険者と言ってしまっても過言ではないほどであった。

「この人達全員が迷宮目的ってことだよね……？　そう考えると、なんか凄いなぁ……」

「確かにね。というか、私も詳しいことは知らないんだけど、迷宮ってこんな沢山の人が入れるわけ？」

「入れるかどうかで言えば、入れますね。まあ、実際に入ることはねえでしょうが」

「……迷宮、大きい？」

「まあ、迷宮ですからね。ぶっちゃけ小さいやつでもこの都市が丸々一つ入っちまうぐらいの大きさはあるって話ですし」

「……さすがに大きすぎない？」

そんな迷宮への入り口が、この迷宮都市には三つもあるというのだ。

しかも迷宮は一層だけではなく、何層にも連なっており、基本的には下に向かうほど広くなっていくという。

それを考えると、この都市の地下は物凄いことになっていそうだが……。

「確かに迷宮の入り口は下に向かって出来てるですが、実際に地面の下に出来てるってわけじゃあねえんですよ。ですから、地面を掘っていったところで迷宮にはぶつからねえですし、迷宮の地面を掘っても次の階層に進むことも出来ねえんです」

「実際には別の空間に存在してる、ってことか」

「へえ……そんなことになっているのね」

「……初耳？」

「そりゃ迷宮に関わらなけりゃ普通は知る必要のねえことですしね。アンリエットも今回迷宮都市に行くってことになって調べて分かったことですし」

何でもないことのようにそう告げたアンリエットだが、直感的に嘘だな、と思った。

実際にそれは知られている情報ではあるのだろうが、アンリエットがそういったことを調べている様子はなかったからだ。

おそらくは使徒だった頃の力を使って得た情報なのだろう。

アンリエットが持つ力に関して、アレンはあまり詳しく聞いたことがない。

だが、少なくとも遠方の様子を眺める千里眼のような力を持つことは分かっている。

しかも、使徒だった頃に使っていたものだから、空間どころか次元すら越えて観測出来るはずだ。

そうして迷宮のことを調べた、ということなのだろう。

あとは、世界を構成する要素は基本的に共通しているという話もいつか聞いたことがあるので、他の世界の知識も参考にしているのかもしれない。

とはいえ、もちろん見栄を張ったというわけではなく、アレン達に足りていない知識を補完してくれたのだろう。

視線で礼を述べると、小さく肩をすくめて返された。

「さて……ところで、ようやく迷宮都市に来られたわけだけど、これからどうしようか？」

「どうしよう、って……何か考えがあって来たんじゃないの？」

「いや？　とりあえず来れば何かあるんじゃないかな、ぐらいで考えてたしね」

「……考えなし？」

「否定は出来ねえですねえ。とはいえ、迷宮都市に来たんですから迷宮に潜るのが筋ってもんなんでしょうが、かといって迷宮に行ってどうするのかって話になるですし」

あくまでアレン達は、何か面白いことが、あるいは、変わったことがあるのではないかと期待して迷宮都市にやってきたのだ。

まあ、その期待のために迷宮に行ってみる、というのもありと言えばありだろうが、どちらにせよ計画性がないことに違いはない。

「んー……やっぱり無難なのは冒険者ギルドに行ってみることになるのかなぁ」

「それで何か面白いこととか知りませんか、って聞くわけ？　大丈夫？」

「……怒られる？」

「別に怒られやしねえと思うですよ？　つーか、似たようなことを考えるやつも中にはいるでしょうしね」

「まあ、冒険者になる理由なんて人それぞれなんだから、当然そういう人もいる、か」

そもそも、迷宮都市に来る冒険者だけでもこれだけの人がいるのだ。

数はもちろんのこと、種族も様々である。

それを考えれば、迷宮という共通の目的を持っていても、そこに至るまでの事情に色々なものがあるのも当たり前であった。

あるいは、共通の目的があるからこそ、なのかもしれないが。

「じゃあ、とりあえずは冒険者ギルドに行ってみようか。って、そういえば、当たり前のように一緒に行動すること前提で話しちゃってたけど、ノエル達はそれでいいの？」

「いいの、っていうか、私も当然そう考えていたけれど？　だって私達だけで行動するより、貴方と一緒の方が見識を深められそうだもの」

「……同感。……でもそれはそれとして、一緒にいたいだけ？」

「勝手に変なこと言ってるんじゃないわよ。まあ、一緒にいた方が安全ってのもあるけれど。いくらしっかり管理されているとは言っても、やっぱり冒険者だらけってのは少し怖いもの」

「まあそれはそうでしょうね。冒険者が多いってことは、やっぱりどうしたってトラブルが起こりやすくなるですから」

「まあねえ――って、言ってるそばから」

そんなことを言っていると、怒鳴り声が聞こえた。

漏れ聞こえてくる声から察するに、何やら難癖をつけているようだ。

まあ、冒険者同士であればよくあることではあるが――

「――って、あれ？」

そこでふと首を傾げたのは、聞こえてきた声に聞き覚えがあったからだ。

ただし、怒鳴っている方ではなく、怒鳴られている方。

つまり、難癖をつけられている方だが……。

「ねえ、アンリエット、今の声って……」

「オメエにも聞こえてたってことは、気のせいってわけじゃなさそうですね」

「あー……気のせいかもしれないって思ってたんだけれど、貴方達もそう言うってことは」

「……ん、間違いなさそう？」

どうやら、全員に心当たりがあるようであった。

しかもこの様子では、想像している人物に違いあるまい。

どうしてこんなところにいるのだろうかと思いながら、声が聞こえた方に歩いていくと……果たして、想像通りの人物がそこにいた。

「――だから、そんなこと言われてもオレは知らねえって。ったく、着いて早々これとは、ついてねえなぁ……」

その人物は、この世界では珍しい黒髪黒瞳であった。

口調はどことなく男らしいが、見た目はれっきとした少女だ。

そして彼女は、この街にいながら、冒険者ではなかった。

何故ならば――

「……どうして貴女がここにいるのかしら？　――勇者」

「うん？　――おお。よう、久しぶりだな」

四人の心境を代弁するかのようなノエルの言葉に、少女――アキラは、そうしてあっけらかんとした様子で片手を上げたのだった。

再会

勇者であるアキラの行動は、基本的には今の世界でも変わっていないはずだ。

即ち、気の向くまま思うがままに世界各国を回る、というものである。

まあ、むしろその方針のことを考えればこそ、迷宮都市にいても不思議ではないと言えばそうなのだが……しかし何となく、腑に落ちない。

だがそのことを質問するよりも先に、その場に大声が響いた。

「――おい、聞いてんのか⁉」

それはアキラの目の前にいる男であった。

いかにも冒険者といった風貌であるが、その顔には怒りが浮かんでいる。

どうやら先ほどからアキラに絡んでいるのはその男のようだ。

しかしあそこまで怒るとは、アキラがそこまでのことをした、ということだろうか。

「はいはい、聞いてるっつーの。っと、お、そうだ。あんた達からも言ってやってくれねえか？

オレはそんなこと考えてねえってよ」

「そんなこと言われても、そもそも何でもめてるのかもよく分かっていないんだけど……」

「分かったらさっさとここから出ていきやがれ、って大声で言ってるのが聞こえたぐらいですから
ねえ」

「まあ、様子から何となく難癖《なんくせ》付けられてるんでしょうってのは分かるけれどねえ」

「……歩いてたら肩がぶつかった？」

「そんなんだったらよかったんだがなぁ……」

よっぽど辟易《へきえき》しているのか、そう言いながらアキラは溜息を吐き出した。

それから事情を説明しようとしたのか、目を細めつつ少し遠くを見やり……だが、何故か男の方
へと視線を向けた。

「つーわけで、説明任せたわ」

「はぁ……!?　何で俺が!?」

「いや、だって考えてみたら、何でオレが説明しなくちゃなんねえんだって話だろ？　何が悲しく
て心当たりもねえことの説明をしなくちゃならねえんだよ」

「……ちっ」

アキラの言葉に一理あると思ったのか、男は舌打ちしつつも説明はするらしい。

一体何があったのかと思いながら、男の言葉に耳を傾け……なるほど、と思った。

これはアキラも辟易するわけだ。

「つまり、話をまとめると……アキラがこの迷宮都市を潰そうとしてる、と？」

「ああ……だってそうだろ⁉　冒険者でも何でもねぇ勇者がこんなとこに来てんだ！　それ以外考えられねっかよ⁉」

むしろどう考えても飛躍しすぎている思考だと思うが、本当に何故そうなったのだろうか。

アキラを勇者と知らない人が逆恨みのような形で騒いでいるのかと思えば、まさか勇者と知った上で、それを飛躍させた形で絡むとは。

というか、絡まれたアキラが大変なのは分かるが、出来れば巻き込まないでほしかったのだが……。

「うーん……そうは言うけど、何か具体的な根拠っていうか、そういうのはあるの？」

「まあ、今聞いた話じゃあ難癖付けてるだけにしか思えねぇですねぇ」

「あぁ⁉　根拠だぁ⁉　……なるほどな、さてはお前ら、ここに来て日が浅いな？」

「日が浅いって……まあそれはそうだけれど、それがどうしたのよ？」

「……日が浅いどころか、さっき来たばかり」

「はっ……ま、なら分かんなくても仕方ねえか。じゃあ教えてやるがな、この迷宮都市ってやつは、俺ら冒険者にとってなくちゃならねえ場所なんだよ！」

そう自慢げに告げた男だったが、アレン達は思わず顔を見合わせると首を傾げ合った。

正直なところ何が言いたいのかまるで分からないし、ノエルに至っては自分はそもそも冒険者ではない、とでも言いたげだ。

だがそう伝えたところで話は進むまい。

仕方なく、先を促すことにした。

「えーと……それはよく分かったんだけど、そのことと勇者に何の関係が？」

「あん？　……ちっ、察しが悪いやつだな。だから、他のやつらにどう言われようと、ここは俺達冒険者にとって思ってる以上に助かる場所だってこった！」

男はそれで伝わると思ったようだが、生憎《あいにく》相変わらず何が言いたいのか分からないままだ。

ただ、一つだけ気になることがあったので、声を潜めつつアンリエットに尋ねた。

「他の人達にどう言われようとって、どういう意味か分かる？」

「あー……まあ、一応は分かるですね。ただ、言うほど一般的なことじゃねえとは思うですが」

「というと？」

「迷宮都市ってのは、一部のやつらからは評判が悪いんですよ。それこそ、潰しちまえって声があるぐらいには。ま、そこまで過激なことを言いやがるのはごくごく一部でしかねえですが」

「なるほど……？」

ということは、そこで話が繋がる、ということなのだろうか。

いや、だがだとしても、やはり話が突飛すぎるだろう。

「確かに、百歩……いや、一万歩譲って、ここが危険だって言いたいのは分かる！　何せここは、迷宮が三つもあんだからな！　だからこそ俺達は助かってんだが……その分魔物が中から溢れる可能性が高いだと？　馬鹿も休み休み言えってんだ！」

「迷宮の中から魔物が溢れだす、か……確かに、そんな話を聞いたことがあるわね。スタンピード、とか言うんだったかしら？」

「……でも、かなり珍しいはず？」

「まあ、実際今までに二回ぐれえしか起こったことはねえはずですしね。しかも、発見されていなかった迷宮で起こったってだけで、定期的に冒険者が潜ってるような迷宮で起こったことはねえはずです」

「はっ、分かってんじゃねえか。そうだ、その通りよ。だがやつらはそのことが分かっちゃいねえんだよ！　今まで起こらなかったからといって、今後もないとは限らねえ、とか言ってな！　だから潰した方が安全だぁ……!?　ふざけやがって！」

かなり力が入っているあたり、もしかしたら実際に言われたことでもあるのかもしれない。

それに最初は突飛だと感じたが、思ったよりも話は通じそうだ。

どうも単に過程を飛ばして話していたからのようである。

もう少し話を聞いてみたら、何故アキラに怒っていたのか分かるかもしれない。

「そんなことを言ったら、結局全ての迷宮を潰す必要がある、とかいうことになりそうな気がしますが」

「実際そういう主張をするやつもいるにはいるですからね。ごく一部のさらに一部ですが」

「はんっ、ここは各国の国境上にある上、どこの国にも属していないからな。文句を言いやすいってことなんだろうよ。迷宮が三つあるなんてのは、結局体のいい建前ってこった」

「それでもし本当に潰せたのならもうけもの、って感じかしらね」

「……言うだけはタダ?」

「言うだけで終わってりゃあな」

そう言って男はアキラへと視線を向けると、鼻を鳴らした。

「勇者様はいいことをするのが得意みたいだからな。次はここの番ってことだろ。所詮俺ら冒険者なんて鼻つまみ者だからな。ここが潰れたところで他行きゃいいとか言い出すんだろ、どうせよ……!」

「うーん……」

なるほどそう繋がるのかと思ったが、結局のところ無理やり感のある結論ではあった。

というか、男が妙に必死な気がするが……。

「……多分、あいつは他の迷宮にはいけねえんでしょうね」

「まあ、そうなんだろうね」

男は冒険者らしいと言えばらしいが、だとしても少しガラが悪すぎる。

あの様子では、国が管理しているような迷宮に入る許可は下りないだろう。

「でも、国が管理してない迷宮ってここ以外にもあるよね?」

「ここからだとかなり遠いですし、何より迷宮が三つもあるここはかなり実入りがいいでしょうからね。文字通りの意味で生活がかかってるってわけです」

気持ちがまったく分からないとは言わないが……結局のところ、根拠らしい根拠はなかったのだ。

である以上は、やはり難癖にしかならないだろう。

というか、アキラももっとはっきり否定してしまえばいいだろうに。

いっそのこと無視してしまってもいいぐらいだと思う。

そう思いながら、先ほどからずっと事の成り行きを黙って見ていたアキラへと視線を向けると、肩をすくめられた。

「完全に否定出来りゃあ話は早かったんだがな」

「はっ、出来るわけねえよな！　なにせてめえは一度、実際に迷宮を潰してやがるんだからな⁉」

男の言葉に、アキラはもう一度肩をすくめた。

どうやらその様子からして本当のことのようだが……アレンとしては初耳であった。

そんなことがあったのならばさすがに耳に入っていると思うが……。

「あー……そういえば、帝国にあった迷宮を潰したんでしたっけ？」

「そういえばそうだったわね。さすがにあれは結構な騒ぎになったもの」

「……でも、うやむやになった？」

「帝国のゴタゴタの真っ最中でしたからね」

「もっと大変なことが起こってそれどころじゃない、って感じだったわよね。というか、迷宮のこともそれと繋がってたから、追及するにもしきれなかったっていうか」

話を聞くに、どうやら今の世界で以前に起こったことのようだ。

なるほどそれならば聞いたことがないのも当然である。

しかし少し聞いただけでもかなり大変なことが起こっていたようだが、実際何があったことになっているのだろうか。

気にはなるが、さすがに今尋ねるわけにはいくまい。

「はっ、そんなやつが迷宮都市にわざわざ来て何もしねえだと？　説得力がねえってんだよ！」

「確かにそれを否定はしねえし出来ねえが、オレとしてはいくら言われてもやらねえとしか言えねえよ。実際そんなことのために来たわけじゃねえんだからな」

「そのここに来た目的っていうのを言っちゃえばいいんじゃないの？」

「残念だが、極秘の任務ってやつでな。言いたくても言えねえんだよ。ただ、本当に迷宮を潰しに来たってわけじゃねえし……なんなら、誓ってやってもいいぜ？」

「誓うだぁ……何を誓うってんだ⁉」

「お前らがここにいる目的でもある三つの迷宮には近寄りもしねえ、って誓いだよ。そうだな……三つの迷宮の入り口に近付いたら問答無用で襲ってきても構わねえぜ？」

あまりにもはっきり言い切るものだからか、男もそれ以上は食い下がることが出来ないようであった。

何度か口ごもるものの、結局は言葉にならず、代わりとばかりに舌打ちを漏らした。

「……襲い掛かったところで、どうせ返り討ちにあうだけだろうよ」

それでも文句は告げたものの、その口調は先ほどまでと比べると明らかに勢いを失っていた。

そんな男に向けて、アキラは肩をすくめる。

「なら、抵抗しない、ってのを付け加えてもいいぜ？　さすがに無抵抗でボコられるつもりはねえけどな」

「……ちっ。いらねえよ」

それで納得したわけではないのだろうが、それ以上言い募る気は起こらなくなったようだ。

男は最後まで悪態をつきながら、その場から去っていった。

「……最後まで態度悪かったわねえ。まったく、一言疑って悪かった、ぐらい言うべきでしょうに」

「冒険者ってのは簡単に頭を下げるわけにはいかねえですからね。結構注目集まっちまってましたし。まあそれはそれとしてアンリエットとしてもあれは無えと思うですが」

「別に解放してくれたんならオレとして文句はねえさ。正直こんなことは慣れてるしな」

「慣れてるっていうんなら僕達を巻き込まないでほしかったなぁ……」

「……巻き込まれ損？」

「それはそれ、これはこれ、ってやつさ。早く解放されるに越したことはねえし、実際その目的は達成できたわけだからな」

そう言ってあっけらかんとした様子で笑うアキラに、溜息を吐き出す。

以前に一度会った時にも感じていたことではあったが、やはりアキラもまた変わっていないようであった。

「ま、でもお前らがいてくれて本当に助かったよ。ありがとな」

「……どういたしまして、って一応言っておくよ」

「おう。ところで、お前らはこんなことに何しに来たんだ？　言っとくがマジでここには迷宮ぐらいしかねえぞ？」

そっくりそのまま同じセリフを返したかった。

そんな迷宮しかないようなところで、迷宮の入り口に近付かないと誓うなど、一体何しに来たというのか。

まあ、極秘というのであれば、聞いたところで答えはしないのだろうが。

そしてアレン達の目的は別に隠すようなことでもなかった。

「まあ、何というか、面白いことを探しに、かな？」

「は……？　面白いことを探しに……？」

「気分転換みたいなもんですよ。ここでなら他にはないような何かがあるかもしれねえですからね」

「ある意味では、既にあったと言えるかもしれないけれどね」

「……勇者が冒険者に難癖付けられてた？」

「おー……なるほどな。ならこれで貸し借り無しってやつだな。オレはお前らに助けられて、お前らはオレのおかげで面白いもんが見れたわけだからよ」

それは本当に等価になるのだろうかと思ったものの、まあ別に最初から貸しにするつもりもないのだ。

それでよしとしておくとしよう。

「だがそれはそれとして、面白いもん、か……」

「何か心当たりでもあったりする？」

それは社交辞令というか、とりあえず聞いてみただけのことであった。

先ほどの様子を見るに、おそらくはアキラもここには来たばかりのはずだ。

だから、さすがに知らないだろうと思っての質問だったのだが……予想に反して、アキラは自信ありげな様子で口の端を吊り上げた。

「そういうことなら、いい選択をしたな」

「そういう言い方をするってことは、何か知ってるってことかしら？」

「つっても、オメエも多分さっきここに来たばっかですよね？　前にも来たことがあるとか、どっかで何か聞いたとか、そういったところです？」

「……極秘の任務に関係ある？」

「さてな。それを言っちまったら面白くなくなるだろ？　でも、一つだけ言っといてやるよ」

「何を？」

「――今のこの街なら、間違いなく面白いことが見つかるだろう、ってな。実際、タイミングもばっちりだぜ？」

「タイミング……？」

ということは、今ここで何かが起こっている、ということだろうか。

別に面白いことや変わったことが見たいだけであって、トラブルに巻き込まれたいわけじゃないのだが……。

「ま、期待してろって。きっと面白いことが起こるだろうからな。特に、お前らなら、な」

意味深にそう告げると、じゃあな、と言ってアキラは去っていった。

随分唐突だと思ったものの、考えてみれば今のアレンとアキラの関係はそんなものなのだ。

ノエルとアキラの関係はいまいち分からないものの、ノエルが何も言わないあたり、そっちもそんなものであるらしい。

何も言わず、黙って見送った。

「うーん……これは期待していいのか、それとも不安を感じるべきなのか……どっちなんだろうなぁ」

「あの様子からすると、どっちもって感じじゃねえですかね？」

「でしょうね。……それにしても、この前といい今回といい、変なところで会うわね」

「……向こうも同じこと思ってそう？」

「かもね。まあ、またすぐに会いそうだけど」

アキラもこの街に用があるようだし、あの様子からすると近いうちにここで起こるだろう何かにも関係がありそうだ。

その時にきっと、再会することだろう。

「ま、逆に一旦こっから出ていく、ってのもありな気がしますがね。ここにいたら巻き込まれそうですし」

「確かにそれもありよね。……でも、個人的には残っていたいかしら。あの勇者があそこまで言うんですもの」

「……興味深い？」

「んー……まあ、そもそも何か面白いことを求めてわざわざここまで来たわけだからね。確かに厄介事が起こりそうな予感はするけど、ここで退いたらここまで来た意味がない、かな？」

平穏だけを望むのならば、辺境の街にいればよかったのだ。

むしろ何かが起こるというのならば、望むところである。

そしてアンリエットとしても一応言ってみただけだったのか、異論はないようだ。

仕方ないとでも言いたげに、肩をすくめていた。

「さて、それじゃあ――」

当初の予定通り、一先ず冒険者ギルドにでも行こうかと、そう提案しようとした時のことであった。

「――あの！」

不意にそんな声をかけられたのである。

視線を向けてみれば、そこにいたのは一人の少女であった。

見知らぬ顔であり……だが、アレンがふと目を細めたのは、それとは別の理由だ。

そのことを尋ねようと口を開きかけ、しかしそれよりも先に少女が勢いよく頭を下げた。

そして。

「あたしにも勇者さんと仲良くなる方法を教えていただけませんか⁉　――同じ悪魔のよしみで！」

そんな言葉を告げてきたのであった。

悪魔

少女の告げてきた言葉は、さすがのアレンにとっても予想外すぎるものであった。

思わず反応に困る中、真っ先に反応したのはノエルであった。

「ちょ、ちょっと、同じ悪魔って……貴女悪魔ってこと⁉　それに同じって、どういうことよ⁉」

半ば混乱しているような状態だが、無理もあるまい。

というか、アレンも心境としては似たようなものだ。

少女が悪魔だということこそ一目見た時点で気付いたものの、同じ悪魔とはどういうことなのか。

他に悪魔がいるというのならば分かるが、この周辺に少女以外の悪魔はいないようだし……何より、少女は明らかにアレン達に向けて言っていた。

つまりアレン達の中に悪魔がいるということになるが、そんなわけはあるまい。

本当にどういうことなのだろうかと思っていると、少女が予想外の反応を見せた。

ノエルの言葉を受け、むしろ少女の方が驚きの声を上げたのだ。

「え⁉　あたしの声聞こえるんですか⁉　それに、見えてるんですか⁉　ということは、あなたも悪魔なんですか⁉」

「は……？　何でそうなるのよ？」

意味が分からない、とでも言いたげなノエルだが、アレンもそれは同感であった。

少女には少女なりの理屈があってそう言っているのだろうが、それが分からない。

まるで彼女の姿は悪魔以外に見えないかのように言うが——

「……いや、なるほど……？　認識阻害、かな？」

よくよく少女のことを眺めてみれば、僅かに違和感のようなものを覚える。

そしてそれは、認識阻害の結界が張られた場所などを眺めた場合に感じるものとよく似ていた。

「……みてえですね。こんな往来のど真ん中で、堂々と悪魔って叫ぶなんて何考えてんのかと思いましたが、結界……いえ、それよりもっと質が悪いですか。認識阻害の効果を自身にまとってやがるんですね」

「それは確かに質が悪そうだ……」

認識阻害の効果そのものはそう珍しいものでもない。

誰にも近寄らせたくないような場所に結界を張るなど、利用出来る場面は多いからだ。

ただ、その効果をまとっている人物がいるとなれば、話は別である。

それはつまり、その人物自身が周囲に気付かれないようにしているということ——暗殺者などである可能性が高いからであった。

まあ、少女の言動を見るに、そういうわけではなさそうだが……。

「あれ……!?　もしかして、あなた達も、ですか!?　ということは、あなた達も悪魔!?」

「も、っていうか、私の時点で違うって言ってるでしょうが。話が通じないわね……」

話が通じないというよりは、単純にそれほど驚いている、ということなのかもしれない。

少女の様子を見るに、そんな感じがした。

「うーん……本来なら悪魔にしか認識されない効果、って感じなのかな？」

「でしょうね。普通なら有り得ねえもんですが……まあ、悪魔ならではってとこですか」

と、そんなことをアンリエットと話していると、それでようやく少女も状況を理解したようだ。

アレン達の顔を見回しながら、戸惑ったように口を開く。

「えっと……本当に悪魔じゃない、んですか？　もしかして、そっちの方も……？」

そう言って少女が示した方を見れば、その先にいたのはミレーヌであった。

どうやら少女が最初に話しかけていたのはミレーヌに対してであったらしい。

「……わたし？」

しかし当然のように心当たりがないだろうミレーヌは、戸惑いながら首を傾げた。

普段はあまり感情が表に出ることのないミレーヌだが、傍目にもはっきり分かるぐらいには戸惑いが顔に浮かんでいる。

まあそれも当たり前ではあろうが。

まさか悪魔から悪魔扱いされるとは思いもしなかったことだろう。

「むしろどうしてミレーヌが悪魔だと……？」

「えっ……どうして、と言われましても困るのですが……その、感覚、でしょうか？　……あの、本当に違うんですか？　あたしにはそうとしか感じられないんですが……」

「……違う」

「悪魔どころか、悪魔と関わったことすらないわよ。ねえ？」

少女は本気で戸惑っているようだが、アレンがどれだけ確認したところでミレーヌはミレーヌのままで変わりない。

悪魔だと感じる要素などないはずだが……。

「……ああ、なるほど、そういうことですか」

と、そんなことを思っていると、不意にアンリエットが小さな声で呟いた。

それはおそらく独り言だったのだろうが、どうやらアンリエットは何かに気付いたらしい。

そしてアレンの視線から、アレンがそれを察したことをアンリエットは理解したようだ。

肩をすくめると、アレンにしか聞こえない声で話を続けた。

「……アイツは多分、悪魔の特徴の一つを無意識に感じ取ってて、それを判断基準にしてやがるんでしょうね」

「特徴の一つ？」

「ギフトとは異なる、悪魔が使う力――ワタシ達が『スキル』って呼んでたやつですね」

「『スキル』、か……その痕跡っていうか、そういうのを感じてる、ってこと？」

「あるいは、逆かもしれねえですがね。ギフトを使ってる痕跡がねえからこそ、悪魔だって感じたのかもしれねえです。そっちに関しては前例もあるですし」

「前例……？」

「リゼットですよ」

「リゼットが……？」

アンリエットが何を言いたのか分からず、アレンは首を傾げた。

確かにリゼットはギフトを使った痕跡が分かるとは言っていたが……。

「リゼット自身はアレを自分のギフトによるものだと思ってたみてえですし、そういうギフトもあるのは事実ですが……実際のところ、リゼットのアレは経験によるものです。色んなギフトを経験した結果、無意識的にその痕跡を感じ取れるようになったんですよ」

「そうだったんだ……って、ん？　あれ、ということは、ミレーヌは……」

「ああ……そういえば、オメエに言ったことはなかったでしたっけ？　まあ、別に言う必要もなかったですしね。オメエの想像通りです。ミレーヌが使ってる力は、ギフトじゃなくて『スキル』なんですよ。つーかだからこそ、ミレーヌは悪魔の力を写し取って使えるわけですからね」

「なるほど……」

言われてみれば、納得ではあった。

しかしそうなると、今度は別の疑問が出てくる。

「あれ……でも僕もアンリエットもギフトは持ってないよね？　あの娘の様子を見る限りだと、僕達のことは悪魔だって感じてないみたいだけど……」

「リゼットとは違って、アイツは悪魔ですからね。リゼットよりもさらに力に対して鋭敏なんでしょうよ。オメエの力もワタシの力も、どっちも神の力を元としたものです。で、ギフトも元を辿ればそうですからね。その辺を感じ取ってるってことなんでしょう」

「なるほどね……」

と、そんなことを話している間に、少女の方も納得がいったようだ。

未だどこか戸惑い気味ではあるも、落胆したように溜息を吐き出した。

「そう、ですか……本当に悪魔ではなかったんですね」

そしてその場に膝をつくと、まるで首を差し出すように項垂れる。

「……いや、まるで、というか――

「まあ、仕方ありません。迂闊《うかつ》だったあたしが悪いんですから。さあ、情けは無用です！　ひと思いにやってください！」

「いや、やってくださいって言われても……ええ……？」

明らかに首を差し出している少女に、ノエルが戸惑いの声を上げる。

まあそうなるのも当然ではあるが、かといって助けを求めるように見られても困るというものだ。

もっとも、放っておくわけにもいくまいが……。

「えーっと……別に僕達としては、君をどうこうするつもりはないんだけど……？」

「え、そうなんですか⁉　あたし悪魔なんですよ⁉」

何もしないと言ったことに、少女は本気で驚いているようであった。

それから困惑気味な様子で、アレン達のことを見つめてくる。

「悪魔だからといってそれだけで何かをするほど、アンリエット達は短絡的じゃねえってことです」

「……何もされてない？」

「そうね。まあ、変な問答をすることにはなったけれど、その程度でどうこうしたりはしないわよ」

「そ、そうなんですか⁉　悪魔って分かったら問答無用で殺されるんじゃ⁉」

「そう思ってるのにあんなことを言ったんだ……？」

迂闊というか、何と言うか。

それだけ自分の力や感覚を信じていたということなのかもしれないが。

いや、あるいは、少女が最初に話しかけてきた言葉こそが理由だろうか。

「うぅ……自分が迂闊だってことはあたしが一番よく分かっています！　ですからどうぞ、ひと思いに！」

「だからやらないってば。それより……何だっけ？　勇者と仲良くなる方法を知りたいんだっけ？どうしてそんなことを？」

「そういえば、そんなこと言ってたわね……」

「あ、はい！　あたし、勇者さんと仲良くなりたいんです！　ここに来たのも、勇者さんが来てるって聞いたからですし！」

「勇者と仲良くなる、ですか……？　悪魔であるオメエが？」

アンリエットが疑問を抱くのも当然というものだろう。

勇者というのは、悪魔の天敵だ。

世界に反逆せんと様々なことを企む悪魔と、神の意思に従い世界を守る勇者。

水と油というか、その性質はあまりに正反対すぎる。

仲良くなる方法ではなく、弱点を知りたいというのならば納得がいくのだが。

それとも、仲良くなることで隙を突くつもりだろうか。

「……寝首をかく？」

「どうしてあたしが勇者さんにそんなことをしなければならないんですか⁉」

「貴女が悪魔で、勇者が勇者だからだけれど？」

「少なくとも、そうだって言われた方が納得出来るのは間違いねえですね」

「というか、そもそもどうして勇者と仲良くなりたいの？」

「どうして、ですか……？」

当たり前のことを聞いたはずなのだが、どうしてそんなことを聞くのか分からない、とばかりに少女は首を傾げた。

そして。

「もちろん、強くて格好よくて、そしていい人だからです！」

当たり前のことを告げるように、堂々とそう口にした。

それが、ごく普通の少女が言ったのならば、アレン達も何の疑問も持つことはなかっただろう。

だが、言っているのは悪魔の少女だ。

さすがにそうかと素直に頷くのは難しかった。

「いい人……ねえ。それを貴女が言うのかしら？」

「……悪魔なのに？」

ノエルとミレーヌも、やはり頭から信じることは出来ないようだ。

疑わし気な視線を少女へと向けるが、それも仕方のないことだろう。

正直なところ、アレンだって同じだ。

しかし、それを意に介さない様子で少女は頷いた。

「はい！　……いえ、むしろ、だからこそ、かもしれませんね！　だって——あたし達は、そうじゃありませんから！」

笑みを浮かべながら言い切った様子に、ノエル達は思わず言葉をなくしてしまったようであった。

それはアレンも似たようなものではあったが、それでも問わずにはいられなかった。

「それは……つまり、自分達のしていることを自覚してる、ってこと？」

「それがどういう意味なのかは分かりませんが……そうですね、多分自覚しているとは思います。だって、世界に反逆するって、悪いことですから！」

やはり笑顔で言い切ったことに、アレンは目を細めた。

これが開き直っているのならば、話は別である。

だが、アレンの目には、そうではないように見えた。

「……悪いって分かってるのに、悪魔になったんだ？」

「それはそれ、これはこれ、ですから！　もちろん、そうしないでいられたら、それに越したことはなかったんですが……この世界は、理不尽で溢れていますから。悪いと分かっていても、あたしはそれを我慢することが出来なかったんです！」

少女はやはり、笑顔でそう言った。

まるで、当たり前のことを当たり前に言っているかのように。

それが本当に、悪魔という存在だというのならば――

「……君達は、強いんだね」

それはアレンの本音であったが、少女は首を横に振った。

「逆ですよ。弱いから、その理不尽を受け入れることが出来なかったんです！　黙って受け入れて、我慢しようとしたら、自分が耐えられないってことが、分かっていたから」

「だから、だと？」

「はい。だから、悪いことだと分かっていても。あたしたちは世界に反逆することを選んだ。言い訳をするつもりはありませんし、そもそも出来ません。何から何まで、悪いのは自分自身。全てが自業自得なのが、あたし達悪魔なんですから！」

正直なところ、アレンは自分が悪魔に対しあまり偏見を持っていないと思っていた。

しかしどうやら、少女の話を聞くにそんなことはなかったようだ。

アレンは、悪魔達は自分達は正しいことをしていると信じているのだろうと思っていた。

だが実際は――

「まあつまり、あたし達は子供なんですよね！　我慢しなくちゃならないのが分かっていても出来ませんし、悪いと分かっていてもやってしまうんです！」

「……つまり、わたしも子供？」

そう言って首を傾げたのは、少女から悪魔と間違われたミレーヌだ。

確かに、少女の言う通り、ミレーヌが悪魔と近い存在だというのならばそういうことになる。

もっとも、アンリエットによれば、あくまで力の種類の差だということだが。

しかしそんなことは知らない少女は、少し考えた末に頷いた
「……そうですね！　言葉は悪いですが、本質的にはそうなんじゃないかと思います！」

「随分堂々と言うじゃないの」

「だって、自慢ではありませんが、あたし今まで間違ったことありませんでしたから！　つまり、あなたもあたしが間違えるぐらいには悪魔に近い、ということです！」

それは人によっては侮辱ともとられかねない言葉ではあったが、幸いにもミレーヌはそうは思わなかったようだ。

むしろ僅かなりとも思うところがあったのか、何かを考えるようにほんの少しだけ顔を俯けた。

「……わたしが、悪魔に近い」

もっとも、それはアレン達でようやく気付ける程度の些細な変化だ。

少女がそれに気付いたというわけではないだろうが――

「ですが、それでもあなたが悪魔ではないと言うのでしたら――きっと、とてもいい人に出会えたんですね！　悪魔にならずに済むぐらいに！」

それはフォローとも取れるものだが、ミレーヌの変化に気付いた様子がないことを考えれば、純粋に思ったことなのだろう。

相変わらず笑みをたたえたままの姿を眺めながら、アレンは目を細めた。

「……分かってたことではあるけど、悪魔って言っても色々いるんだね」

それは半ば独り言のつもりだったが、アンリエットには聞こえていたらしい。

呆れたように肩をすくめた。

「言っておくですが、アレはかなり特殊ですからね？　正直、ワタシが初めて見るぐらいには、珍しいタイプです。……ただ」

「ただ？」

「言ってること自体は、そこまで変わってるってわけでもねえです。大半の悪魔は、同じことを思ってても口に出したりはしねえですから、そういう意味では間違いなく変わってんですが」

「同じこと思ってるってことは……やっぱり、自分が悪いことをしてるって自覚してるってこと？」

「同じぐらい、開き直るやつも多い、っていうか、そんなやつばっかですがね」

それに関しては予想通りではある。

だがだからこそ、悪いことを悪いと自覚した上で、あそこまで堂々としていられる少女のことが、少しだけ眩しく感じた。

「……堂々としてるといえば、よくバレないよね？　認識阻害にしても、悪魔だってことにしても、これだけ人がいたら誰か気付きそうなものだけど」

「あー……それはまあ、ここが迷宮都市だからでしょうね」

「迷宮都市だから……？　迷宮都市だからこそ、冒険者が多いんだよね？」

「冒険者そのものは多いですが、言っちまえばここにいるのは冒険者として半端なやつばっかですからね。国が管理してる迷宮には行けない程度で、かといって才能がまったくないってわけでもない。そういうやつばっか集まるのが、ここですから」

「だからバレない、か」

「もっとも、アレを見破れるようなやつらがまったく訪れねえ、ってわけでもねえです」

「そういえば、アキラもいたもんね」

アキラならば、きっと見破れたことだろう。

まあ、当の本人はその勇者と仲良くなりたいとか言っているので、むしろ喜ぶかもしれないが。

「正直リスクはかなり高いと思うんですが……何考えてやがんですかねえ」

「まあ、そもそも接触してきた理由が理由だからね」

それは実は偽りで、本当の目的が別にあるというのならばまた別だが……。

果たしてどういうことなのだろうと、笑みを絶やさぬ姿を眺めながら、アレンは溜息を吐き出すのであった。

目的と対価

「あっ……!?」

ふと、少女がそんな声を上げたのは、何とも言えない空気が流れているのを感じている時であった。

何事かと視線を向ければ、少女が何かを思い出した、とでも言わんばかりの表情を浮かべていたのだ。

「そういえば、まだ答えを聞いていません……!?」

「……答え?」

「勇者さんと仲良くなる方法、です……!」

「ああ……そういえば、元々はそういう話だったわね。でも、それをまだ聞こうっていうの?」

「どういう意味ですか……!?」

「……わたし、悪魔じゃない」

少女はあくまで、ミレーヌが悪魔だと思ったから尋ねてきたはずである。

だがその前提が崩れた以上、質問そのものに意味がない。

ノエルやミレーヌはそう考えたのだろう。

しかし。

「いえ！　問題ありません！」

「問題ないって……」

「……わたしが悪魔に近いから？」

「いえ！　あなた達が、あたしが悪魔だと分かっていながら、こうして普通に接してくれるからです！」

その言葉は二人にとって予想外であったらしい。

顔を見合わせると、何とも言い難い表情を浮かべた。

「貴女が襲ってきたとか、明らかに敵意があるとかだったら別だけれど、そのぐらい普通でしょ」

「……普通」

「残念ですが、その普通というものが通用しないのが、悪魔というものですから。まあ、それも自業自得なんですが！」

「……悪いけれど、私だって何も思ってないってわけじゃあないわよ？　戸惑ってるし……そうね、多分憎しみもある。悪魔には、ちょっと嫌な記憶があるから」

「……同じく？」

「そうなんですか……それなら、なおのこと嬉しく思いますね！」

「……何でよ」

「……変態？」

「いえ、そうではなくですね……ということは、そういう気持ちを抑えてまであたしと普通に接しようとしてくれている、ということですよね⁉　つまり、あなた達もいい人だってことです！　そしてそういう人たちなら、やっぱり勇者さんと仲良くなる方法を聞くのに相応しいと思うんです！」

ああいうのは、暖簾《のれん》に腕押し、と言うのだろう。

何を言ったところで引くことはなく、むしろ踏み込んできさえする。

傍目から見ているだけのアレンでさえ、呆れ気味の苦笑を浮かべてしまったぐらいだ。

案の定と言うべきか、ノエルも少し考えていたようだが、やがて諦めたように溜息を吐き出した。

「……って言われても、正直教えられることなんかないわよ？」

「……いじわる？」

「違うわよ。貴女は一体どっちの味方なのかしら？」

「……でも、この中で勇者と一番仲良しなのはノエル」

「一番って言われても、単に他が関わり自体がほぼないってだけでしょ。私だってそこまで仲良いわけじゃないもの。そもそも、私と勇者の関係で多分一番近いものって協力者あたりでしょうし」

「勇者さんの協力者、ですか⁉　それはそれで凄いです！」

何を言っても前向きに捉える少女に、ノエルは溜息すらも枯れてしまったようだ。

処置なしとでも言わんばかりに首を横に振った。

「……というか、考えてみたら一番肝心なことを聞いていないわね」

「……肝心なこと？　……自己紹介？」

「違うわよ。まあそれもあると言えばあるけれど……どうして勇者と仲良くなりたいのか、ってこと」

「えっと……それは、言ったと思いますが……強くてかっこよくていい人だからです！」

「残念だけれど、それは理由なようで理由にはなっていないわ。私が聞いているのは、仲良くなってどうするのか、ってことよ」

　確かに、少女が言っているのは、要するにアキラに自分を紹介してほしいというものだ。

　だがそれが、本当に何の目的もなく、ということは有り得まい。

　その目的がどういうものなのかは、ちゃんと知っておく必要があるだろう。

　しかし少女はその問いに、僅かな躊躇《ためら》いも見せることなく首を横に振った。

「いえ！　申し訳ありませんが、それは秘密です！」

「ふーん……？　ない、と言わないってことは、やっぱり何かしらの目的はあるってわけね」

「あうっ!?　罠をかけられました!?」

「……さすがノエル？」

「褒められているはずなのにまったく嬉しくないのは何故かしらね？」

　ジト目でミレーヌを見つめつつ、ノエルは肩をすくめた。

　それから、少女のことを真っ直ぐに見つめながら、告げた。

「そういうことなら、私は貴女を勇者に紹介することは出来ないわ。私には勇者の協力者としての義務があるもの。アイツに害をもたらす可能性があるのならば、私はそれを許容するわけにはいかない」

「そんなつもりはありません、って言っても駄目ですよねー！　というか、実際にはそんなことを言うことは出来ませんし！」

「……正直？」

「正直に言おうとも、答えは変わらないわよ？」

「はい、もちろん分かっています！」

だがそういう割に、特にこたえた様子などはない。

駄目で元々、ということだったのか……あるいは、他に何かあるのか。

と、そんなことを考えた時のことであった。

「ですが、あたしもここで退くわけにはいきません！　あたしにも、それなりの目的がありますから！」

「じゃあどうするのよ？　どれだけ粘られたところで、私は紹介するつもりはないし、他の皆も同じだと思うわよ？　……それとも、何か他の手を考える？」

「……そうですね、こうなってしまったら仕方ありません！」

そう言って少女が頷いた瞬間、ノエルの身体が僅かに強張《こわば》った。

少女が強引な手を使う可能性を考えたのだろう。

アレンも自然と、何があってもすぐに対応できるよう、ジッと少女の姿を見つめる。

そして――

「じゃあ、その代わり、と言うわけじゃないですが――あなたたちが、あたしと仲良くなってはいただけませんか⁉」

あたかもいいことを思いついた、とばかりに、少女はそんなことを言い出した。

一瞬冗談を言っているのかと思ったものの、その顔を見る限りそういうわけでもないようだ。

「……冗談を言ってるってわけじゃあないみたいね」

「もちろんです！　……確かに、あなたたちにとってみれば、随分失礼なことを言われていると感じるかもしれません！　ですが、決していい加減な気持ちで言ってはいません！」

「……勇者の代わりなのに？」

「あなたたちならば、勇者さんの代わり、いえ、それ以上だと思ったからこそ、です！」

「物は言いようね……」

そう言って溜息を吐きつつも、ノエルの口調に否定の響きは感じられなかった。

少なくとも、今ここで拒絶するほどではない、と思っているのだろう。

アレンとしても同感だったので、何も言わずに黙って見守る。

「まあいいわ。とりあえずそれに関しては置いておくとして……で？　私達と仲良くなって、どうしようって言うのかしら？」

「……目的、なに？」

「目的、ですか……えっと、あなたたちがいい人だと思ったから、ということでは駄目なんですよね⁉」

「当たり前でしょ」

その言葉に、少女は一瞬何かを考えるように俯いた。

しかし、諦めたのか、それとも予想していたのか。

すぐに顔を上げると、その口を開いた。

「そうですね……もちろん、単純に仲良くなりたい、というのもあるのですが、最終的には、迷宮に連れて行っていただけないかな、と思っています！」

「迷宮に……？」

意味が分からなかったのか、ノエルが首を傾げるも、正直なところアレンも同感であった。

連れていくも何も、ここには三つも迷宮がある。

行きたいのならば、行けばいいだけの話だ。

まあ、悪魔だということを考えると、正面から堂々と、というわけにはいかないかもしれないが、あの認識阻害の力を使えば入ることだけは可能だろう。

あるいは、そういった力を無効にする手段が迷宮には存在しているのか、実際には入るだけではなく他にも何かがあるのか。

そんなことを考えていると、アンリエットがポツリと呟いた。

「迷宮に行くって……オメエ、本気ですか？」

それがあまりにも真剣な響きだったせいで、思わず反射的に視線を向けた。

だがアンリエットはそんなアレンを気にすることなく、少女へと視線を真っ直ぐに向けている。そして少女の方も、アンリエットがそんな反応をすることは予想していなかったのか、戸惑ったような表情を浮かべていた。

「えっと……もちろん、ですが？」

「……そうですか。つーことは、勇者と仲良くしたかったのも最初からそれが目的……いえ、もしそうなら、今ここで言わねえか、さっき言ってるですか。なら、迷宮は次善の策って感じですかね……？」

アンリエットは何かを理解しているようだが、当然のようにアレン達には分からない。

考えがまとまったら話してくれるのかもしれないが、この様子ではしばらく先となるだろう。

しかし、それまでこの微妙な空気のままでいるわけにはいくまい。

アンリエットには悪いが、声をかけることにした。

「アンリエット、どういうこと？　悪魔が迷宮に入ると何かまずいとか？」

「ん？　ああ……そうですね、まずいっていうか、そもそも許されてねえって感じですかね」

「許されてないって、誰によ？」

「……冒険者ギルド？」

「だってんならまだ楽なんですがね。そいつだって、アンリエット達の力を借りようとはしなかったでしょうよ」

「……かもしれませんね！　きっとあそこまで厳重ではなかったでしょうし！」

「厳重って……そこまで？」

アレンも先ほど認識阻害の力を持っていても入れないのかと思ったぐらいだ。

管理しているという話なのだから、それなりにしっかりしてはいるのだろうと思ってはいた。

だが、アンリエットがここまで真剣な顔をしているということを考えると、どうやらアレンの想像を超える状況のようである。

「んー……何て言ったもんですかね。まあ、言葉にしちまえば簡単なんですが。端的に言っちまえば、悪魔は迷宮に入ることを法で禁じられてるんですよ」

「え……？　法で……？」

思ってもみなかったことをアンリエットに告げられ、アレンは思わず間抜けな声を漏らした。

そして同時に納得する。

それならば、アンリエットの様子も理解が出来た。

しかし、どうやらそう思ったのはアレンだけだったようだ。

「ちょっと……何やら分かったみたいな空気出してるところ悪いのだけれど、私達にはそれだけじゃ何なのかよく分からないままなんだけど？」

「……ん、法で禁じられてるから、なに？」

「あー……そっか。二人にはそれだけだとちょっと分かりにくいかな……」

ノエルは数年分しか記憶がなく、しかもその大半が閉鎖的なエルフの森で過ごしたものだ。

ミレーヌも年数こそノエルの数倍あるものの、以前聞いた話では、ずっと過ごしていたのは小さな村だったという。

二人とも法がどういうものか分かってはいても、その具体的な中身はよく分かっていないはずだ。

ならば、状況を正しく共有するためにも、その辺の説明は必要だろう。

問題があるとしたら、悪魔本人にとっては気持ちのいい話にはならないことだが……視線で確認を取ると、少女は気にしないとばかりに頷いた。

どうやらそこも問題はないらしいと思い、どうやって話すべきかを考えながら口を開いた。

「そうだね……その話をするには、まず法的に悪魔がどんな扱いをされてるか、ってのを話す必要があるかな？」

「ですね……まあ、それに関しちゃそう難しいことでもねえんですが」

「難しくないってことは……悪魔は見つけ次第処刑、とか？」

「……過激？」

「んー……ある意味でそう遠くはないんだけど、実際のところは真逆、って感じかな？」

どういう意味か分からない、とばかりに首を傾げるノエルとミレーヌだが、これは仕方あるまい。

アレンも詳しく知るまではよく分かっていなかったことだ。

「むしろ、悪魔の存在っていうのは、法的にはまったく触れられてないんだよ」

「触れられてないのに処刑とそう遠くないって、どういうことよ？」

「……気を使われた？」

「いえ、実際そう遠くねえんですよ。触れられてねえってのは、問題なしと同じってわけじゃねえんです。そもそも存在を認められてねえってことなんですから」

「つまり、奴隷とかより扱いは悪いってこと。存在してないからどう裁いても問題ない。それが、法的な悪魔の扱い、ってこと」

そして忌み嫌われている悪魔が実際にどう扱われるかと言えば、つまりはそういうことだ。

だが逆に言えば、何もしなくてもいいし、友人のように接しても問題ないということである。

周囲からどう見られるかはともかく、法的には問題ないのだ。

「でも、それなのに迷宮に入ることだけは明確に禁じてるってことは……」

「文字通りの禁忌《きんき》ってわけですね。破ったらどうなるか……まあ、最悪それこそ極刑にされても不思議はねえです」

「なるほど、ね……で、そんなものを私達に求めてきたってわけ、か」

「……知らなかった？」

「……いえ！　知っていました！　知った上で、あなたたちに迷宮に連れて行ってほしいと言いました！」

とぼけたり誤魔化したりするどころか、言い訳すらもすることなく、少女ははっきりそう告げた。

それで事の重大さが変わるわけではないが……それでも、少しだけ感情は和らぐ。

どうやら、少なくとも騙すつもりはないようだ。

とはいえ。

「ふーん……そう。それで？」

「え……それで、とは⁉」

「貴女が私達と仲良くなって、迷宮に連れて行ってほしいと思ってる、ってところまでは分かったわ。でも別に、何で迷宮に行きたいのかまでは聞かない。私達には関係ないもの」

「……誰かに迷惑かけようとしてるなら別？」

「いえ、それは大丈夫だと思います！」

「迷宮に連れて行くって時点でアンリエット達には迷惑かけてんですがねえ……」

「うっ、そ、それは……！」

まあ、バレさえしなければ問題ないとも言えるのだが、バレないようにする手間を考えれば、その時点で迷惑をかけられているとも言える。

だがおそらく、ノエルが言いたいのはそういうことではないだろう。

「まあ、それも別にいいわよ。でもそれは、私の質問にちゃんと答えてくれたらの話」

「質問、ですか……？」

「ええ。さっきも言ったでしょう？　貴女の言いたいことは分かったわ。で、それで？　――その代わりに、貴女は私達に何をしてくれるわけ？」

「……え？」

予想外の言葉だったのか、少女が戸惑ったような声を上げた。

しかしアレン達はその様子を黙って見つめるだけだ。

ノエルが何を言いたいのかは最初から分かっていたし、そもそも少女に助け舟を出す理由もない。

……まあ、少しだけ、思うところがないわけでもないが。

「まさか、考えなかった、ってわけじゃないわよね？　別に、貴女が本当に私達と仲良くしたいってだけなら私もそんなことは言わなかったわ。そして、拒絶もしない。悪魔に思うところはあるけれど、だからって貴女個人のことを知りもしないで突っぱねたくはないもの。でも、貴女はそれだけじゃなくて、私達に求めるものがあると言った。ならば、その対価を求めるのは当然っていうものでしょう？」

それは確かに、当然のことではあった。

それが分かるからこそ、少女も即座に何かを言い返すことは出来ないのだろう。

何かを求めるならば、何かを差し出す必要がある。

当然の道理だ。

だが。

当然ではあっても、前の世界のノエルならばそんなことは言わなかっただろうな、と思った。

おそらく今のノエルがそう考えるのは、エルフの王としてやってきた経験があるからだろう。

為政者であるならば、損得勘定を無視することは出来ない。

もちろん今のノエルでも、相手が友人などであればそんなことは言い出さないだろうが、相手は先ほど知り合ったばかりの人物である。

悪魔だとかは関係なく、相手のことをよく知らない以上は、何かを求められたら同等以上のものを求めるのは自然な流れであった。

別にそれを悪いと言うつもりはない。

そもそも、ノエルが言い出さなかったら、おそらくアンリエットあたりが言い出していただろう。

つまり、結果的には何も変わらない。

ただ、それでも、これが今の世界なのだなと、そんなことをふと思った。

「対価……」

「ないって言うなら、この話はここでおしまいよ。私達だって、別に暇じゃないんだから」

「……暇じゃない？」

「うーん……どうだろうね？　まあぶっちゃけ暇かどうかって言われたら暇な気がするけど……」

「……ちょっと？」

なに邪魔してくれているのか、とでも言わんばかりの視線をノエルから向けられたが、アレンは軽く肩をすくめて返した。

ノエルの言いたいことは分かるし、正しくもあるのだろう。

悪魔と迷宮に行くなんて、明らかに厄介事にしかなるまい。

厄介事に巻き込まれる前に突き放すのは、正しい判断だと言えた。

実際アンリエットも、何をやっているのかと言わんばかりの呆れた目を向けてきている。

しかし、そうする方が身を守る上でいいのだと分かっていても、厄介事に巻き込まれそうな目的を持っているのだとしても、仲良くなりたいと言ってくれた相手を無下にする気にはなれなかった。

「ただ、暇は暇なんだけど、そもそもそれ以前の問題もあるかな？」

「それ以前の問題……？　や、やっぱり、あたしと仲良くなりたくない、ってことでしょうか⁉」

「いや、そっちじゃなくて、迷宮に行くって話の方なんだけど。僕達って別に迷宮に行くためにここにいるわけじゃないから、そもそも役に立てないんじゃないかな、と思って」

「え、そうなんですか⁉」

「……そこまで驚くこと？」

「まあ、迷宮都市に来ながら迷宮に行かねえってのは、普通驚くでしょうよ」

「確かにね。でも、そういうことよ。私達と仲良くなったところで、貴女の目的が果たされることはないってこと」

「まあ、迷宮に行くために来たわけじゃないってだけだから、行こうと思えば行けないわけでもないんだけどね」

そう言って肩をすくめると、ノエルが再度文句を言いたげな目を向けてきたが、言っていること自体は事実だ。

あくまで積極的に行く予定はないというだけで、行けないわけではないし、何も見つからなかった場合は迷宮に行くという考えもあった。

なのに、絶対に行かない、みたいな言い方をするのはフェアではあるまい。

「あの……迷宮が目的ではないのでしたら、何故迷宮都市に⁉」

「そうだね……まあ、言っちゃえば興味深いものを探すために、かな？　ここなら色々な人や物が集まるからね。そういう意味では、君もその一人なわけだけど」

アレンは割とよく遭遇するものの、本来悪魔というものはかなり珍しい存在であるらしい。

そういう意味では、少女もまた興味深いものではあった。

「……じゃあ、この人を調査してみる？」

「何言ってるのよ貴女は……」

「まあ確かに、悪魔の生態っていうか、普段何してんのか、ってのはちと興味深いっちゃあ興味深いですがね」

三人がそんなことを言っているが、それは冗談だったのだろう。

普通であれば、考えるまでもないことだ。

だが。

「……なるほど。それもありかもしれないね」

「ちょっとアレン……!?」

「……本気で言ってやがんですか、オメエは？」

「……正気？」

「散々な言われようだけど、もちろん僕も冗談で言ってるわけじゃないよ？　まあ、そもそも彼女が受け入れてくれるなら、ってところだけど」

「え、あ、あたしですか……!?」

驚きの声を上げる少女に加え、三人からは正気を疑うような目を向けられるものの、アレンとしては割と本気であった。

実際、悪魔がどんな生活をしているのかは分かっていないことが多い。

それを直に見られるというのは、間違いなく興味深いことだろう。

それに……確かに悪魔は、法的には存在しないものとして扱われている。

それどころか、世界からは存在すら認められていない。

あるいはそれは、彼女達の方が世界を認めていない、と言うべきかもしれないが……どちらでも大差あるまい。

何にせよ彼女達は本来いないはずのもので、しかし同時に確かにそこにいる。

もしかしたら、新教皇の言った中に、彼女達は含まれていないのかもしれないが、それでも今ここにいることに違いはないのだ。

ならば、そんな彼女達が今の世界でどう生きているのか、ということを知るのは、決して無駄にはならないし、そこから何か得られるものがあるかもしれない。

そんな風に思ったのだ。

「そもそも、仲良くなりたいって思うなら、まずはお互いのことを知らなくちゃ、だしね。そして、君の生活が思ってたよりも興味深いものだったら……それは、対価とするに十分なものになる可能性もあるし」

「……っ!?」

「はぁ……さすがに甘すぎるんじゃない？　相手はまだよく分かりもしない悪魔よ？」

「……でも、アレンらしい？」

「まあ、そうですね。……まったく、仕方のねえやつです」

そうは言いつつも、アンリエット達からそれ以上の文句は出なかった。

つまり、思うところはあるものの、本気で反対するほどではない、ということだろう。

あるいは、それだけアレンを信じてくれている、ということなのかもしれない。

何にせよ、ありがたいことだ。

とはいえ、それも全ては少女がこちらの提案を受け入れてくれれば、の話だ。

「ということなんだけど、どうかな？」

「どう、と言われましても、その……悪魔の秘密とかは、喋ったりできませんよ⁉」

「まあ、それは当然じゃないかな？　どれだけ仲良くなったところで、秘密にしておきたいことっていうのはあるだろうしね」

「……まあ、そうですね。親しき中にも礼儀あり、って言うですし」

そう言いつつも、どの口が言うのか、とばかりにアンリエットから視線を向けられたが、小さく肩をすくめておいた。

まあ、実際のところアレンやアンリエットが言えることではない。

この世界のことに、前世のこと。

本当に、どの口が言うのかという話だ。

しかしだからこそ、とも言えるだろう。

自分に言えないことがあるからこそ、他の人に秘密があっても気にしないし、当然だとも思える。

そういうことだ。

「あの……別に面白い生活とか送っていないですよ⁉」

「まあ、面白かったらそれに越したことはないんだけど、別にそういうのを求めてるわけじゃないしね。というか、君は面白いと思ってなくても、こっちからすると興味深い可能性もあるし」

「……アレンが言うと説得力がある？」

「そうね。アレン自身は自分の生活を何の変哲も面白みもないものだって思ってそうだし」

「違いねえです」

「いや、そんなことないと思うけど？」

三人からは疑いの目で見られたが、本当にさすがにそこまでではない。

特に最近は、気が付いたら世界のありようが変わってるとか、そんなことがあったのだ。

それが何の変哲もないとは、さすがに口が裂けても言えまい。

「まあともかく、そういうわけなんだけど……どうかな？　もっとも、その結果、やっぱり君とは仲良くなれないと思うかもしれないし、仲良くはなれても迷宮に一緒に行くのは、ってなるかもしれない。そこはさすがに保証出来ないけど」

「……いえ、それは当然だと思いますので！」

「そこは冷静に見られるのね……」

「……元々結構冷静？」

「そうですね。最初から駄目で元々、って感じで言ってやがった気がするですし」

図星だったのか、少女はそっと視線をそらした。

それから何かを考えるような間が空いたが、すぐに結論は出たらしい。

「……分かりました！　確かに、仲良くなりたいと言うのでしたら、まずは自分のことを知ってもらうのが先ですもんね！」

「え……本当にいいの？」

自分から言い出したことではあるものの、まさか本当にあっさり頷くとは思わなかった。

しかしつまりは、それだけ本気だということか。

「はい、二言はありません！」

「……無駄に男らしい？」

「それは誉め言葉なのかしら……？」

「一応褒めてんじゃねえですか？」

「まあ、少なくとも曖昧な返事をされるよりは心証がいいかな？」

そんな風にまぜっかえされても、少女の決意が揺らぐ様子はない。

そうして、アレン達の顔を順に眺めると――

「それでは、よろしくお願いします！」

そう言って、頭を下げたのであった。

呼び名

「――そういえば、貴女のことはなんて呼べばいいのかしら？」

ふとノエルがそんな問いを口にしたのは、これからのことを話し始めようとした時のことであった。

それに思わず、アレン達は顔を見合わせた。

「そういえば……確かに？」

「……名前、知らない？」

「つーか、そもそも自己紹介もまともにしてねえ気がするんですが？」

「確かにその通りでした！」

「貴方達ねえ……なに揃って今気づいた、みたいな顔してるのよ」

なにも何も、実際その通りなのだから仕方ない。

色々なことを話しているせいか、既にその辺は済ませた気がしていたのだ。

まあ確かに少女の名前は知らないが――

「悪魔の名前って、確か結構大事なものらしいしね。ああでも、仮名とかあだ名とかで呼べばいいのかな？」

「あー……その辺はどうなんですかね？　普通悪魔のことを固有の名称で呼ぼうとか考えねえですし。どうなんです？」

「そうですね……本名はさすがに教えられませんが、仮名やあだ名ならば問題ないと思います！好きに呼んでいただいても構いませんよ⁉」

「……じゃあ、あくこ？」

「それ悪魔だからって理由で決めたでしょ？　さすがにもうちょっと真面目に考えなさいよ」

「……失礼。……本気」

「本気だったらなおのことタチ悪いです……」

「えっと……こっちで決めるとこんな感じになっちゃうからさ、呼んでほしい名前とかある？」

「呼んでほしい名前、ですか……⁉　正直何でもいいんですが……いえ。でしたら、レリア、と呼んでもらえますか⁉」

「レリア……？」

間違いなく人の名前だと思うが、少女の名前そのものではあるまい。

ということは、思い入れのある人の名前とか、そういうことだろうか。

もっとも、そこまで聞くのはさすがに踏み込み過ぎというものだろう。

特に問題もなかったので、素直に頷いた。

「分かった。じゃあ、そういうことで。よろしく、レリア」

「レリア、か……まあ、呼びやすそうね」

「……レリア」

「ま、アンリエットは何でもいいんですが、とりあえず了解しといてやるです」

「はい、よろしくお願いしますね、皆さん！」

とりあえず、少女――レリアの呼び名が決まったので、次はこちらの自己紹介をしていく。

といっても、順に名前を言っていっただけだが、それでもレリアはどことなく嬉しそうに頷いていた。

「分かりました！　アレンさん、アンリエットさん、ノエルさん、ミレーヌさん、ですね！　改めて、よろしくお願いします！」

そう言って満面の笑みを浮かべるレリアに、苦笑する。

ずっと思っていたことではあるが……どこまでも、悪魔らしくない少女だ。

ともあれ。

「うん、よろしくってことで。それで、これからだけど……」

「あたしの生活を見せる、でしたか⁉　いったい何をすれば⁉」

「何かするっつーか普段の生活を見せてくれりゃいいんですが……そもそも、オメエって普段何してやがんです？」

「……勇者追ってきた？」

「っていうか、ここに住んでるの？　それとも、私達みたいに何か用があって来たとか？」

「いえ、普段からここに住んでいます！　勇者さんは偶然見つけたんです！」

「そうなんだ……」

何故迷宮都市に住んでいるのかと思ったが、ここは悪魔にとって意外に過ごしやすいのかもしれない。

悪魔とバレなければ、これだけ雑多な雰囲気の場所だ。

元々悪魔といっても、人と変わらぬ見た目の者が多いし、それはレリアも同じである。

人が多いこともあって、割と紛れやすいのだろう。

「えっと……じゃあ、本当に普段通りに過ごせばいい、ってことですか⁉」

「というか、普段通りじゃないと逆に困る、って感じかな？」

「変に肩肘張ったことされても、オメエのこと知れるとは言えねえですしね」

「……変なことされるのは、それはそれで興味深い？」

「確かに興味深くはあるけれど、趣旨が変わってきちゃうでしょう？」

アレン達は、あくまでレリアがどんな人物なのかを知りたいのだ。

目的が分からなくても、迷宮に連れて行ってもいいと思える相手なのかを。

「分かりました！　ですが、あの……本当に面白くも何ともありませんので、期待しないでくださいね⁉」

「まあ、普段の生活っていうのはそういうものだしね。普段の生活から色々あったら逆に大変だし」

「……それをオメエが言うんですか？」

「……説得力がない？」

「それとも、普段から大変だって暗に言っているのかしら？　そう言われてもこっちとしては否定できないのだけれど」

「いや、別にそんなつもりじゃないんだけど……？」

確かにちょくちょく色々なことがあるが、別にそこまで言うほどのことではないはずだ。

ただ、アキラあたりは当てはまりそうだな、とは思う。

とはいえアキラの場合は、自分から望んでだとは思うが。

「なるほど……じゃあ、安心してもらえると思います！　あたしの普段の生活は、本当に何の変哲もありませんから！」

悪魔という時点で何の変哲もないことはないいんじゃないかと思ったが、混ぜっ返す必要もあるまいと黙っておく。

さて、本人が何の変哲もないと思っているだけなのか、それとも実際に何もないのか。

そんなことを考えながら、歩き出したレリアの後を追った。

「そういえば、何の変哲もないとは言ったけれど、悪魔って普段何をしているのかしら？　悪魔ってことがバレたら、ってことを考えたら、本当の意味で普通と同じってわけにはいかないでしょう？」

「えっと……どうなんでしょうね⁉」

「……他人事？」

「まあ、悪魔っつーのは普通珍しいっていうか、数が少ねえですからね。基本群れたりすることもねえですから、悪魔の普通を聞いても分からねえんじゃねえですか？」

「悪魔によって違う、ってことか……」

「何となくだけれど、いっつも何かを企んでるような感じがあるのだけれど……」

「……偏見？」

「偏見っちゃあ偏見ですが、少なくともアンリエットの知ってる限りでは、悪魔っつーのは大体そんな感じで合ってるはずですね。そもそも悪魔の行動基準っつーか行動原理は世界への恨みですから。それを果たすってことを考えたら、自然とそんな感じになるってわけです」

「出来れば否定したところですが、否定しきれないと言いますか……あたしの知っている限りでも、大体そんな感じになってしまうかと思います！　もちろん、状況にもよりますが！　隠れていなくちゃいけない場合とかは、そんなことをしていられませんから！」

「ふーん……ということは、貴女の今もそうだってことかしら？　まあ、そうよね。私達が一緒にいる以上、変なことなんて出来ないでしょうし。いくら普段通りの生活が見たいって言われても、本当の意味では無理よね」

「えっ……!?」

ノエルの指摘は意地悪のようであったが、確かにその通りでもあった。

ただ、レリアはもちろんその辺のことも承知の上だと思っていたのだが、それにしては随分慌てていた。

「えっと……もしかしてあたし、疑われていますか⁉」

「疑われてるっていうか、今のは単にノエルの意地悪かな？」

「まあ、わざわざ口に出すまでもなく最初から分かってることですしね」

「……ノエルは意地悪」

「なによ……後で面倒なことになるより、今はっきりさせておこうって気遣いじゃない」

「気遣い、になってるのかなぁ……？」

「なってねえと思うですよ？　そもそも、今聞いたとこで答えなんて決まってやがるですし」

「……何か企んでるなんて、言えない？」

というか、まだこれから普段の生活を見せてもらおうとしているところなのだ。

いつか尋ねるにしても、今ではないだろう。

さすがに時期尚早であった。

その程度のこと、普段のノエルならば当たり前に考えられると思うのだが……もしかしたら意識していないだけで、ノエルは心の底ではレリアと共に行動することに納得できていないのかもしれない。

悪魔とノエルの間でいざこざがあったのは、そう昔のことではないのだ。

表面上ノエルは何の問題もなく振る舞っていたし、本人もそう思っているのかもしれないが、解消しきれていないものが残っていても不思議はなかった。

「……あの、こんなことを言ったところで説得力なんかないって分かっているんですが……！」

「企んでることなんかない、と？」

「は、はい……！」

「だ、そうですよ、ノエル？」

「何で私に言うのよ？」

「……ノエルが言い出したから？」

実際ノエル以外は、そんな疑いを持っていない、とまでは言わないが、少なくとも口に出すことはなかったのだ。

となれば、とりあえずノエルは納得しなければならないだろう。

それを察したのか、ノエルは不承不承といった様子で溜息を吐き出した。

「……分かったわよ。変なこと言って悪かったわね。さっきの言葉は取り消すわ」

「い、いえ……気にしていませんから！　当然の疑問だと思いますし！」

そんな二人のやり取りを眺めながら、アレンは首を傾げた。

心の底でノエルが不満を持っていた、という可能性は確かに十分有り得る話ではある。

だがそうだとしても、ノエルにしては少し軽率な質問だったように思えたのだ。

実際こうして会話をしている二人の様子からは、少なくともノエルが不満を持っているようには見えない。

それは本当に心の奥底にある感情だからなのかもしれないが……ならば、ああもあっさりそれが表に出てくることはないだろう。

いまいち納得できずに考えている間も、二人は会話を続けていた。

「……それにしても、貴女のこの力って本当に便利ね」

「えっ？　あ、ありがとうございます……？」

「何で感謝の上に疑問形なのよ。実際どう見ても便利なんだから、もっと自慢げにしてなさいよね」

「は、はい……ありがとうございます……！」

「だから……」

溜息を吐き出すノエルを横目に、アレンはその場を見渡した。

アレン達が今歩いているのは、迷宮都市の一角だ。

何の変哲もない場所ではあるが、露店などが並んでいるせいもあってか、周囲には沢山の人が行き交っている。

だがアレン達は、そういった人達のことを大して意識せずにすんでいた。

アレン達が何もせずとも、周囲の人達の方がアレン達を避けて歩いてくれるからだ。

ただ、その人達がアレン達のことを意識している様子はない。

そもそも、顔すら向けてはこないのだ。

普通ならばぶつかっているはずで、だがそんなことにはならない。

ノエルが言っているのは、間違いなくコレのことだろう。

「認識阻害、か……」

「思ったよりも強力っつーか、応用範囲が広いですね。まさかその場に立ってるだけじゃなくて、歩きながらでも効果を発揮するとは驚きです。やべえとも言えるですが」

「……暗殺とか簡単に出来そう？」

「物騒だけど、実際出来そうなんだよね……」

ノエル達が会話をしている隙に、アンリエットとミレーヌとで、小声でそんな言葉を交わす。

少なくとも、今この場にいる人達では、この状況に違和感を抱いている人すらいないように見えた。

ということは、やろうと思えば、おそらくこの場の人達を皆殺しにしてしまうことが出来るということだ。

それも、犯人は分からないままに。

今のところそんなことをする人物には見えないが……ここで大切なのは、それが可能な力だということだ。

そしてこの力はおそらく、無意識に作用している。

ということは――

「ノエルの様子がちょっと変だったのも、その影響の可能性がある、かな？」

「有り得るでしょうね。ここまで強力で応用範囲の広い力なんですから、一部の効果は無効化出来ても一部だけ効果があるとかありそうですし、逆に一部無効化しちまうせいで予想外の効果が出ちまうとかもありそうです」

「……わたしも気を付ける必要ある？」

「だね。気を付けてどうにか出来るかは分からないけど、注意するに越したことはないかな？」

無意識に働きかける系の力の怖いところは、その力の影響を受けてしまったところで、無意識なせいで自覚を持ちづらいところだ。

おそらくアレンやアンリエットならば大丈夫だとは思うが……それも絶対ではない。

ただ、互いのことをしっかり観察していればある程度は防げるだろうから、それで何とかするしかないだろう。

ノエルにも、後でそれとなく伝えておく必要がある。

「ただ、問題があるとするなら、これが意図的かどうか、ってとこかな？」

「ですね。まあ、多分意図的じゃあねえんでしょうが。んなことしたら自分がどうなるか分からねえほど馬鹿だとは思えねえですし」

「だよねえ……厄介だなぁ」

「……意図的じゃない方が厄介？」

「意図的じゃねえってことは、アイツにも予想外の効果が出ちまってるってことですからね」

「言ったところで収まるどころか、逆に悪化する可能性だってあるし、他にも何か起こる可能性もあるしね」

意図的であり、そこに悪意があるのならば、単純に対応すればいいだけだ。

だが、意図的でなく、悪意もないのならば、どうしたものか。

「……排除する？」

「個人的には反対かなぁ。別に彼女に責任がない、とまでは言わないけど、かといって責任を取らせるっていうのも違う気がするしね。今のところ、ちょっと本音が出やすいってぐらいだろうし」

「何かあってからじゃ遅えって言いたいところですが、今のところはオメエの判断に従うですよ。まあ、正直そこまで大変なことになるようには思わねえですしね」

アンリエットがそう言ってくれるのならば、とりあえずの問題はなさそうだ。

もちろん油断は禁物《きんもつ》ではあるが。

と、そんなことを考えていた時のことであった。

前方を歩いていたレリアが何かに気付いたらしく、少し脇に逸れて歩き出したのだ。

ノエルはその場で待っているよう言われたのか、突然のレリアの行動に首を傾げながら、その行方を見つめている。

アレン達も同じようにレリアの行方を見守っていると、その進行方向に一人の男がいることに気付いた。

冒険者にしては少し軽装な気もするが、スカウトあたりの役割をしているとか、今日は迷宮に行かないからとか、そういう理由ならば十分納得出来る姿だ。

特に変わった様子もないのに、レリアは一体あの男に何の用があるというのか。

あるいは、単にあの男が進行方向にいるだけだという可能性もあるが……。

そうしている間も、男とレリアの距離は縮まり……やがて、すれ違った。

その瞬間であった。

「――っ」

それに男が気付かなかったのは、認識阻害のせいか、それとも、レリアの腕のせいか。

だが何にせよ、アレンは気付いたし、どうやらアンリエットやミレーヌ、ノエルも気付いたようだ。

「今のって……僕の見間違いじゃなければ……」

「間違いねえと思うですよ？　アンリエットも間違いなく見たですし……」

「……あの人の財布を、盗った？」

悪魔の存在が法に記されていない以上、悪魔もまた人の法に従う必要はない。

また、人の倫理や道徳もまた、同様だ。

悪魔らしいと言えばそうなのかもしれないし、普段通りのことを望んだのはアレン達である。

だが、それでも。

男とすれ違った後、そのまま何もなかったかのように歩いていくレリアの後ろ姿を、アレンは目を細めて眺めるのであった。

盗んだ物の行方

顔を見合わせたアレン達は、一つ頷くと、すぐにレリアの後を追った。

先ほどのレリアの行いに気付いた以上、さすがに放っておくわけにはいかないだろう。

それに、レリアはノエルにすぐに戻ると言ったようだが、まだ戻る様子はない。

ということは、また同じことを繰り返す可能性があった。

幸いにも、レリアとの距離はそれほど離れてはいない。

すぐに追いつくことが出来るだろう……と、思ったのだが――

「……っ、本当にあの力、便利ね」

「だね。こうして傍から見てみるとよく分かるよ。その異常性にも、だけど」

「……誰も気付かないのが不思議？」

「思った以上に広範囲に効果があるってことなんでしょうね。あるいは、効果によって範囲に違いがあるってとこですか？」

普通に歩いているだけのレリアに対し、アレン達は少し速足で近寄ろうとしていたのだが、その距離は縮まらずにいた。

通行人の方から避けてくれるレリアに対し、アレン達は前から来る通行人を避けながら進まなければならないからだ。

距離が開いたせいか、アレン達の方は認識阻害の効果範囲外に出てしまったらしい。

本気でレリアの足を止めようとすれば、今すぐにでも可能ではあるが――

「っと、路地裏に入った？」

「……獲物を見つけるため？」

「どうですかね？　人が多いこっちの方が見つけやすそうな気がするですが。あの力があれば尚更でしょうし」

「探してるのは別の何か、ってことかしら？」

「……やっぱり、悪魔？」

「あまりそう考えたくはないんだけどね……」

だが、もしも本当にそうならば。

スリとかが可愛く見えるぐらいの何かをしようとしているのならば。

その時は。

「……覚悟はしておいた方が良いってことかしらね。幸いにも、さっき知り合ったばかりだし、変に情が湧く前でよかった、って考えればいいんじゃないかしら」

「ノエル……」

「分かってるわよ。私が変な影響を受けてたかもしれないってことは。否定もきっと、出来ない。でも、これはそれとは関係ないわ。冷静に判断してるだけ。そうでしょ？」

「……まあ、正論ですね。つーか、何やろうとしてるのか次第では、どうせ見逃すことなんて出来ねえですし」

「……情けは無用？」

「……だね。正直そうなってはほしくないけど」

さっき知り合ったばかりとはいえ……あるいは、だからこそだろうか。

折角、仲良くなれるかもしれないと思ったのだ。

出来れば、想像している通りの展開にはなってほしくないものだが――

「……いた？」

「立ち止まってやがりますね。何をして……いや、何かを見てるんですかね……？」

「近くに人が倒れて……いえ、違うわね。這いつくばってる……？」

「何かを探してる、のかな……？」

そんな人の傍に立って何をしているのだろうか、と思った時のことであった。

レリアはその場にしゃがむと、地面に向けて手を伸ばしたのだ。

「何かを拾おうとして……いや、違うですね。むしろ、逆です……？」

「うん、何かを置いた、っぽいね。しかも、気のせいじゃなければ、あれは……」

「……さっき盗んだ財布？」

「どういうことよ……？」

困惑したようにノエルが呟くが、残念ながら誰もそれに答えることは出来ない。

しかし、答えはすぐに判明することとなった。

レリアがその場から離れた瞬間、地面を這いつくばっていた男がレリアが地面に置いた財布に気付き、叫んだのだ。

「あっ！　こんなとこにありやがった⁉　あっぶねー……盗られたかと思ったぜ……！」

そんなことを言いながら安堵の溜息を吐き出した男は、人目もはばからず手にした財布に頬ずりをし始めた。

よっぽど嬉しかったのか、かなりの距離にまで近づいてきていたアレン達のことにも気付かない様子で……いや、とそこまで考えたところで気付く。

どうやら、レリアとの距離が縮まったことで、再びアレン達も認識阻害の効果を受けることになったらしい。

男の様子を眺めながら、嬉しそうな表情を浮かべているレリアへと声をかけた。

「これが君が普段からやってること、ってことでいいのかな？」

「――え？　アレンさんたち……⁉　どうしてここに⁉」

アレン達が追ってきたことどころか、近付いたことにすら気付いていなかったらしい。

これが演技ならば大したものだが……何となく、違うのだろうなと思った。

「どうしても何もねえですよ。オメエが唐突に通行人から財布盗みやがったから、何事かと思ったんです」

「あっ、え、えっと、それは、ですね……！」

「……あの人に、返そうとした？」

「状況からするとそういうことなんでしょうけれど、貴女はどうしてそれが分かったのかしら？

あの人の様子を見るに、多分あの財布が盗まれたのはこの周辺なんでしょうから、直接その場面を見たってわけじゃないんでしょ？」

「あ、えっと、その通りではあるんですけど……あの、何と言えばいいのか分からないんですが……あたし、何となくそれが分かるんです」

「分かるって、何が……？」

「人が悪いことをしたかどうかが、です」

冗談のような話だが、レリアの様子を見るに冗談ではないらしい。

だがどういうことかと考えたら、結論は一つしかないだろう。

「人の思考が読める、ってこと？」

「いえ、そこまではっきりしたものじゃありません！　本当に悪いことをしたかどうかだけって言いますか……何をしたのかと、その時の状況が何となく分かるんです！」

説明されてもよく分からなかったが、もしかすると本人もよく分かっていないのかもしれない。

しかし、どうやらアンリエットは理解出来たようであった。

「……なるほど、そういうことですか。そういうことなら確かに辻褄が合いやがるですね」

「えっと、アンリエット……？　出来れば、一人で納得してないで、説明してくれると助かるんだけど？」

「うん？　ああ、そうですね。まあ、要するにですね、そいつの力ってのは、本当は認識阻害じゃなくて、多分無意識への干渉なんですよ。無意識に作用することで認識阻害の効果を発揮したり、無意識を読み取ることで相手が犯した悪事とその場面を理解する、って感じで」

「……なるほど」

あとは、無意識に働きかけることで相手の本音を引き出したり、といったことか。

確かにそれならば、レリアが言っていることや引き起こされた現象に説明が付く。

「無意識への干渉、……そ、そうだったんですか⁉」

「何で貴女が驚くのよ……？」

「い、いえ、その……悪魔って、自分の力に関してよく分かっていないことが多いんです。感覚で理解するっていうか、こういうことが出来る、っていうのが分かるだけで、それが具体的にどんなものなのか、ということを理解出来てる人は少ないんですよ！」

「まあ、ギフトとかみたく誰かが鑑定して説明してくれるってわけじゃねえでしょうからね。そうなるのはある意味当然なんじゃねえですか？」

「……じゃあ、アンリエットが言ってることが正解？」

「あたしからは、おそらく、としか言えませんが……」

だが感覚的に分かっている以上、違うのならば違うとも感じるはずだ。

そう感じなかったということは、アンリエットの推論で正しいということなのだろう。

とはいえ、それはあくまでレリアの力について説明がついたというだけである。

肝心の、レリアの行動については、まだ分からないままであった。

「じゃあまあ、とりあえずレリアの力についてはそれで解決ってことで……どうしてレリアはこんなことをしたの？」

「え……？　あの、どうして、と言われましても……普段通りのことを、と言われましたのでその通りにしただけなんですが……」

「……普段から、盗まれた財布を元の持ち主に戻してる？」

「そればかり、というわけではありませんが……何だかんだでそれが一番多いかもしれませんね！　あとは、迷子になっている人をそれとなく案内する、といったこともします！　本当は喧嘩を止めたりもしたいんですが、あたしそういうのは得意じゃありませんので……剣とかを抜いた時に、こっそり奪って遠くに投げる、とかぐらいしか出来ません」

それが、レリアが普段ここで過ごしている日常、ということらしかった。

非常に悪魔らしくないというか、そういうのは自警団とかそういう人達の役目な気がするのだが……。

「つーか、それは質問の答えになってねえです。アレンは、どうして、ってつったんですよ？　何を考えて、オメエはんなことをしてやがんですか？」

「何を考えて、ですか……？　えっと……それは、色々と考えた結果、ということになるのですが……最終的には、そうしたいと思ったから、ということになると思います……！」

そうしたいと思ったから。

それはつまり、悪いことを見過ごせなかったからであり、困っている人を見過ごせなかったからであり、誰かが傷つくのを見過ごせなかったから、ということだろうか。

それは――

「……良い人だから仲良くなりたい、か。何だかんだ先入観に囚われてた、ってことかしらね。まったく、これで王をやってるなんて、とんだお笑い種ね」

「えっ……？　あの、何か……？」

ノエルの呟きが聞こえなかったのか、首を傾げそう尋ねたレリアに、ノエルは肩をすくめて返した。

それから、未だ地面の端で財布に頬ずりしている男のことを眺めつつ、口の端を吊り上げる。

「何でもないわ。ただ、どうしようもない馬鹿のことを、馬鹿だって嗤ってただけ」

「はぁ……そう、ですか……？」

明らかにレリアは分かっていない様子であったが、ノエルはそれ以上説明するつもりはないらしい。

男のことをもう一瞥だけしてから、レリアに視線を戻し、目を細めた。

「そんなことより、まだ続けるんでしょう？」

「え……？」

「貴女が普段からやってることを、よ」

「あ、は、はい。と言っても、大半はここを単に歩いているだけになるんですが……」

「それでも、また何回かは今回みたいことをやるつもりなんでしょ？」

「そうなる、とは思いますが……」

ノエルが何を言いたいか分からないのか、レリアは戸惑い気味だったが、ノエルもノエルでどう切り出したものか迷っているようだ。

これは助け船を出した方がいいのだろうかと思っていると、ノエルが意を決したように切り出した。

「それって、手伝いは必要かしら？」

「え？　えっと……それは、はい、あったら助かりますが……」

「そう……じゃ、そういうことで」

そう告げると、ノエルは足早に歩き出した。

一人で歩いて行ってしまったせいでレリアの力の範囲外となり、その存在に気付いた男が驚いた顔をしていたが、それにもノエルが気付いている様子はない。

一人残されたレリアは戸惑いつつ、ノエルの背中を見つめており……そんな二人のことを眺めつつ、アレン達は苦笑を浮かべた。

「えっ……え……？」

「うーん……本人としては言いたいことを言い切ったつもりなんだろうけど、いまいち伝わり切ってないんじゃないかなぁ？」

「……ノエルは、照れ屋」

「ったく、仕方ねえですねえ……つーか、勝手に決めやがってるですし」

「アンリエットは異論があるってこと？」

「別にんなことは言ってねえですよ。ただ、勝手に決めんなって言ってるだけです」

「……そんな余裕はなかったから、仕方ない？」

そんなことを言いつつ、レリアに顔を向ける。

それから、仕方なく、足りていなかった言葉を補足することにした。

「つまりは、僕達も手伝うよってこと。仲良くなるためには、どちらか一方だけが何かをするんじゃ駄目だしね」

「あっ……は、はい……！　よろしくお願いします！」

そう言って勢いよく頭を下げたレリアのことを眺めながら、アレンは再度苦笑を浮かべると肩をすくめるのであった。

見知った男

レリアの行動は、はっきり言ってしまえば非常に地味なものであった。

基本的には迷宮都市の中を歩き回るだけで、アレン達が何かをしなければならないのは、一時間に一、二回程度しかなかったのだ。

「ん——……こう言ったらなんだけど、迷宮都市って意外と平和なんだね？」

「確かにね。正直なところ、もっと荒れてるっていうか、そんな感じかと思っていたのだけれど」

「……喧嘩とかもあまりない？」

「まあ、冒険者ギルドが管理してるわけですからね。あんま問題とか起こしたら叩きだされるでしょうし、そもそも問題起こしそうな奴は最初から来れねえでしょうから、そんなもんでしょうよ」

「そうなんですよね……すみません、折角手伝ってもらっていますのに」

「いや、別にレリアが謝るようなことじゃないしね。というか、意味がなかったわけでもないし」

迷宮都市に来たばかりのアレン達にとってみれば、この街は知らないことだらけだ。

ただ歩くだけでも意味はあり、しかもレリアはかなりこの街に詳しいらしい。

半ば案内してもらっているような状況であり、それだけでも十分ではあった。

街の案内をされながら、時折見つけた問題をひっそりと解決していく。

地味であることに違いはないものの、暇というわけではなく、それなりにやりがいもあった。

というか、地味ではあるが、それは簡単であることを意味しない。

むしろ、地味だからこそ、大変でもあった。

何せ、迷宮都市というところは、かなり広い。

広さだけで言えば、辺境の街以上だろう。

そこに沢山の人がいるとなれば、どこで何が起こっているのかを把握するのは当然その分だけ困難となる。

一時間に一、二回しか問題を発見出来なかったのは、単純に問題があまり発生していないというのもあるが、問題をピンポイントで見つけるのが難しいからでもあるのだ。

そしてレリアはこれを日常的にやっているという。

それが嘘でないのは、手際の良さからよく分かる。

おそらくアレンやアンリエットならば、もっと効率よく同じことが出来るだろう。

だがそれは、単にアレン達の持つ能力の方が応用力が高いというだけのことだ。

もしもアレンがレリアと同じ能力で同じことをしろと言われても、多分あそこまで手際良くは出来まい。

あの手際の良さは、それだけレリアがこの日常を繰り返していることの証であった。

そんなことを考えている間に、レリアはまたスリの犯人を見つけたらしい。

何の変哲もないような男に近付くと、あっさりその懐から財布を奪う。

そしてそのまま先に進んでいくと、慌てたように懐をまさぐっていた少年のすぐ近くに財布を置いた。

「うーん……本当に慣れてるなぁ」

「まったくですね。使ってる力は割とえげつねえんですが……あの姿を見て悪魔だって思うやつはどのぐらいいやがるんですかねえ」

「……そもそも、言っても誰も信じない？」

「……そうね。多分昨日の私に言っても信じないでしょうし」

そんなことを話している間に、一仕事終えた、みたいな顔をしながらレリアが戻ってきた。

ノエルは眉をひそめながらその姿をジッと見つめ……戻ってきたところで口を開いた。

「……ねえ」

「は、はいっ……何でしょうか？」

「どうして、こんなことをしているの？」

「え、っと……？」

ノエルが何を言いたいのか分からなかったのか、レリアは戸惑った様子で首を傾げた。

それでノエルも伝わっていないことが分かったらしく、言いたいことをまとめるためにか、周囲を軽く見渡した。

「これだけ雑多な街で、これだけ人がいるのよ？　貴女の力を上手く使えば、色々なことが出来るでしょうに」

「あの、それは……」

「思い浮かばなかった、とは言わせないわよ？　貴女はどう見ても頭が悪いようには見えないもの。そういったことも分かった上で、こんなことをしているんでしょう？　それはどうして？」

その質問に対し、レリアは咄嗟に何かを言おうとしたようだったが、結局何も言わずに口を閉じた。

適当な言葉では誤魔化せないと分かったのだろう。

アレン達もその様子を、口を挟むことなく黙って見つめていた。

単純にアレン達も気になっていたのもあるが、ノエルが決して半端な好奇心で聞いているわけではないと分かったからだ。

レリアに向けられるノエルの目は、真剣そのものだった。

「……そうですね」

その真剣さに押されたかのように、レリアは静かに頷いた。

その姿に戸惑いはなく、レリアもまた真剣な顔でノエルを見つめ返していた。

「やろうと思えば、色々と出来るとは思います。ですがあたしは、やるつもりはありません。何故ならこれは、償《つぐな》いだからです」

「償い……？」

「と言ってしまうと、少し大げさではあるんですけどね。ですが、あたしとしてはそれで間違っていないとも思っています。まあこれもまた、自業自得なんですが」

苦笑と呼ぶには歪みの強いものを口元に浮かべながら、レリアはそう告げた。

いつの間にかその目は街中の光景へと向けられ、だが同時に、ここではないどこかを見ているようにも思えた。

「あたしって、何歳ぐらいに見えますか？」

それは唐突な質問ではあったが、話題をそらすつもりではないことが分かったのだろう。

訝しげな顔をしつつも、ノエルはジッとレリアの姿を見つめた後で答えた。

「そうね……あたし達と同じぐらい、かしら？」

「ふふっ……そう言ってもらえるのは嬉しいですね。ですが、こう見えて百は余裕で超えてるんですよ？」

「百……？　……冗談で言ってるってわけじゃなさそうね」

「はい。というか、実際にはもっと上ですしね。まあ、ずっと前に年齢を数えるのは止めましたから、具体的に何歳なのかはあたしにも分からないんですが」

「……貴女が見た目よりもずっと年上だってのはよく分かったわ。でも、それが？　それだけだったら、別にそれほど珍しくもないでしょう？」

「……そうですね、ノエルさんはエルフですからね。それだけなら、確かに珍しくはないんだと思います。ですが、あたしは元々、普通の人だったんですよ。百歳も生きられるはずもない、普通の人だった。でもあたしは、この見た目の年齢の時、悪魔になりました。そして、今までずっと生きてきました……悪魔として」

「……それがどうしたのよ？」

ノエルの言葉に、レリアはすぐに返事をしようとはしなかった。

それは言うべき言葉を迷っているようにも、言ってしまっていいものか迷っているようにも見える。

だがすぐに結論が出たのか、街の方を眺めながら口を開いた。

「……悪魔というのは、世界に恨みを持っている存在です。ですが、あくまで恨んでいるのは世界であって、人ではありません。まあ、中には人のことも恨んでいる悪魔もいるんですが……つまり、悪魔によって、人に対して抱く感情は違いますし、接し方も同様ということです」

「……そうなの？　悪いけれど、正直そうは思えないのだけれど……」

「そうですね、それも当然だと思います。悪魔がどう考えていようと、結果的に違いはありませんから」

「なにそれ、どういうことよ……？」

「簡単な話です。人もまた、世界の一部ですから。世界をどうにかしようとするということは、必然的に人に影響も出てしまうんです。そしてそれを理解したところで、悪魔としてそこは譲れないですから……」

「なるほどね。償いっていうのもそういう……いえ」

と、そこで何かに気付いたのか、言葉を途中で止めると、ノエルはレリアの顔をジッと見つめた。

真剣な顔付きなのは先ほどから変わっていないが、そこには僅かな緊張も見て取れた。

「ということは、貴女が今やっていることも、結局は人に害を与えることになる、ってわけかしら？」

それは当然の帰結であった。

悪魔がどう思い、何をしようと、その目的が変わることはなく、結果的に人に影響を与えることになるとは、外ならぬレリアが今しがた語ったことである。

となれば、どれだけ人のためにやってるように見えても、結局はそうではないということになるが……と、そこでレリアは苦笑を浮かべた。

「そうですね、そう考えるのは当然ですし、本当ならそうなるのが当然でもあるんでしょうが……」

「違う、って言いたいわけ？　さっきまで言っていたことと矛盾する気がするのだけれど？」

ノエルの言葉に答えることなく、レリアはどこか遠くを見つめるように目を細めた。

そして。

「……あまり知られていない、というか、知る由もないことだとは思いますが、実はあたしたちの中では、悪魔とは二種類に分けられます」

「二種類……？」

「はい。年を経て老いた悪魔と、そうではない悪魔です」

「悪魔も老いるってこと……？　とてもそうは思えないのだけれど……」

「そうですね、あくまでそれは揶揄《やゆ》ですから。本来悪魔は、老いるどころか、変わることすらありません。有り得ないのに、まるで人のように、変わってしまったモノ。それでいて、悪魔である以上、悪魔以外にはなりえませんから。ですから、そういった全ての意味を込めて、老いると表現し、蔑むんです」

それが誰のことを言っているのか察せられないほど、ノエルは鈍くなかった。

そしてそこでさらに問い詰めるほど、思いやりがなくもなかった。

「変わったことで、人のための行動を取ることが出来るようになった、か……ならそれは、既に悪魔とは別の何かってことなんじゃないかな？」

「実際悪魔の連中からすれば、そういう認識をしてるってことなんでしょうね。ただ、事実としてどうなのかはまた別の話ですが」

「……悪魔は結局悪魔？」

「つーか、多分根本的なところは変わってねえんだと思うです。変わったとは言っても、一言も世界への恨みを捨てたとは言ってねえですからね」

要するに、言い換えるならば、おそらくは諦めた、ということになるのだろう。

世界への恨みは変わらず持ちつつ、だが既にそれを果たそうとは思っていない。

「それは確かに、悪魔からは疎まれそうだね」

「……こんなところにいるのも、それが理由？」

「さて、どうなんでしょうね？」

その辺の事情は、さすがに本人以外には分からないだろう。

まあ、遠くもなさそうだが。

「まあ、というわけで、あたしは今こんなことをしてる、ってわけです！」

と、空気を変えようとしたのか、レリアは不意にそんなことを叫んだ。

あまりに突然だったので、ノエルも一瞬驚きの表情を浮かべたが、レリアが何をしたいのかをすぐに察したのだろう。

苦笑を浮かべると、唐突な行いを問い詰めるようなことはせず、そのまま話に乗った。

「なるほど、ね……よく分かったわ。変に疑って悪かったわね」

「いえ、仕方ないと思いますから！　それに……こうしてお互いのことを理解していくことで、仲良くなれるんだと思いますから！」

「お互いってわりに、私達はろくに自分達の事情を話してはいないけれどね」

「いえ！　こうしてお話ししているだけで十分ですし、実際理解も出来てきていると思います！」

レリアの言葉がどこまで本気なのかは分からないが……少なくとも、まったくの嘘ということはないのだろう。

二人の様子を眺めながら、そんなことを思った。

「そう……ま、それじゃあ、さらにお互いの理解を進めるために、貴女の日常を再開しましょうか」

「そうですね！　では――と？」

不意に何かに気付いたかのように、レリアが視線を路地裏の方へと向けた。

アレン達も反射的に同じ場所へと視線を向け……ふと、眉をひそめた。

そこにいたのは、一人の男であった。

だがアレンが眉をひそめたのは、その男から何かを感じたからではない。

男の顔に、見覚えがあったのだ。

「あれって、アキラと……？」

迷宮都市に来た直後に、アキラと言い争っていた男。

間違いなくその人物が、そこにいたのであった。

疑惑

男は神経質そうに周囲を見渡すと、身を潜めるようにして路地裏の奥へと進んでいった。

見るからに怪しい様子であるが――

「レリア、さっきの人のことを見て何か感じてたみたいだけど、あの人も何かしたってこと……？」

レリアが気にしていたということは、そうなのだろう。

そう思ったのだが、レリアの反応はいまいち歯切れの悪いものであった。

「いえ……そういうわけではない、と思うのですが……」

「はっきりしないわね？」

「……怪しい顔だっただけ？」

「んなやつはここにはいくらでもいるじゃねえですか」

「まあ、ここにいるのは冒険者が大半だからね」

言っては何だが、冒険者は強面《こわもて》が多いし、一見すると怪しい見た目の者も多い。

見た目だけで判断していたら、それこそそこら中怪しい者だらけになってしまうだろう。

「ただ……そうですね、おそらくは、これから何かをしようとしているのだと思います」

「何か、ですか……随分曖昧じゃねえですか」

「……悪いこと？」

「正直、断言は出来ません。ですが……」

「その可能性が高い、ってところかしら？」

「ちなみに、今まで似たようなことは？」

「ごく稀に、ですが、同じような感覚を得たことはあります。ただ、実際に何かが起こったのを見たことがあるのは一、二回程度です」

「つーことは、強く考えてるもんを感じ取ってる、って感じですかね？」

「ただ、実行に移すかは別だし、仮に実行に移してたとしても、それをレリアが見られたかも別、ってこと？」

「なるほどねえ……」

「……じゃあ、後を追うべき？」

「どうなんだろうね？」

レリアの様子を見るに気にはなるが、そこまでする必要があるかは何とも言えないところだろう。

何をしようとしているのか分からない上に、何もしない可能性もある。

仮に何かするにしても、いつどこでするのかも分からないのだ。

後を追ったところで、徒労に終わる可能性も高い。

とはいえ。

「まあ、どうするかはレリアに任せるよ」

「そうね……どうするのが正解かなんて分からないもの」

「……ん、賛成」

「ま、アンリエット達は単についていってるだけですしね」

追っても何も起こらない可能性がある一方、この後で何かとんでもないことをする可能性もある。

どんな選択をしても後悔する可能性がある以上は、あとはレリアがどちらを選択したいか次第だ。

「……あとを追おうと思います！」

そしてレリアは、そっちを選択することにしたらしい。

「了解。そうと決まったら、さっさと追おうか」

「ですね。路地裏は結構入り組んでるみてえですし」

「折角追いかけるって決めたのに、見失ったら意味ないものね」

「……急ぐ？」

「はい、急ぎましょう！」

男が路地裏に入ってから、大した時間は経っていない。

今からならば、十分追いつけるだろう。

そう思いアレン達も路地裏に入り……だが、男の姿はどこにもなかった。

「っ……判断が遅かった、ですか？」

「いや、まだ大丈夫だと思うよ？　ねえ、アンリエット？」

「……はぁ。人使いが荒いですねえ。ま、このぐらいなら構わねえですが」

正直アレンがやっても見つけることは出来るとは思うのだが、アンリエットにやってもらった方がより確実だろう。

そう思ってアンリエットを見れば、アンリエットは肩をすくめた後、目を細めつつ左側へと顔を向けた。

「どうやら、アイツはすぐそこの脇道を曲がったみてえですね。どっかへの近道とは思えねえですが……」

「ま、行ってみれば分かること、かな？」

「そうね。まあ、単純にこの辺に住んでるだけ、って可能性もあるけれど……」

「……あまりなさそう？」

「そうですね、そもそもこの辺りはあまり人が住めるような場所ではありませんから」

周囲を見渡してみれば、そこいらにあるのは見るからにボロボロの建物ばかりであった。

住めなくはないが、あまり住むに適した場所ではない、といったところか。

それでも金がない者であれば住むこともあろうが、あの男は少なくともそこまで金に困っているようには見えなかった。

そしてそれ以外にこういった場所に用がある状況といったら、あまりよろしくない類《たぐい》の想像が浮かんでくるが……さて。

とりあえずはそういったことを考えるのも、まずは男に追いついてからだろう。

また見失ってしまう前に追いつくべく、少し速足でアンリエットの示した場所を曲がり、進んでいく。

そうして男の姿を捉えたのは、そこからさらに二回ほど道を曲がった時のことであった。

「これもう確定でいいんじゃないかしら？」

「……明らかに怪しい？」

「否定はしないけど、さすがにまだ早いんじゃないかな？」

「まあ、一応はまだ言い訳出来ちまう状況ではあるですしねえ」

男はしきりに周囲を気にしながら、一軒の建物の中に入っていくところであった。

誰の目から見ても怪しく、空き巣に入っていると言われたら誰もが納得するところだろう。

だが、まだ確定したわけではない。

周囲の建物と同様、男が入っていった建物も大分ボロボロであった。

空き巣に入るのであれば、もっと他の場所を狙うと言われてしまえばその通りでもある。

ただ、それはもちろんと言うべきか、男のことを考えてのことではなく、余計なことを避けるためだ。

下手に言い訳の出来る状況で男に接触した場合、面倒なことになる可能性が高い。

それを危惧してのことだった。

「ところで、あの人が空き巣をしてるのが確定した場合、どうするつもり？」

「えっ、どうする、ですか……？」

「うん。さすがに今までやってたようなことは通用しないでしょ？」

「あー……確かにそうね。空き巣で盗んだものをこっそり取り上げて戻す、ってことはさすがに難しいものね」

「……昏倒《こんとう》させておく？」

「いきなり物騒な手段を出しやがったですね。とはいえ、ある意味ではそれが一番無難ではあるですか」

一応、今までと同じような手段を取る選択肢もあるにはある。

しかしそのためには、まずここで男が物を盗むのを黙って見ておく必要があるだろう。

そしてその後、男が住処に戻るまで後をつけ、男がどこかに出かけたり寝入ったりするまで待ってから、男が盗んだ物をここまで戻す、といったことをする必要があった。

そうすればある意味丸く収めることは出来るものの、手間も時間もかかる上、男が罪を犯すのを黙って見逃すことにもなるだろう。

物を元に戻せば罪がなくなるというわけではないのだ。

しかも、男はそのことを気味悪くは思うかもしれないが、反省することはあるまい。

結局のところ、何の解決にもなってはいないのだ。

今までのことは、それでも仕方ないと言えた。

だがそれは、罪を犯した場面に遭遇していなかったからだ。

だから仕方がないと、言い訳することも出来た。

しかし今回は、今まさにこれから罪を犯す場面を目にしようというのだ。

それを仕方ないということは出来ないだろう。

となれば、ミレーヌが言った通り昏倒させてしまうといったやり方が一番無難ではある。

もっとも、アレン達はあくまでレリアの手伝いをしているに過ぎないのだ。

レリアがよしとするならば、特に口出しするつもりはないのだが――

「……いえ。まずは話を聞かせてもらおうと思います！」

「へぇ……いいの？」

その力のせいもあろうが、レリアは明らかに自らの存在を誇示しないよう立ち回っていた。

ミレーヌが昏倒という手段に至ったのも、相手に姿を見せずに相手の行動を止める方法を考えてのことだろう。

だが話を聞くとなれば、当然のように姿を晒さなければならない。

そうしなくとも話を聞くことは出来なくもないが……あの男はおそらく、そんな相手に本心を話すことはないだろう。

適当に話を濁《にご》されて終わりだ。

「だ、大丈夫です……！　ひとまず話をするだけですから……！」

とても大丈夫そうには見えなかったが……まあ、レリアが大丈夫だというのならば任せて問題はないのだろう。

しかし何にせよ、まずは男が何をするつもりなのかを確認する必要がある。

それを確かめるため、アレン達も男の後を追って建物の中へと足を踏み入れた。

隠された場所

男が入った建物は、思った以上にボロボロであった。

人が住んでいる形跡はないため、おそらくかなり昔に放棄されたのだろう。

周囲を舞っている埃に、思わず顔をしかめた。

「迷宮都市にもこういったところがあるんだね？　あれだけの人がいたら、住む場所なんていくらでも必要だと思うんだけど」

「このあたりの区画はかなり古そうですからね。住む場所の確保よりも倒壊の危険性の回避の方を優先してんじゃねえですか？」

「ならさっさと壊しちゃえばいいと思うのだけれど……それはそれで問題でもあるのかしらね？」

「……誰かがこっそり住んでる？」

「どうだろうね？　仮に勝手に誰かが住んでるとしても、それがここを壊せない理由になるかは微妙なところだろうし」

勝手に住んでるような人物となれば、ほぼ確実に冒険者だろう。

だが他の街ならばともかく、ここは迷宮都市だ。

管理しているのは冒険者ギルドであり、ギルドに従わないとなれば、強制的に排除してしまえばいいだけの話であった。

「ま、とりあえずその辺のことは置いておこうか。今は関係ないことだし」

「ですね。今気にすべきはここに入ってったアイツがどこに行ったかですが……」

「……見当たらない？」

「物音とかも聞こえないけれど……そんなに奥に行ったのかしら？」

薄暗いせいでよく分からないが、どうやらそれなりに広い建物のようだ。

おそらく以前は宿屋とかであったのだろう。

受付であったのだろう場所と上に続いていく階段が見えた。

ただ。

「少なくとも、上ってことはなさそうかな？」

「階段があの調子じゃあね……」

「……ボロボロ？」

「足かけただけでぶっ壊れそうですからねえ……まあ、ねえでしょうよ」

となると残るは奥だが、素直にそう思えないのは、それはそれで散らかっているからだ。

歩くほど困難な、とまでは言わないものの、歩くのに苦労するのには違いない。

さらには、それらが散らかった様子はないのだ。

つまり先ほどの男は、それらにろくに触ることなく奥に進んだということになる。

物音を立てるのを避けたと考えればそれほど不思議ではないものの、何となく腑に落ちなかった。

どうしてだろうと思いながらその場を見渡し……ふと、それに気付いた。

そして同時に納得する。

「ああ、なるほど……綺麗すぎるのか」

「は……？　綺麗ってどこがよ……？」

「……むしろ、綺麗なところを探す方が難しい？」

「綺麗……ああ、なるほど、そういうことですか」

アレンの言葉に首を傾げるノエルとミレーヌだったが、アンリエットもそれで気付いたようだ。

納得するように頷くと、アレンと同じようにその場を見渡す。

「さっきのやつがここに入ってからそう時間は経ってねえですからね。なら、行き先は埃が舞ってるはずなんですよ。ここと同じように」

「言われてみれば……この辺は埃が舞ってるのに、向こうの方はそうじゃないわね……」

「……つまり、あっちには行ってない？」

「ってことになるんだろうね」

薄暗いせいで気付くのに遅れてしまったが、そうだと分かれば話は早い。

上でもなければ奥でもないとなれば、残るは一つだ。

慎重に周囲を見渡しながら、右側の壁へと歩いていき——

「多分この辺に——っと？」

壁に触れようとした瞬間、すり抜けた。

「……壊した？」

「そんなわけないでしょ。幻影だった、ってこと？」

「ってことなんでしょうね。まったく気付かなかったですが……薄暗かったから、って理由以外にも何かありそうです」

「だね。ただまあこれで物音がしなかった、ってことの理由は判明したかな」

状況からして隠し扉のようなものがあるのだろうと思ってはいたが、これならば物音を立てる心配もない。

ただ、こうなってくると別に気になることも出てきた。

「これは思ってたよりも何らかの事情がありそう、かな？」

「うん？　ああ……確かにそうね。少なくとも、適当に目を付けた場所に物取りに入った、ってことはなさそうかしら」

「……一直線にそこに行きすぎ？」

「何らかの力で気付いたってんなら別ですが……んなもんがあるんならもっと別のことに使ってるでしょうしね」

これは少し気を引き締めておいた方がいいのかもしれない。

そしてとなれば、いい加減声をかけるべきだろう。

「で、レリアはそろそろ覚悟は固まった？」

「えっ⁉　な、何がでしょう⁉　あたしはまったく全然何も問題ありませんが⁉」

「どう見ても問題しかないと思うけれど？」

「……緊張してる？」

「突然アンリエット達に勇者と仲良くなりたいとか言い出したかと思えば、あんなやつに話しかけるってだけで緊張しまくるとか、よく分からねえやつですねえ」

そんなことを言いながら溜息を吐き出すアンリエットだが、その言い分は的を得ていた。

実際レリアはこの建物に入ってから一言も口をきいていなかったが、その理由が緊張であろうことは明らかだ。

しかし単純な人見知りだというのならば、アレン達相手にまず発揮されていただろう。

しかも話しかけてきた理由が勇者と仲良くなりたいからというものである。

あの男に話しかけるよりはマシだと思うが……それとも、ミレーヌのことを悪魔だと思っていたあたりに理由でもあるのだろうか。

何にせよ、レリアに引く気がない以上はやることに変わりはないが……

「まあでも、状況を考えれば、ちょっと別の手も考えておいた方がよさそう、かな？」

「な、何がですか⁉」

「いや、どうにも当初僕達が考えていたほどには状況が簡単なものじゃないみたいだからね」

「まあ、それはそうよね。隠し扉……で、いいのかしら？　そんなものがある場所に挙動不審な様子で入っていったなんて、怪しさは物取りの比じゃないもの」

「……何か企んでる？」

「まあ、事と次第によっちゃあ話しかけるよりもぶん殴っちまった方が早いかもしれねえ状況なのは間違いないでしょうね」

「うん。あるいは、話しかけるにしても、力ずくになることを想定した上で、ってことになる可能性もあるし。ちなみに、レリアはそっちの自信は？」

「え、えっと……その、正直に言ってしまえば、あまり……」

「……悪魔なのに？」

「悪魔にも色々いるってことかしらね。……まあ、今更のような気もするけれど」

「まあ、んなこと言ったらそもそも勇者と仲良くなりたいとか言い出すのが悪魔らしいかって話になるですしね。何にせよ、そうですね……まあ、この先の状況次第では、話しかけるにしてもアレンがするべきでしょうよ」

アンリエットの言葉に一瞬レリアは口を開きそうになったが、理があると判断したのか結局その口から言葉が出てくることはなかった。

まあ、どことなくホッとしているように見えるあたり、やはり出来ればやりたくないという思いもあるのだろうが。

それでもそのことを素直に認めなかったり、引き受けようとしたのは、彼女なりの意地というか、責任感からだろうか。

ともあれ。

「さて、それじゃあそろそろこの先に行ってみようと思うけど、心の準備はいいかな？」

緊張感を漂わせながら揃って頷く四人の姿を確認すると、アレンは視線を自分が通り抜けた場所へと向けた。

どうやら壁に見えていた場所の向こう側には通路のようなものがあるようで、少し行った先には下方向への階段も見える。

いかにもといった怪しさだが……さて、果たして何が待ち受けているのか。

そんなことを考えながら、慎重に足を進めていく。

「んー……とりあえず、さっきの人がここを通ったのはやっぱり間違いなさそう、かな？」

「えっ、ど、どうしてですか……？」

「足元見てみりゃ分かるですよ。真新しい足跡がありやがるですからね」

「ただ、埃はあまりなさそうなのを見ると、結構来てたりするのかしら？」

「……隠れ家？」

「どうだろうね。それだけっていうんなら、特に問題はないんだけど」

と、そんなことを話している間に階段を降りきったようだ。

そしてその先にも通路が伸びていたが、あまり長くはないらしい。

突き当たりにある扉と、そこから漏れている光に、アレンは僅かに目を細めた。

「念のため、音を立てないようにしながら近付こうか」

「別にいいけれど……そこまでする必要あるのかしら？」

「……レリアの認識阻害がある？」

「い、いえ、あたしの力も万能というわけではありませんし、警戒するのに越したことはないと思いますっ」

「……まあ、そうですね。警戒するに越したことはねえと思うです」

レリアの言った言葉を繰り返したアンリエットだが、それはつまりそれだけ強調したいということだろう。

実際アレンも同感だ。

何故ならば、あの光が漏れている部屋からは、人の気配を感じないのである。

アンリエットの様子を見るに、アンリエットも同じなのだろう。

あの男がそこまで手練のようには思えなかったのだが……だからこそ、警戒する必要があった。

アレン達にとっても予想しきれない何かがある可能性が高いということなのだから。

ゆえに最大限警戒しつつ、ゆっくり扉へと近づいていく。

そして。

「──よしよし、まだ無事みてえだな！　ったく、勇者の野郎を見かけた時にはどうなるもんかと思ったが、ようやく俺にも運が回ってきたみてえじゃねえか！」

扉を開けると同時、そんな言葉が聞こえてきた。

その瞬間アレンが眉をひそめたのは、何をしているのかが分からなかったからだ。

扉の先にあったのは、それほど大きくもない部屋であった。

先ほどの男はその部屋の中にいたが、こちらに背を向ける形で奥の方に座り込んでおり、アレンからはどんな顔をしているのかすらも分からない。

元は物置代わりだったのか、そこら中に物が散乱しているが、男はそれらには目を向ける様子もなかった。

あるいは男が座り込んでいるところに何か金目のものでもあるのだろうかと思ったが、何となくそんな感じでもない。

とりあえず分かるのは、男がとても喜んでいるということだけであった。

「うーん……どう思う?」

「正直判断が難しいですね……隠れ家で休んでるようにも見えなくもねえですが……」

「でも、何かしてるようにも見えるわよね? 手元にある何かをいじって……いえ」

「……地面に、何かしてる?」

「……これはもう、話しかけた方が早そうですね」

そう言う割に、レリアはどことなく及び腰であった。

その様子にアレンは苦笑を浮かべる。

まあ……不明瞭な状況ではあるし、構わないだろう。

「そうだね。じゃあ、とりあえず僕から話しかけてみようと思うけど、問題ないかな?」

「まあ、構わねえんじゃねえですか? 実際未だ怪しいのは変わらねえっていうか、むしろ怪しさは増してるですし」

「そうね……少なくとも、私は異論ないけれど？」

「……同じく？」

「そ、そうですね……あたしとしては非常に残念なんですが！　何が起こるか分かりませんから、お話はアレンさんにお任せしようと思います！」

そんなあからさまにホッとしながら言われても説得力がないのだが、そこは目をつぶっておくとしよう。

苦笑を深めながら、男に向かって歩き出した。

ちなみに、現状でもレリアの認識阻害の効果は発揮されているため、男がアレン達に気付いた様子はない。

となれば、このまま話したところで意味はないだろうが、認識阻害の有効範囲は既に調査済みだ。

男のすぐ近くまでよれば、問題はないだろう。

と、そこまで考えたところで、そういえば、レリアはどうやって話しかけるつもりだったのだろうかと思った。

認識阻害の力の中心であるレリアは当然その力の範囲外に出ることは出来ないはずだが……まあ、何かしら方法があるのだろう。

そんなことを考えながら足を進めていると、不意に透明な液体にでも触れたかのような、僅かな感覚を覚えた。

認識阻害の効果の範囲外に出たのだ。

ただ、それでも男がアレンに気付いた様子はなかった。

夢中になって手を動かしており……どうやら、ミレーヌが予測したように、地面に何かをしているようであった。

「ちっ……中々顔を見せやがらねえな。だがまあ、これで一攫千金《いっかくせんきん》が叶うって考えりゃあ、んなもんか」

「――へえ、一攫千金、ねえ。地面を掘ってるようにしか見えないんだけど、そこに何かが埋まってるってこと？」

「――っ⁉」

やはりと言うべきか、男はアレンにまったく気付いていなかったようで、振り返った顔には驚愕が浮かんでいた。

そして声をかけた人物が何者なのかにすぐ思い至ったようで、さらに驚愕を深めた。

「なっ……テメエは、勇者の……⁉」

ただ、まずは驚かせた方がスムーズに会話に移行出来るかと思ったのだが、どうやら効果がありすぎたらしい。

驚愕が過ぎ去った後で男の瞳に浮かんでいたのは、怒りであったからだ。

「ちっ、そうか、勇者の目的もコレだったたってわけか……⁉」

そんな叫びと共に男が剣を取ったことに、さすがのアレンも少し慌てた。

まさかここまで過剰に反応するとは思ってもいなかったのだ。

「ちょ、ちょっと待った、何か勘違いがあるみたいだけど？」

「ああん⁉　どこに勘違いがあるってんだ……⁉」

「勇者の、とか言ってたけど、そのあたりが、かな？」

「あ⁉　テメエ、勇者の仲間だろうが⁉」

「知り合いなのは間違いないけど、仲間ってわけじゃないかなぁ。そもそもここにいるのはそれとは無関係だからね」

「関係ねえ、だと……⁉　じゃあどうしてここにいるっつーんだよ⁉」

「街を歩いてたら、たまたま見知った顔を見つけて、その人が挙動不審な様子で路地裏に入っていったから、だよ。しかも、やっぱり挙動不審な様子でこんなボロボロの建物に入っていったし」

「………………ちっ」

正直に事情を話すと、どうやら男は納得してくれたようであった。

あるいは、冷静な様子のアレンを見て男も冷静さを取り戻したのかもしれないが、何にせよ無駄な争いが起こらなくてよかった。

まあ、ここから争いに発展してしまう可能性もあるので、言葉は慎重に選ぶ必要があるだろうが。

「そもそも、何かするつもりなら声かける前にしてるしね」

「……それもそうだが、なら、一体何しにきやがったってんだ⁉」

「だから挙動不審な様子が気になったからだって。しかも建物を調べてみれば隠された道が見つかるし、そこを進んでった先ではこんな状況だし。気になって話しかけるのは当然じゃないかな？」

「本当にそれだけだっつーのか⁉」

「そうだって。で、そういうわけだから、何をしてたのかを教えてもらえるとありがたいんだけど？」

そうは言いつつも、素直に教えてはくれないだろうな、とは思っていた。

男にそんなことをする理由がないのだから当然だろう。

だが。

「……ちっ、余計なことをされるよりはマシ、か」

どうやら、話してくれるらしい。

妙に警戒している割にあっさり話すことを決めたが……ここで男が何をしているのか、ということが関係しているのだろうか。

「だが、絶対ギルドに言うんじゃねえぞ⁉　これは俺が見つけたんだからな！」

「見つけた……？」

「ああ。勇者の仲間じゃねえってことは、テメエも冒険者ってことでいいんだな？　なら、迷宮っつーもんがどうやって見つかるかは知ってるか？」

話が随分飛んだなと思ったものの、おそらくは男がやっていることと関係しているのだろう。

問いの意味を考えつつ、首を横に振った。

「いや、聞いたことはない、かな？」

「ふんっ、だろうよ。普通は偶然見つかるもんだからな。見つけようと思って見つかるもんじゃねえ。――だがな、昔からここにゃ一つの噂があんのよ」

「噂……？」

「ああ。ある日突然行方不明になったやつがいるとか、ある日偶然見知らぬ場所に迷い込んだとかな」

「よく聞く話な気がするけど？」

冒険者をしていればよくあることだ。

魔物を狩りに行って失敗したり、疲労や恐怖からありもしないものを見たり、あるいは知っている場所を見知らぬ場所だと感じたり。

特に迷宮都市ともなれば、なおのことだろう。

だが男は分かってると言わんばかりに頷いた後で、首を横に振った。

「そうだけど、そうじゃねえんだよ。迷宮都市だっつーことを考えたところで、その手の話を聞くことが多すぎる。だから、言われてんだよ。ここには知られてねえ迷宮が――四つ目の迷宮があるんじゃねえか、ってな」

「……なるほど」

そこまでくれば、話の流れは大体分かった。

つまり、男がしていることというのは――

「だがそれはただの噂話なんかじゃねえ！　聞いて驚くなよ⁉︎　ここここそが四つ目の迷宮への――」

男がそこまで口をにした、その瞬間であった。

何かがひび割れたような、そんな音が耳に届いたのだ。

しかしそれが何の音なのかを考える暇はなかった。

それよりも先に、地面が砕け散ったのだ。

「――はっ？」

「なっ……!?」

あまりにも唐突すぎて、アレンにもどうすることも出来なかった。

出来たことと言えば、咄嗟にアンリエット達の方を向き、彼女達の足元もまた砕け散っていたのを把握したことだけだ。

そしてそのままアレン達は、地の底へと落ちていったのであった。

迷宮

落ちていたのは果たしてどれぐらいの時間だったか。

いや、あるいはそれは、そんな感覚がしていたというだけで、ある意味での錯覚だったのかもしれない。

アレンがそう思ったのは、ふと気づいた時には足元に地面がちゃんと存在していたからだ。

着地の衝撃がなかったことを考えると、ここに落下してきた、というわけではあるまい。

とはいえ、先ほどのことがただの気のせいだった、ということもなさそうであった。

何故ならば、周囲に広がっているのは、先ほどまでいた部屋とはまるで異なる、岩肌がむき出しの洞窟のような場所だったからだ。

「は……？　なん……あっ、いや……ちっ」

アレンがそうして状況を把握するため素早く周囲を探っていると、男も状況に気付いたようだが、その反応は少し妙だった。

最初に驚愕はあったものの、すぐに状況を理解したかのような顔をすると、直後に期待外れだと言わんばかりに舌打ちを漏らしたからだ。

そして。

「くそっ、ショートカットかよ⁉　折角一攫千金の機会がようやく俺にも回ってきたと思ったのによ……！」

「ショートカット……？」

「ああ？　テメエ、もしかしてショートカットも知らねえのか？」

「いや、ショートカット自体は知ってるけど……」

迷宮の内部というものは入り組んではいるものの、基本的には道順に沿って行けばちゃんと奥に進めるようになっている。

だが時折例外もあり、それがショートカットなどと呼ばれる『罠』だ。

それに引っかかると迷宮内のまったく別の場所に移動させられてしまうのだが……たまに、そのときいる階層よりも先の階層に移動させられることがある。

それは知らなければ最悪の罠ではあるが、分かっていれば有用だ。

何故ならば、移動を短縮することが出来るのだから。

しかもそういった罠は一回限りの場合も多いが、永続で存在しているものもある。

ゆえに、そういった罠の存在はショートカットと呼ばれているのだ。

ただ、基本的にそれは迷宮内にしか存在しないものの、ごくごく稀に迷宮の外にもあったりするらしいが――

「ああ……もしかしてテメエ、迷宮都市の迷宮に行ったことねえのか？」

「まあ、迷宮都市には今日来たばかりだからね。ということは、ここは……？」

「見覚えがあるからな、迷宮都市の迷宮に違いねえだろうよ。しかも一番簡単なやつで、さらには上層だろうな。大体五階層ぐらいか？　ちっ、これじゃあギルドに売りつけようにもはした金にしかならねえじゃねえか！　俺の一攫千金が……！」

有用なショートカットは迷宮探索の助けになるため、場所をギルドに知らせれば報酬金が出ることがある、というのは聞いたことがあった。

男が言っているのはそれだろう。

ということは、新しい迷宮を探していたのも、自分で探索するためではなく、そっちが目的だったのかもしれない。

新しい迷宮を見つけてそれをギルドに報告すれば、莫大な報奨金がもらえるだろうからだ。

もしかしたら、アキラにあれほど絡んでいたのもその辺が理由だったのかもしれない。

新しい迷宮を見つけたところで、すぐに潰されてしまったら意味がない。

妙に執拗というか、理不尽な因縁をつけているように見えたものだが、それが本当の目的を悟らせないためだとすれば納得がいった。

まあ何にせよこの様子では見事に失敗してしまったようだが。

もっとも、アレン達にしてみれば悪い状況でもない。

見知らぬ場所へとやってきてしまったが、男の言葉によれば戻るのは容易なようだ。

そういう意味では一安心といったところだろう。

あと付け加えるならば、男が悪事を働いていたわけではないことが明らかになったことも、だろうか。

まあ、不法侵入はしていたようだが、使われていない場所だったようだしそこまで気にしなくてもいいだろう。

何にせよ、余計なことに気をもまずに済んだのは、いいことに数えて問題あるまい。

「っと、さすが迷宮ってことか、そうは言ってもすんなり返してはもらえない、か」

「あん？　……ああ、魔物か。つってもここら辺ならどうせゴブリンあたりだろうよ。俺の憂さ晴らし相手にゃあちょうどいい――うおっ!?」

と、やる気満々といった様子の男が周囲を見渡した瞬間、何故か驚きの声を上げた。

何か異変でも見つけたのだろうかと思い男の視線を追ってみると……何のことはない、そこにいたのはアンリエット達であった。

――いや。

「な、なんだテメエら……!?　どこから……いや、見覚えのある顔が混じってんな。ちっ……テメエ、仲間潜ませてやがったのか」

「……まあ、何してるのか分からなかったしね。当然の対応でしょ？」

「……けっ」

気に入らないとばかりの反応を示す男だが、アレンとしてはそれどころではなかった。

冷静に対応しているフリをしつつ、レリアの反応を窺えば、レリアは首を横に何度も振っていた。

つまり、認識阻害を解除したりはしていないということだ。

なのに、男はレリア達に気付いた。

それはどういうことだろうかと思い、だがそれ以上考えている暇はなかった。

すぐそこにまで近づいてきている魔物の気配を感じたからだ。

ただ、それだけだったら、構わず考え事を続けていただろう。

そうしなかったのは、そこに異常を感じ取ったからであった。

「……ねえ、一つ聞きたいんだけど、ここの迷宮って大体一度にどのぐらいの数の魔物と遭遇するの？」

「あん？　んなもんその時々によるが……まあ、少なくても二、三匹で多くても五匹程度だろうよ。

まあ、当然魔物が群れてるとこにつっこみゃ別だがな」

「そっか……なら、やっぱり異常で間違いない、か」

「は？　テメエ一体何を――」

男の言葉はそれ以上声にはならなかった。

それよりも先に、魔物が姿を見せたからだ。

それは男が予想していたように、確かにゴブリンであった。

ただし、見渡す限りの地面がゴブリンで埋め尽くされた、という状況ではあったが。

「なっ、はっ、はぁ……!?　んだこれ……!?」

その状況を見て男が驚愕の声を上げるが、アレンもまた驚きを感じていた。

確かに魔物の気配が多いということは感じていたのだが、ここまでのものは感じていなかったのである。

感じたものと実際のものとに差があるというか、妙に感覚が鈍い気がした。

とはいえ、今はそんなことを言っている場合ではあるまい。

「っ、ざけんなよ、いくらゴブリンだからって、こんな……！」

数というのは、力だ。

ゴブリンは魔物の中では弱い方ではあるものの、これだけの数が揃えば十分脅威となる。

それでもアレン一人ならばこの場を切り抜けるのはそう難しいことではないものの、他の皆を守りながらとなるとどうなるかは分からない。

しかも感じる気配からして、魔物はまだまだやってきそうだ。

それが全てゴブリンだとしても、この調子で来られたらさすがのアレンでも少し厳しいかもしれない。

少し考えたところで、男へと視線を向けた。

「ねえ、ここから地上への戻り方って分かる？」

「あん？　……まあ、大体分かるとは思うが……」

「じゃあ、道案内してもらっても？　後ろは僕が請け負うからさ」

「あれを抑えるってのか!?　テメエが!?　まあ、勇者の知り合いだってんならその程度は出来るのかもしれねえが……」

敢えてその言葉には答えず、肩をすくめた。

よく知らない者同士である以上、必要以上の言葉は逆効果だろう。

そしてその読みは正しかったのか、男はジッとアレンの顔を見つめていたが、すぐに顔をそらすと、そのまま魔物がやってきたのとは逆の方を向いた。

「はっ、いいじゃねえか！　まあ、テメエらが戻り方が分からねえってんなら、どうせそれ以外ねえしな！　ただ、テメエがくたばりそうになっても俺は助けやしねえぜ!?」

「うん、それで問題ないよ」

「……ちっ」

アレンの態度が気に入らなかったのか、男は舌打ちを漏らしたものの、一度請け負った以上は自分の役目を果たすつもりではあるようだ。

まあ、どのみち男一人ではここから逃げることも難しいだろうから、その辺を心配する必要はあるまい。

「そうと決まりゃさっさとここから逃げんぞ！　おい、テメエらも分かってんだろうな⁉」

男がアンリエット達へと叫ぶが、彼女達もこちらの話は把握していたようだ。

戸惑うことなく頷いた。

……ただ、レリアの顔が妙に真剣そうというか、まるで思いつめているかのように見えることだけが気になったが……見方次第ではこの状況はレリアが巻き込んだと言えなくもないので、その辺を気にしているのかもしれない。

まあ、そういったことはここを無事に脱出してから話し合えばいいだろう。

何にせよ、まずはここを脱出することだ。

そんなことを考えながら、駆け出した男の姿を横目に、剣を構える。

そして。

「さて、これ以上は何事もなく済めばいいんだけど……どうなるかなぁ」

――剣の権能《ワールド・エンド》：百花繚乱《ひゃっかりょうらん》。

呟きながら、一先ず眼前のゴブリンの数を減らすべく、アレンはその腕を振るうのであった。

異変

意外にも、と言うべきか、男は思ったよりも迷宮に慣れているようであった。

道が分かるという言葉に偽りはないようで、その足取りに迷いがなかったからだ。

ついでに言えば、腕も悪くはないらしい。

道中で遭遇した一匹のゴブリンを、足を止めることなく倒したからだ。

しかしそんな目を向けると、男が不満げに鼻を鳴らした。

「ふんっ、こんなのが出来たところで自慢にもなんねえよ！　ここにいるやつらならこの程度当たり前に出来るんだからな！」

それは謙遜というわけではないのだろう。

そこで謙遜するような性格ならば、新しい迷宮の入り口を見つけて一攫千金を狙ったりはしまい。

そんなことを考えながら後ろを振り返るが、今のところ追いかけてくる気配はないようだ。

ただ、それは安心をもたらすというよりは、不気味さを感じた。

先ほどの場で確かにアレンはそれなりの数のゴブリンを倒したが、それでも半分程度ではあったはずだ。

あるいは、それでゴブリン達が怯んで追いかけてこなくなった、というのならばいいのだが……。

「……とてもそうは見えなかったんだよなぁ」

むしろ、絶対に逃がさないと言わんばかりの、執念にも似たものを感じた。

にもかかわらず、追いかけてくる気配がないことが、逆に気になるのだ。

「うーん……厄介そうだなぁ」

ただ数で押してくるのならば、対応するのはそう難しいことではない。

だがアレンはただでさえ迷宮に来るのは初めてであり、不慣れなのだ。

そんな中で絡め手を使われてしまうとなると、さすがに多少の不安があった。

「まあどっちかというと、一番気になるのはこっちかもしれないけど」

そんなことを呟きながら、自分の手を見下ろす。

先ほどゴブリンが現れた時から感じてはいたが、やはり少し不調というか、若干の違和感があった。

ほんの少しではあるが、感覚にずれがある気がするのだ。

「――いえ。オメエのそれは気のせいなんかじゃねえですよ」

と、不意に聞こえた声に視線を向ければ、いつの間にかアンリエットがすぐ傍にやってきていた。

予想外のその姿に、思わず首を傾げる。

「アンリエット……？　いいの、レリアの監視は？」

アレンの言葉に、アンリエットは無言で肩をすくめた。

そう、アンリエットはずっと、レリアのことを監視していた。

とはいえ、それは当然のことだろう。

悪魔ということを差し置いても、知り合ったばかりのよく知らぬ相手なのだ。

何をしても不思議ではなく、監視は必須であった。

そしてアンリエットが気にしてくれているると分かっているからこそ、アレンはあまりレリアを気にせずに済んでいたのだが……。

「まあ、別にここからでも監視は可能ですし、そもそも言うほど離れてもねえですしね」

「まあ確かに、やろうと思えば一歩で距離を詰められるぐらいでしかないけど……」

「あと、むしろだからこそ、でもあるですね」

「つまり、レリアに関して何か僕と共有しておいた方がいいことがある、ってこと？」

「そういうことですね。何せ、さっきゴブリンがアホみてえに沢山来やがったのは、間違いなくアレのせいでしょうから」

それはさすがに聞き逃せなかった。

アンリエットの言葉に耳を傾けつつ、レリアのことを見つめ、目を細める。

「つまり、レリアが何かやった、ってこと？」

「いえ、そういうことじゃねえです」

「え、違うの？」

てっきりそういうことかと思ったのだが、どうやら違うようだ。

ならばどういうことなのかと思い、横目でアンリエットのことを眺めると、アンリエットは何とも言い難い顔をしていた。

「なんつったもんですかね……悪魔が迷宮に入るのは禁じられてる、ってのは言ったですよね？」

「うん。悪魔の存在が唯一法に記載されてる、ってやつだよね？」

「あれなんですが、実は教会が記載させてんですよ」

「教会が……？　何で？」

「法ってことにしてんのは、それが分かりやすいからです。実際のところは、神が禁じてんですよ」

「神……？」

確かに神にしてみれば、悪魔は敵だろう。

だがそれを言ったら、迷宮に限定する意味が分からない。

悪魔の存在そのものを禁止でもしなければ不自然だ。

ということは、そこまでしなければならない理由があるということだが……。

「それはですね、迷宮ってのが人のために神が用意したもんだからです」

「迷宮が……？」

「どうして迷宮には宝なんてもんが転がってんのか。どうして迷宮は階層を降りるほどに魔物が強くなってんのか。それらは全て、迷宮を通じて人を成長させるためであり、迷宮ってのは神が人に与えた試練の場でもあるんですよ」

「そうなの？　そんな話初めて聞いたけど……」

「知らせちまったら別の使い方がされちまうかもしれねえ、ってことらしいです」

「ああ……なるほど」

確かにそれは、有り得そうな話ではあった。

もっとも、知らせないと知らせないで試練にならない気もするが……いや、そこも含めての試練だということだろうか。

「で、あくまで人のためのもんですからね。悪魔に利用されたらたまったもんじゃねえってことで、禁じてんですよ」

「神が作った場所で、神が直々に入るのを禁じてる、か。ということは、さっきのゴブリンも……？」

「ってことだと思うです。ワタシも悪魔が迷宮に入ったら何が起こるのかは具体的に理解してるわけじゃあねえんですが……まあ、ろくなことは起こらねえってことなんでしょうね。多分さっきのも序の口だと思うですよ」

「なるほど……なら、なるべく早く出た方がよさそうだね。しかも、今まで以上に警戒した上で」

アンリエットがわざわざ説明しに来たのも納得であった。

これは確かに共有しておかなければならないことだ。

しかしそう思った瞬間、アンリエットは首を横に振った。

「それだけだと、言いたいことの半分ってとこです」

「半分……？　なら、もう半分は？」

「警戒すんのにワタシはあてにすんな、ってことですよ」

思わぬ言葉に、アレンは眉をひそめた。

もちろん全てを頼りきりにするつもりはないが、それでも多少頼りにするつもりだったのだ。

自分一人ならばともかく、ノエル達も一緒となれば、不測の事態も起こりうる。

そういう時の備えをアンリエットには任せたかったのだが……

「勘違いしてほしくねえんですが、ワタシは別に何もしねえとは言ってねえですよ？」

「うん？　他にやることがあるから、そっちにまでは手が回せない、ってことじゃなくて？　てっきりそういうことかと思ったんだけど……」

「さっき言ったこと忘れやがったんですか？　つーか、オメエは今もそれを感じてると思うんですが？」

感じていること、ということは、この僅かにある違和感のことだろうか。

そういえば、先ほどアンリエットはこれが気のせいではないと言っていたが……と、そこまで考えたところで、なるほどと頷いた。

「僕の感覚にずれがあるのは、僕の持つ権能が神から与えられたものだから、ってこと？」

「オメエはほとんどそれを自分のものにしてるですが、それでもまだ完全とは言えねえですからね。その不完全な部分がこの迷宮によって拒否られてんでしょうよ。人への試練に人ならざる者が手を貸すのはご法度《はっと》ですからね」

「なるほど……だからアンリエットはあてに出来ない、ってこと？」

「そういうことです」

アンリエットの力とは、使徒の力だ。

本来ならば人を導くためのものだが、だからこそ、人への試練の場であるここでは極端に制限されてしまうのだろう。

下手をすればほぼ使えないのかもしれない。

「身体能力だけは問題ねえようですが……これは、今のワタシは冒険者でもあるからだと思うです。ただ逆に言えば、そこから逸脱したことは出来ねえでしょうね」

「そっか……了解」

とはいえ、そうは言いつつも、アンリエットは自分にできる最大限のことをやってくれるだろう。

それが分かっているからこそ、特に不満も不安もない。

まあそもそも、アンリエットには今までに何回も助けられているのだ。

この程度でアンリエットが気に病む必要はないし、アンリエットが気にしなくて済むぐらい、自分が何とかしようと思った。

と。

「――なるほど。こういうことも起こるってこと、か」

呟きながら足に力を込めると、一歩を前に踏み出した。

一瞬でレリア達との間にあった距離をゼロにし――

——剣の権能《ワールド・エンド》：百花繚乱。


剣を振るったのと、天井が崩れてきたのは同時であった。

しかも天井の向こうにはゴブリンの姿があり、その数は数十に及んでいる。

もっとも、そこまで予想していたため問題はないが。

瞬間、姿を見せたゴブリン達の全てを両断した。

「っ、あっ、なんだ、今のは……!?」

「天井が崩れて、そこからゴブリンが……？　って、まあ、それもそれで驚きなのだけれど……」

「……アレンに関しては今更？」

「うーん……それで納得されちゃうのはどうかとも思うんだけど……まあ、今はそれよりも、と」

言っている間に、今度は周辺の壁が一斉にひび割れた。

本来であればこれは有り得ないことなのだろう。

男の顔に浮かんでいる表情がそれを物語っている。

とはいえ——

「このぐらいならまだ何とかなるかな」

そう言ったのと、壁が砕け、再びゴブリン達が現れたのは同時であった。

だが、やはり問題はない。

――剣の権能《ワールド・エンド》：百花繚乱。

その全てを斬り捨てた。

念のため、警戒は残しつつ周囲を眺め、動くものがないことを確認する。

しかし、溜息を吐き出しながら目を細めたのは、ゴブリン達が現れた後の天井や壁の状況を目撃したからだ。

その場所は不自然なまでに空間が歪み、その先に何があるのか分からなくなっていたのである。

迷宮は階層に分かれてはいても、物理的に分かれているわけではないということだったので、それ自体は不自然ではないのかもしれない。

迷宮が神から与えられたものだというのならば尚更だ。

だが、今のゴブリン達は明らかにその向こう側からやってきたのである。

つまりは、これが迷宮を味方につけるということなのだろう。

とはいえ、まだ対応可能な状況だ。

これがずっと続くのならば分からないが、その前にここから出てしまえばいいだけの話である。

「っと、さすがにそう簡単にはいかない、か」

呟きながら視線を前方に向けると、今度は進行方向にある壁がひび割れ始めた。

まあ、先ほど目にしたゴブリンの数を考えれば、この程度は予想の範囲内である。

それに、おかげでというべきか、感覚のずれにも慣れてきた。

まだ多少の違和感はあるものの、あと数回も繰り返せば解消できるだろう。

そんなことを考えながら、一先ず目の前の状況を解決するべく足に力を込め――瞬間、男の身体を掴むと、強引に後方へと放り投げた。

「っ、テメっ、何……!?」

男の文句を聞き流しながら、ノエルとミレーヌの身体を抱える。

続けて、レリアへと手を伸ばし――

「――っ」

しかし、それが届くよりも先に、地面が爆ぜた。

そこからゴブリンがやってきた、というのならば何とでもなっただろう。

だが、その先には何もなかった。

天井や壁と同じように、歪み過ぎて向こう側が見えなくなった空間だけが存在していたのだ。

そこに呑み込まれてしまえば、どうなるか分かったものではない。

刹那の間に、どう動くのが適切かの結論が出た。

腕をそのまま伸ばし、レリアの身体を掴んだ上で、この場から離脱する。

それで問題ない。

ない、はずであった。

伸ばした腕が空振りしたことに気付いたのは、次の瞬間だ。

その結果に何故と思ったのと、想定していたよりもレリアの身体が一歩分ずれていることに気付いたのは同時であった。

感覚のずれのせいか、ほんの少しだけ腕は届いておらず、しかしそれを悔いる暇すらない。

ほんの少し腕を伸ばす時間すら、残されてはいなかった。

「――っ」

唇を噛み締めながら、その場を飛び退き――瞬間、レリアの顔が目に映る。

おそらくレリアも自分の状況は理解出来ているはずで、だが、それにしてはその顔に浮かんでいる表情は妙であった。

そこにあったのは恐怖でも恨みでもなく、何故か安堵のように見えたからだ。

しかしその顔を見られたのは一瞬であり、跳躍の勢いによってすぐに流れていく。

そして。

地面にその姿が呑み込まれたのは、次の瞬間であった。

あまりにも呆気ないほど簡単に、その姿は消えてしまったのだ。

しかも、迷宮は後を追わせるつもりもないらしい。

アレン達が地面に降り立った時には、その場所を含め、天井も壁も、何もなかったかのように元通りとなっていたからだ。

「っ……嘘、でしょ……?」

「……地面を壊せば、追いかけられる？」

「可能性があるんなら試してみる価値はあると思うけど……」

何となくではあるが、無駄なのだろうな、とは思った。

前方に視線を向けてみれば、先ほどひび割れていた場所すらも元に戻っている。

どうやら本当に今までの異変は、レリアがいたからこそ起こっていたようだ。

レリアがいなくなった以上は、最早用はないということなのだろう。

である以上は、地面を壊したところで追える可能性は低いと考えざるを得なかった。

もっとも、だからといって、諦めるつもりはない。

確かに彼女のことを信じていたかと言えば微妙なところではある。

だが、別に彼女が何かをしたというわけでもないのだ。

ならば、助けようとするのは当然のことであった。

が。

「……すまねえです。これはワタシの責任ですね」

まるでそんな決意に水を差すように、アンリエットがそんなことを言ってきた。

何を言うのかと思いながら視線を向ければ、アンリエットはレリアが消えた場所を眺めつつ、目を細めていた。

「もっと早くに、アイツのことを言っとくべきでした。そうすれば、少なくともこんな終わり方にはならなかったでしょうに……」

「アンリエット……？　レリアのことを、って、どういう意味……？」

「そのままの意味ですよ。アイツはきっと、こうなることを理解してたはずですから」

「こうなることを……？」

「迷宮に悪魔が入ったらどうなるかなんて、悪魔であるアイツが一番よく分かってたでしょうからね。というか、今回ここに来ちまったのは偶然ですが、そもそもアイツは迷宮に来るのを望んでたです。ってことは……」

「これは彼女が望んだ通りの結末だ、ってこと？」

「アイツは最後の瞬間、地面があなった時、間違いなく後ろに一歩下がってたです。それが、あの状況から逃げようとしたってんなら話は別なんですが……」

アンリエットの目にはそうは見えなかった、ということなのだろう。

ならば何から逃げたのかと言えば、答えは一つしかあるまい。

アレンの手から逃げた……彼女は意図的に、助けを拒んだのだ。

そういうことであった。

アンリエットの見間違いだという可能性は、もちろん考えられる。

しかし、アレンはそうではないのだろうと、半ば確信を持っていた。

アンリエットのことを信じているというのもそうだが、あの場を離れる瞬間目にしたレリアの表情の意味が、それならば説明が付いてしまうからだ。

理由は分からない。

だがどうやら……レリアは、助けを求めてはいないらしい。

そのことを理解したアレンは、アンリエットと同じように、レリアの消えた場所へと視線を向けると、目を細めるのであった。

折れた心

水の中を漂っているような感覚に身を委ねながら、レリアは目を細めた。

抵抗する気はないし、その必要もない。

これは、レリア自身が望んだことだからだ。

誤算があるとすれば、彼らを巻き込んでしまったことだが……おそらくはそれも大して問題はないだろう。

レリアの想像以上に、アレンが強かったからだ。

あの様子ならば、レリアを連れたままでも迷宮から脱出することが出来たかもしれない。

それを考えれば、そうならなくてよかったといったところか。

もちろんアレンに対し申し訳ないとは思うものの、所詮は今日会ったばかりの他人——いや、悪魔だ。

多少気にしてしまうかもしれないが、それも長い時間ではあるまい。

何せ、時間というものは偉大だ。

どれだけ強い感情を抱いていようとも、やがてそれを風化させ、忘れさせてしまうのだから。

レリアが、そうであるように。

――この世界が嫌いだった。

嫌いで嫌いで嫌いで、憎くて、人の身を捨ててしまうぐらいには、嫌いだった。

それは間違いなく事実であった。

だが同時に、過去形で語ってしまうぐらいには、レリアにとって過去の出来事でしかなかった。

別に世界が嫌いでなくなったわけではない。

しかし……それは多分、ある種の刷り込みであり、ある種の義務に近いものでもあるのだろう。

何故ならば――レリアは既に、どうしてこの世界が嫌いで憎んでいたのかを、忘れてしまっていた。

数百年の時を生きたせいか、悪魔であることの代償か、あるいは、あまりにも憎しみで魂を焦がし続けてしまった弊害かもしれない。

憎いという感情は確かにそこにあるのに、どうして憎いのかを、今のレリアは思い出すことが出来なかった。

いや、それどころか、レリアは他にも沢山のものを失っていた。

何かきっかけがあったわけではない。

だが、ある時ふと気付いたのだ。

自分は憎しみを燃やし続ける代わりに、きっと大切なものを失ってしまっていた、と。

何せ、自分の名前すらも思い出せないのである。

自分の中に残っていたのは、世界に対する憎しみと、レリアという、自分のものではないが、それでも大切なものだったと分かる名前だけ。

アレン達に本名を名乗らなかったのも、実はそれだけのことだったのだ。

悪魔の性質だとか、そういったものではなく、単に思い出せなかっただけ。

だから、自分の中に唯一残された名を名乗ることにしたのだ。

あるいは、誰かにその名を覚えていてほしかったのかもしれない。

いずれは思い出の中に埋もれてしまうだろうが、それでも、ほんの少しでも長く。

自分がその役目を果たすことはもう出来ないということは、分かっていたから。

レリアという名前すらも忘れてしまう、というわけではない。

おそらく、自分は何を忘れても、その名を忘れることだけはないだろう。

理由は分からないが、それだけは確信を持って言えた。

だが、忘れなくとも、どうしようもなかった。

それはつまり、最期まで忘れないというだけのことだからだ。

そう、最期。

ただしそれは、いつか訪れるという意味ではない。

きっと、そう遠くない時に訪れるはずであった。

それもまた、確信だ。

もっとも、そっちに関しては、理屈も理解していた。

何故ならば、それは自分が悪魔であることと関係しているからだ。

悪魔とは、世界への憎しみによって人から逸脱した存在である。

もっともそれは、結果的にそうなった、と言うのが正しいだろう。

悪魔はただ世界が憎いだけではなく、その上で世界を否定する意思を持った者達だ。

そして世界を否定することは、人のままでは不可能である。

人というものは、世界なしには成り立たないのだから。

ゆえに、自らの願望を叶えるため、自分達は悪魔へと至ったのだ。

しかし、自らの存在を作り変えてしまうほどに強い意思を持つ悪魔ではあるが……もしも、その意思が失われるようなことがあったらどうなるだろうか。

別にどうともならない——なんて、そんな都合のいいことが起こるわけがあるまい。

答えは単純だ。

その時悪魔は、自らの存在を維持することが出来なくなる。

——つまりは、死であった。

悪魔にとっての意思とは、存在意義と同義なのだ。

即ち、意思を失うということは、自らの存在意義を手放すのと変わらない。

なればこそ、その先に待つのが死なのは道理であった。

そして自分の最期が近いのも、そういうことだ。

自分が悪魔になった理由すら思い出せないこの身に、存在を維持できるほどの意思などあるわけがない。

だが、おそらくそれは逆なのだろうと、今の自分は感じていた。

記憶がなくなったから意思がなくなったのではない。

多分最初になくなったのは、意思の方なのだ。

長い間悪魔を続けていて、それでもどうにもならないことに絶望したのか、あるいは、別の何かがあったのか。

今の自分ではそれすらも思い出せないが、何となく諦めたのだろうことだけは分かる。

そうして、心が折れてしまって、だから、記憶もなくなっていったのだ。

それを理解しているからこそ、思わず安堵の息が漏れた。

間に合ったと、そんな感想が自然と浮かんだ。

このままならば、本当に全てを忘れてしまっていた――そんな最期が待っているのであれば、むしろ自分は望んでその時を待っていただろう。

こうして迷宮都市に来たり、勇者に会おうとしたりはしなかったはずだ。

だから、今自分がここにいるのは、そうならないことが分かっていたから……何もせずにいたら、きっと沢山の人に迷惑をかけてしまうだろうことを、感じ取っていたからであった。

――確かに、世界は嫌いだった。

憎んですらいた。

けれど、人のことは好きだった。

自分が忌み嫌われる存在になってしまったことを理解していても、それでも人に向ける感情が変わることはなかった。

ゆえに、そんな人達に迷惑をかける前に、勇者に殺してほしかったのだ。

勇者ならば、きっと誰にも迷惑をかけることなく全てを終わらせてくれると思ったから。

でもそれが難しそうだったから、次善の策として考えていた迷宮に来ることを選んだ。

迷宮に来れば、やっぱり誰の迷惑にもならずに死ねると思ったから。

もっとも、少し予想外の方法で来ることになってしまったけれど……許容範囲だろう。

それに、迷宮そのものに関して言えば、予想以上だったと言えた。

「――これなら、本当に誰の迷惑にもなることなく、死ねそうですから」

呟きながら目を開ければ、視線の先にあったのは見知らぬ光景であった。

先ほどまでいた場所と似ていると言えば似ているが、まず明らかに天井までの距離が遠い。

先ほどのそれと比べれば、倍以上はあるだろう。

さらに周囲へと視線を向ければ、そこにあったのは異常なまでに広い空間だ。

薄暗いせいもあるだろうが、ギリギリ壁が見えるぐらいであり、何をするにしても狭くて困るということはあるまい。

逆に広すぎて困るということはありそうだが……少なくとも、自分には関係ないことだ。

「――っ」

そんなことを考えていると、不意に地響きが襲ってきた。

先ほど感じたものとは比べ物にならないほどで……だが、起こったことだけで言えば、同じではある。

地面がひび割れ、砕け散ったのだ。

ただ、今度はそこに呑み込まれるわけではないし、ゴブリンが現れるわけでもない。

むしろ、そんな生ぬるいことで済むわけがないと言わんばかりに、巨大な腕がそこから伸びてきた。

自分の胴体よりも太そうなそれが地面に叩きつけられると、さらにもう一本の腕が地面から伸びてくる。

それも地面に叩きつけられ、引っ張られるようにして現れたのは、その腕に相応しい巨大な頭だ。

その姿に納得と驚きを覚えたのは、それが何なのかを知っていたからであった。

――ギガントマキアー。

強大な力を持つ魔物であり、しかし今までここの迷宮で発見されたことはないはずであった。

ただでさえ強大な力を持つギガントマキアーが迷宮に現れたとなれば、その力がどれほどのものになっているのかは想像もつかない。

分かるのは、自分を殺すには十分すぎるということだ。

正直、ありがたかった。

「……ここなら、誰にも迷惑をかけることはないでしょうしね」

悪魔としての存在が崩れかけている今の自分が死んだ場合どうなるのかは、正直予想が付かなかった。

何せ、今でも自分の力の制御が利かなくなっているのが分かるぐらいなのだ。

死をトリガーにして、広範囲に力が暴走してしまう可能性は、十分に考えられた。

その場合有り得るのは、力の影響を受けた人が誰の目にも認識されなくなってしまうことだ。

さすがにそれは、申し訳なかった。

「……意外と、何とも思わないものなんですね」

気が付いたら全身を露わにしていたギガントマキアーを見上げながら、思わず呟きが漏れる。

正直なところ、少しぐらい恐怖とか後悔とか、そういうものがあるかと思ったのだ。

だが不自然なぐらい、何も感じなかった。

ああ、やっと終わるのかと思いながら、ただギガントマキアーが腕を振り上げるのを見つめる。

そうして、その腕が振り下ろされるのを、やはり何の感慨もなく見つめ――

「――うーん。ここで素直に死にたくないとか言ってくれたら、楽だったんだけどなぁ」

そんな言葉が聞こえた瞬間、吹き飛んだ。

「…………え？」

「やぁ、さっきぶり」

そして、予想外の光景と、予想外の、しかし見知った青年の姿を眺め、思わず呆然とした声を漏らすのであった。

曲がらぬ意思

片手を上げながらレリアに声をかけると、茫然とした目で見つめられた。

そこでアレンが苦笑を浮かべたのは、どう見ても助けに来ると思ってはいなかった目だったからだ。

まあ、当然と言えば当然なのかもしれないが。

だが、さすが百年を超える時を生きているという悪魔か。

すぐに気を取り直した様子で話しかけてきたのだ。

「……色々と言いたいことや聞きたいことはありますが、とりあえず、一つだけ。どうして、ですか？」

「どうして……？」

「はい。まさか、偶然ここにやってきた、とは言いませんよね？　どうして、あたしを助けに来たんですか？」

「んー……って言われてもなぁ」

「あたしは悪魔で、あたしとあなたは今日会ったばかりで、それどころか、あなたたちのことは利用していただけだってことも、きっともう分かっていますよね？　あなたがあたしを助ける理由はないはずです」

別に素直にその質問に答える必要はないはずであった。

そもそも目の前には、未だ魔物が健在だ。

こちらを警戒しているのかすぐに動き出しそうな気配はないものの、レリアのことは逃がすつもりはないと言わんばかりにジッと見つめていた。

しかもこれまでのことを考えれば、時間をかければかけるほど、こちらの不利となりかねない。

だがそれでも、ここは適当に誤魔化していいところではないと、そう感じていた。

「まあ、そうだね。確かに、君の言う通りではある。僕達と君は今日あったばかりだし、君は悪魔で、仲良くなりたいと近付きながら、その実僕達のことを利用するつもりだった」

実際アンリエット達からは、止めておけと言われたものだ。

それに——

「はい。そして何より、あたしは助けを求めてはいなかった……いえ、もっと言えば、こうなることを望んでいました」

「みたいだね」

「……それも分かっていたんですね。じゃあ、なおさらどうして、ですか……!?」

「んー、そうだなぁ……約束してたから、かな？」

「約束、ですか……？」

「うん。君と仲良くなれて、迷宮に一緒に行ってもいいと思えたら、迷宮に連れていくって」

「それは……確かに、そんなことを言ってはいましたが……」

それがどうしたのか、と言わんばかりに眉をひそめるレリアに、肩をすくめる。

まあ、そういう反応になることは分かっていた。

だが決して、適当に言っているわけではない。

「でも、そうなる前にこうして迷宮に来ることになっちゃった。ってことは、僕は君のことを迷宮に連れて行っていいと思えるぐらいには仲良くならなくちゃならないってことじゃないかな？　約束は破りたくないからね。で、そのためには、まず君が生きていなくちゃ無理だから——」

「……だからあたしを助けに来た、と？　……本気で言っています？」

「冗談を言ってるように見える？」

「……見えないから困ってるんです」

「それはよかった」

まあ、屁理屈と言えば屁理屈になるのだろう。

実際アンリエットにも、そう言って呆れられた。

だが、それで誰かを救える理由に出来るのならば、何の問題があるというのか。

確かにアレンとレリアは今日会ったばかりで、近付いてきたのは利用するためだったのかもしれない。

しかし、だとしても、何か不利益を受けたわけでもないのだ。

ならば、それは彼女を助けない理由にはなるまい。

「……お人好しですね」

「別にそういうんじゃないと思うけどね」

「……そうですね、そうかもしれません。助けは必要ないって言ってる相手を、それでも無理やり助けようとしてるんですから」

どうやら、かなり不安があるらしい。

まあ、当然と言えば当然なのかもしれないが――

「うーん……それなんだけど、実はちょっと疑問があるんだよね」

「……何がですか？」

「君はそう言うけど、本当にそれが本心なのかな、って」

「つまりそれは、あたしが強がりを言っている、ということですか？　……あたしを馬鹿にしてるんですか？」

「いや、そういうわけじゃなくて、君の能力を考えた上でのことなんだけど」

「あたしの能力、ですか……？」

「うん」

それは確証があってのことではなく、ふと何となく思いついたことであった。

そう、本当に何となくでしかないのだが……レリアは自らの死を望んでいるにしては、あまりにも普通なように感じたのだ。

別に全ての人が死を望むわけはない、なんてことを言うつもりはない。

だが、レリアがそうだというには、あまりにも普通過ぎた。

少なくとも、自らの死を望んでいるにしては、安定し過ぎているように見えたのである。

もちろん、アレンが出会ったことがないだけで、そういったタイプの人がいる可能性はあった。

しかしそれよりも先に、しかもより可能性が高そうな仮説を思いついたのだ。

レリアの能力は、無意識に干渉するものだという。

ならば。

「……あたしが、自分で自分の無意識を操作した、と？」

「しかも、無意識のうちに、ね」

正直なところ、即座に否定されるかと思っていた。

だが予想に反し、レリアは目を細めると、自分の心に問いかけるかのように手元へと視線を向けた。

そしてその姿を見て、アレンはやはりと思う。

そんな目をする人が積極的に自らの死を望むとは、考えられなかった。

そこには確かに諦めがある。

絶望がある。

しかし同時に、決して折れないだろうと思えるような強い意思も感じられた。

と、そんなことを考えていると、不意にレリアが顔を上げた。

真っ直ぐにこちらを見つめてきているその姿は、先ほどまでとは少しだけ雰囲気が変わったように感じられた。

「……一つ聞きたいんですが、そのことは偶然思いついたものですか？」

「んー……どうかな。偶然って言えば偶然になるだろうけど、そもそも気になることもあったしね」

「気になること、ですか？」

「うん。君が自分の能力のことをよく分かってなかったってことが、ね」

確かに分かりにくいと言えば分かりにくい能力ではある。

だが、見た目通りの年齢であるならばともかく、彼女は百年以上生きているらしい。

その上、悪魔だ。

世界に、運命に逆らおうというのに、自分の能力すらまともに把握しないなんてことがあるだろうか。

そう思い、しかしかといって彼女が嘘を吐いているようにも見えなかった。

だからどういうことなのだろうかと思い、自分にも無意識のうちに能力を使っているのではないかと考えるに至ったのだ。

だがそう告げると、何故かレリアは苦笑を浮かべた。

「うーん……結論だけを言ってしまえば惜しいところではあるんですが、正直なところ、少しあたしと悪魔のことを過大評価しすぎ、ですね」

「過大評価……？」

「はい。結構勘と勢いだけっていう感じの悪魔もいますから。それに……どちらかと言えば、その方が悪魔らしいと言えると思います」

「そうなの？」

アレンの中では、悪魔というのは割と頭を使うイメージがある。

まあ、色々なことを企んでいることが多いからだが……悪魔の方からするとまた別ということだろうか。

「元々あたしたちは理《ことわり》から半歩はみ出しているような存在ですからね。ならばこそ、頭で考えるよりも感覚に従った方がいいことも多いんです。それに――余計なことを考えずに済みますから。数百年も生きながら、本懐を遂げられる気配もないことに悩む必要も」

そう言ってレリアは、笑みを浮かべた。

このまま消えてしまうのではないかと思うような、儚い笑みであった。

「……悪魔も悪魔で色々あるんだね」

「はい。まあ、自分で選んだ道ですから、やっぱり自業自得なんですが。そして、それが分かっていながら逃げるんですから、本当に度し難いですよね」

そんな言葉と共に浮かんだ自嘲の笑みに、アレンはなるほどと思った。

過大評価かは分からないが、確かに思い違いはしていたらしい。

てっきり無意識に能力を使ったのかと思っていたが――

「少なくとも、完全に無意識ってわけじゃなかったんだね」

「そうですね……半分意図的、半分無意識ってところだと思います。意識して全てを忘れようとしたわけではないですが……それでも、もう無理だって、心が折れちゃったのは事実ですから」

「何があったのか、聞いても？」

「いいですよ？　別に隠すようなことじゃないですし、それに、すみませんが、あなたがどれだけの力を持っていようと、どうしようもないですから」

何となく、予感はあった。

悪魔の心が折れるなんて、そうそうあることではあるまい。

そして、それに相当しそうな出来事に、アレンは心当たりがあった。

「あなたは知らないと思いますが……実はこの世界は、神の手によって作り替えられているんです。歴史から何から、神の都合のいいように。しかも、つい最近」

だから彼女がそう言ってきたことにも、驚くことはなかった。

それに、レリアがそのことを知っていることも、そうなのだろうと思っていたのでやはり驚きはない。

しかし当然と言うべきか、レリアはアレンが驚かなかったことが意外だったようだ。

眉をひそめながら、訝しげに見つめてきた。

「……驚かないんですね？」

「んー……まあね」

言い訳するか迷ったが、結局曖昧に笑って肩をすくめるだけにした。

その反応で何かあることは察しただろうが、それ以上尋ねるのは止めたらしい。

僅か目に目は細めたものの、話を先に進めた。

「まあそういうわけでですね、それを知ったあたしは心が折れてしまった、ってわけです」

「なるほど……？　うーん……でも、こう言ったらアレだけど……その程度で？」

「その程度って……世界を作り替えたんですよ？　つまり、何をしても無駄だってことを、神は示してみせたわけです」

「うん、それはそうなんだろうけど……そんなこと、今更じゃないかな？」

今まで体験したことはないのかもしれない。

だが、人の身を捨ててまで世界に逆らうと決めたというのに、今更その程度で臆するものだろうかと、純粋に疑問に思ったのだ。

しかしその反応はレリアにとって予想外だったらしい。

唖然とした後、苦笑を浮かべた。

「今更、と……悪魔でもないあなたがそれを言いますか」

「悪魔でなくとも分かるぐらいのことだからね」

「なるほど……確かに、それはそうですね。そして、確かにその通りでもあります。この程度と、今更と言えるぐらいには、今までにも似たようなことは経験してきましたから」

「なのに？」

「はい……なのに、です。いえ、あるいは、だからこそ、でしょうか。確かにあたしたちは人の身を捨てましたが、心まで化物になったつもりはありませんから」

つまり、自分では及ばぬことを見続けた結果、ついには心が折れてしまった、ということらしい。

それを悪いとは言えないだろう。

よくあることと言えばよくあることだ。

「それで、その結果能力を使って、か」

「まあ、実際のところは、魔が差した、みたいなところではありますが。あの瞬間、もう無理かもしれないと思ってしまって、おそらくはその瞬間に能力を自分に使ってしまったんでしょう。とはいえ、そんなことをすればどうなるかなんて、あたしが一番よく分かっていますから。意識して使ったわけではありませんし、能力を使ったせいかあの時のことはよく覚えていないんですが……多分、それでもいいと、思ったんでしょうね」

「……そっか。ところで、能力の効果はもう切れてるってことでいいのかな？」

「そうですね。あたしの能力は、あくまで無意識に干渉するものですから。意識してしまったら、効果がなくなってしまうんです。……おかげで、困っています」

そう言って笑みを浮かべるレリアは、どうやら本当に困っているようであった。

ただその内容は、死ぬつもりだったのが死ぬ気がなくなってしまった、ということなのだろうが。

しかも、死ぬ気はないが、死んでしまうのならばそれはそれで構わない、ぐらいには思っていそうだ。

それでいて、アレンがそれを許すつもりがない、ということが分かっているからこそ、困っている、ということだろう。

だがそこまで分かっているからこそ、アレンは肩をすくめた。

「別に困る必要はないんじゃないかな？　要するにそれって、またやる気が戻ったってことでしょ？　なら、また足掻けばいいいんじゃない？」

「それはそうですが……結構酷いこと言っているっていう自覚あります？」

「一応ね」

百年以上頑張ってきて、もう諦めてもいいかなと思っている相手に、まだ頑張れと言っているのだ。

レリアからすれば、大分酷いことを言われていると感じていることだろう。

しかしそれが分かっていても、アレンは構うことをしない。

だとしても、死んでしまうよりマシだと思うし、少しでも死にたくないと思っているのならば、助けるのに迷いはなかった。

「それでも死ぬなって言うんですか。……本当に酷い人ですね」

「かもね」

「本当に分かっていますか……？　今はよくても、いつまた諦めたくなるか分からないんですよ？　その時周りにどんな影響が出てしまうか、分からないというのに」

「何となくそんなことにはならない気もするけどね」

別に根拠があるわけではないが、何となく大丈夫な気がするのだ。

今回のは本当に魔が差してしまっただけで。

とはいえ、一度起こってしまったことを考えれば、また起こるかもしれないと考えるのは当然だ。

「でも、そうだね。もしそんな時が来ちゃったとしたら――」

言葉と同時、腕を振り抜いた。

甲高い音が響き、思わず溜息を吐き出す。

「うーん、空気読めてないって言うべきか、逆によくここまで待ってくれたって言うべきか」

そんなことを呟きながら、視線を前方に向ける。

その先にいるのは、巨大な身体を持つ魔物だ。

先ほどからずっとこちらの様子をうかがうようにジッとしていたというのに、唐突に襲い掛かってきたのである。

まあ、特に問題なく対応は出来たが……。

「ただ、さすがにただ黙ってみてたってわけでもない、か」

一瞬だけ右手の剣に視線を向けた後、魔物を眺めながら目を細める。

先ほどの一撃は、相手を倒すものというよりは、攻撃をいなすためのものではあった。

だが加減したわけではないし、最初に接敵した時のことを考えれば、攻撃をいなすどころかそのまま両断出来たはずだ。

だというのに腕の一本も斬り落とせてはおらず、加えて先ほど腕に伝わってきた衝撃もそれなりのものであった。

それらのことを合わせて考えると、あの魔物の力は強化されていると考えた方がいいだろう。

問題となるのは、それがどうやって行われたかということだが……状況を考えれば一つしかあるまい。

「迷宮が魔物を強化した、ってことかな？」

「っ……そんなことがあるんですか⁉」

「僕も初めて聞いたけど……まあ、余程君をここから出したくないらしいね」

禁を破った罰とでも言いたいのかもしれないが、それにしても少々過激だろう。

まあ、言って意味のあることではあるまいが。

「で、襲い掛かってきたのは、準備が整ったから……いや、というよりは、ここが限界だと判断した、ってところかな？」

「……？　それは、どういう――」

レリアがそう言って首を傾げた瞬間であった。

激しい地響きが襲ってきたのである。

「っ、また……？　いえ、これはまさか……⁉」

それが意味することに気付いたらしく、レリアの顔が驚愕に染まると共に青ざめた。

そしてそれが正解だとでも言わんばかりに、地面がひび割れる。

直後、見覚えがあるものとよく似た腕が砕けた地面から伸び、そのまますぐに上半身までが現れた。

巨大な身体を持つそれは、すぐ近くにいる魔物とよく似ている……いや、同じものである。

二匹目のギガントマキアー、というわけであった。

しかも感じる気配から見るに、おそらくそっちは最初から強化された個体だろう。

ここまで静観していたのも、このためだったというわけだ。

「よくそんなことを考えるなぁ……というか、もしかして迷宮って意思を持ってたりするのかな？

さすがに自動的な反応だけじゃここまでのことは出来ないだろうし……」

「っ……何呑気なことを……!?　アレンさん、あたしのことはもういいですから……！」

「ここまで来ながらそれはないっていうか、まあ、そもそも焦る必要自体がない、って感じかな？」

「っ、何を……!?」

焦ったように大声を上げるレリアに、アレンは肩をすくめる。

確かに強化されたアレらは楽な相手とは言えないだろう。

だがそれは、相手が二体いるからだ。

一体ずつ相手に出来るのならば、大した問題にはならない。

「――ってことで、あっちは任せたよ？」

「……え？」

突然何を、と言わんばかりの戸惑った様子のレリアだったが、問題はない。

それは別に、レリアに言ったわけではないのだから。

「――ちっ」

僅かに聞こえた、どことなく悔し気な舌打ちに苦笑を浮かべながら、アレンは地を蹴った。

向かうのは、アレンが片腕を斬り飛ばした方の個体だ。

途中で新しく現れた方の近くを通ることになるが、やはり問題はない。

近づいた瞬間、行く手を遮らんとばかりに魔物が動いたが、その手がアレンに届くよりも先に声が聞こえた。

「――走れ蒼雷《そうらい》」

直後に耳に届いた轟音に口元を緩めながら、彼我の距離を一歩で詰める。

その動きに合わせるかのように魔物が振り上げた腕を振り下ろすが――

「――遅い」

それより先にアレンが腕を振り抜いた。


――剣の権能《ワールド・エンド》：一刀両断。


一瞬抵抗があったものの、相手が強化されているということが分かっているのならば問題はない。

構わず力を込めれば、あっさり刃はもぐりこんでいく。

そのまま両断した。

「――ふぅ」

残心と共に息を吐き出し、ゆっくりその場を見渡す。

もう一体の魔物の方へと視線を向ければ、ちょうど轟音と共にその胴体に巨大な穴が空いたところであった。

あれではさすがにどれほど生命力が高かろうと耐えられまい。

そう思った瞬間、魔物の身体から力が失われ、その場に膝をついた。

そしてそのまま倒れていき――

「って、おいおい……!?」

ちょうどその先にいた人物を巻き込むかのような倒れ方に、その人物が慌ててその場を飛び退いた。

直後、地響きと共に巨体が地面に沈んだ。

「ごほっごほっ……ったく、格好つかねえなぁ」

そんな言葉を呟きながら巨体の傍から現れたその姿に、アレンは思わず苦笑を漏らした。

そして向こうもそれに気付いたらしい。

バツの悪そうな顔をしながら、片手を上げてきた。

「……よぉ」

そんな姿に苦笑を深めつつ、アレンはその人物――アキラへと、片手を上げて返すのであった。

予想外とも言えるアキラの登場だが、アレンが驚いていなかったのは、もちろんと言うべきか、その存在に気付いていていたからだ。

タイミングとしては、大体二匹目の魔物が現れる直前である。

おそらくあの魔物が現れたのも、そもそもはアキラがここにやってきたからなのだろう。

勇者に邪魔をされてはたまらない、というわけだ。

まあ、結局は邪魔されてしまったわけだが。

「……いや、邪魔は邪魔でも、まだどっちの意味でかは分からない、か」

「あん？　なんか言ったか？」

「いや、さっきぶりだね、と思って」

「確かにな。まあ、そのうち再会するだろうとは思っちゃいたが……まさか、こんなところでとはなぁ」

そんなことを言いながらアキラは周囲を見渡し……レリアに視線を向けたところで、目を細めた。

その姿に、アレンはなるほどと呟く。

「どうやら、隠すつもりはないみたいだね」

「どうせ無駄だって思ってたしな。実際、その通りだったろ？」

その言葉には答えず、ただ肩をすくめた。

まあ、ここまであからさまなことをされては、気付かないわけがあるまい。

それに、レリアだって気付いているだろう。

だからこそ、先ほどからアキラのことを見つめながら、黙っているのだろうから。

「ま、たまたま勇者がこんなところにやってきた、なんて、そんなことがあるわけないしね」

「ま、だよな」

苦笑を浮かべながら、アキラは肩をすくめた。

それから、手に持ったままの聖剣を、レリアに向けて突き付ける。

「つーわけで、オレがここ来たのは、そいつが目的だ。……ま、正確に言えば、だった、って言うべきだけどな」

そう言いながら聖剣をしまったアキラの姿に、アレンは眉をひそめた。

素直に受け入れるのならば、やめた、ということになるのだろうが……。

「……いいの？」

「強行しようとしたところで、どうせ無理だろ？　それに、オレが受けた依頼は、放っておいたら周囲に甚大な被害をもたらしそうな悪魔の討伐、だしな。オレが討伐する前にそんな悪魔がいなくなったってんなら、オレがやることはねえよ」

そんなアキラの言葉に、レリアは本気かとでも言いたげな目を向けていたが、おそらくは本気だろう。

アキラの性格から言って、わざわざそんな嘘を吐くとは思えない。

油断させて、といったこともしないだろうし、何なら無理だと分かっていても強引に仕掛けてきそうだ。

「さて、ってわけでここにはもう用はないわけだが……よかったら、一緒させてくれねえか？」

「別に僕としては構わないけど……君なら一人でも戻れるんじゃないの？」

実際一人でここまで来ているのだ。

まさか戻れないということはあるまい。

「まあそりゃそうなんだけどよ……ってまあ、誤魔化そうとしたとこで無駄か」

そう言って苦笑を浮かべるアキラに、肩をすくめて返す。

まあ、そんなことを言い出した時点で、何か考えているのは確実だろう。

「いや、考えてるっていうか、企んでる、かな？」

「……ま、否定はできねえな。つっても、その相手はお前じゃねえが」

そう言いつつアキラが視線を向けたのは、レリアであった。

その反応にレリアが一瞬身体をすくめ、アレンは目を細める。

「自分が彼女に対してやることはないって、さっき言ってなかったっけ？」

「討伐に関しては、な。ただ、オレがここにいるのは、他にも理由があってよ。そっちの件で、そいつに聞きたいことがあんのさ」

「聞きたいこと……？」

「ああ。この街にある、四つ目の迷宮の話、知ってるか？」

「一応聞いたことはあるけど……」

あれはあくまで噂話にすぎないと思っていたのだが……アキラが探しているということは、事実だということだろうか。

だが、だとしても、アキラが迷宮に一体何の用があるというのか。

まさか報奨金狙いということはないだろうが……。

「オレはそれを見つけなくちゃならねえんだよ。――何せ、悪魔達がそこをアジトにしてるって話だからな」

†

迷宮から戻ったアレン達は、そのままの足で宿に向かうことにした。

そこまで疲れているわけではないが、一先ず話し合いをするためだ。

さすがに迷宮で聞かされたアキラの話は、聞かなかったことにするには気になりすぎた。

「悪魔達のアジトが迷宮に、ねえ……それって本当なわけ？」

「……聞いたことない？」

「そりゃ聞いたことがあったら大変ですしね。ただ、それはそれとして正直怪しいですが」

アキラから聞いた話は、ノエル達とも共有済みだ。

しかし当たり前と言うべきか、ノエル達は懐疑的な視線を向けている。

とはいえ、アキラもそんな反応が返ってくるのは予想していたのか、なんてことはないように肩をすくめていた。

「ま、正直オレも怪しいとは思うが、間違いないと思うぜ？　情報源が情報源だからな」

「その情報源が誰なのかってのは？」

「さすがにそれを教えるわけにはいかねえな。オレから言えるのは、どれだけ怪しく思えても間違いはねえだろうってことだけだ。その証拠に、そいつのこともちゃんと把握してただろ？」

そう言って向けられた視線に、レリアがびくりと身体を震わせた。

アキラが用がある相手だということで、とりあえず一緒に来てもらったのだが……どうやら、レリアはアキラが苦手なようだ。

まあ、勇者は悪魔にとって天敵だろうから、当然と言えば当然なのかもしれないが。

「じゃあ、とりあえず君が言ってることが本当だとして、結局どういうことなの？」

「どういうことも何も、言った通りだぜ？　この迷宮都市には一般には知られてない四つ目の迷宮があって、そこが悪魔達のアジトになってやがる。で、オレはそれを探してるんだが……」

「彼女がそれを知ってる、って？　まあ、言いたいことは分かったけれど……」

「別にそいつを庇うわけじゃねえんですが、本当にそいつが知ってやがんですか？」

「……悪魔だから？」

「いや、オレの情報源曰く、そいつは元々そっちに住んでたらしい。だから、知ってるはずだってよ」

「へえ……？」

それが本当ならば、その情報源とやらの話は確かにそれなりに信用できそうだが……。

そんなことを思いながらレリアに視線を向けると、他の皆も同じことを考えたのか、一斉にレリアに視線を向ける。

その状況にレリアは居心地が悪そうだったが……やがて、諦めたように溜息を吐き出した。

「そうですね、確かにあたしは以前そこにいました」

「本当だったのね……」

「じゃあ、場所どころか行き方も分かってるってことですか」

「……変わってなければ？」

「さすがに迷宮の場所や行き方は変わらねえだろうよ。だろ？」

「だとしても、教えるかは別、って顔してるけどね」

そもそも、彼女がそんなことをアキラに教える義理はないのだ。

あるいは、アジトを無理やり追い出されて恨みに思ってる、とかならば話は別かもしれないが、レリアの様子を見る限りそんな様子はない。

となれば――

「……無理やりにでも、聞き出しますか？　勇者らしく」

「……ま、オレの印象が悪いのは当然、か」

「そもそも基本的には敵対している相手だものね。こうして話し合えてるだけでも奇跡みたいなものだと思うわ」

「随分安い奇跡だと思うですがね」

「……もっと奇跡が必要？」

「まあ、話し合うどころか、もっと歩み寄る必要があるだろうしね」

とはいえ、アキラの方はレリアのことを敵視したりはしていないようだが、レリアの方は明らかにアキラに対して拒否感を示している。

この状況から歩み寄るのはかなり大変だと思うが……。

「っていうか、ここから先はもう私達関係なくないかしら？」

「おいおい、聞きたいことだけ聞いたら後は知らないってか？　さすがにそれは薄情じゃねえか？」

「つっても、実際こっちには関係ねえことですしね。むしろ勇者と悪魔が話し合える場を提供しただけでも、対価としては十分だと思うですが？」

「……そもそも、これ以上出来ることはない？」

「元々協力者とかってわけでもないしね。ああいや、ノエルは協力者なんだっけ？」

「ちょっとやめてよね。確かにエルフの王としては勇者に協力しているけれど、今の私はエルフの王としてここにいるわけではないもの。協力する義務はないわ」

「やっぱ薄情なやつだな。だがまあ、そういうことなら、ある意味都合はいい、か。どうせ後で提案するつもりだったしな」

そう言いながら、何故かアキラはアレンのことをジッと見つめてきた。

ここまでの流れを考えると、アキラが何をしようとしているのかは何となく分かるが……溜息を吐きながら、話の先を促す。

「提案、ねえ……それはもしかしたら、僕に対して、ってことかな？」

「まあな」

「へえ……？　一応協力者である私を差し置いて、アレンと何かしようってこと？」

「オメエはさっき協力する義務はないとか言ってた気がするですが？」

「……わがまま？」

「うるさいわね。協力するつもりはないけれど、何も言われないのはそれはそれでなんかムカつくのよ」

「女王様かよ」

「いや、実際それで合ってるんじゃないかな？」

そんなことを言い合いつつも、アキラはずっとアレンのことを見つめていた。

どうやら軽い気持ちで言っているわけではないようだ。

思わず溜息を吐き出す。

「提案っていうのは、その四つ目の迷宮とやらの探索の手伝い、ってことでいいのかな？」

「さすが、話が早いな。ま、そういうこった」

「探索の手伝い、ねえ……まだそれがどこにあるのかも分からないっていうのに？」

「むしろ迷宮の場所を聞き出すのを手伝え、の間違いなんじゃねえですか？」

「それは穿《うが》ちすぎ、ってやつだ。まあここで聞き出せなかったら場所を探すのも手伝ってもらう気じゃあいるが、さすがにここでその手伝いをさせるほどオレの面の皮は厚くねえよ」

「……謙遜《けんそん》？」

「それはまた意味合いが変わってくると思うわよ？」

「んなことをこの場で言ってる時点で、十分オメエの面の皮は厚いですよ」

「まあ、アキラの面の皮が厚いのかどうかは一先ず置いておくとして……その提案を受けることで、僕に何の利点が？」

普段のアレンならばそんなことは言わないだろうが、今ここでは、アレンとアキラは顔見知り程度の関係、ということになっているのだ。

ならば、無条件で受ける方が不自然だろう。

そんなことを思っていると、アキラは少し考えるそぶりを見せた後で、肩をすくめた。

「ま、ぶっちゃけちまえば、そっちに利点らしい利点があるかは微妙なところだろうな。少なくとも、オレには明確な利点を提示出来ねえし」

「あら……随分素直じゃないの」

「ここで見栄張っても仕方ねえしな」

「よく分かってるじゃねえですか。ここで嘘の一つでも吐いてくれりゃそれを理由に断っちまえたんですがねえ」

「……残念？」

「僕はさすがにそこまでは言わないけどね。ただ、どっちにしても今のままじゃ手伝うとは言えない感じかなぁ」

「正直なオレに感心して協力してくれてもいいんだぜ？」

そんなことを言ってくるアキラに苦笑を浮かべながら、さて、と思う。

どうしたものか。

アキラに協力することに否やはないのだが、そのためにはまずこちらの利点となるものを提示してもらわなければならない。

まあ、いざとなれば解散した後でアキラに話を持ち掛けてもいいのだが……と、そんなことを考えていた時のことであった。

「ちっ……しゃーねーな。出来ればこんな手は使いたくなかったんだが……」

「っ、やはり力ずくで、ということですか……!? この、勇者……！」

「それはもしかして罵倒のつもりなのかしら……？」

「……ただの事実？」

「悪魔にとっては悪口になるんでしょうが、それ以外だと下手すりゃ喜ばれそうな言葉ですねぇ」

「まあそれはいいとして……本当に力ずくで？」

「本当にも何もオレはそんなこと言ってねえだろうが。そんなことをするつもりはねえよ」

「じゃあ、一体何を？」

もちろん本気でアキラがそんなことをしてくるとは思っていなかったが、かといって何をするつもりなのかは分からない。

とりあえず躊躇うような手であることは間違いないだろうが……。

「大したことじゃねえって言えば大したことじゃねえよ。単に、オレがどうして迷宮を探してんのかってのを説明するだけだからな」

「迷宮を探してる理由って……さっき言ってなかったかしら？」

「……悪魔が集まってるから？」

「ああ……なるほど、そういうことですか。それは確かに大したことじゃねえですが、汚い手とも言えるですか」

「えっ⁉　ど、どういうことですか⁉」

アンリエット以外は分からなかったのか、アキラとアンリエットの顔を交互に眺めながら首を傾げていたが、アレンはそんな皆の姿を横目に溜息を吐き出した。

アレンもまたアキラが何を言いたいのか分かったし、確かにそれは不本意だろうと思ったからだ。

「つまり、どうして悪魔達が迷宮に集まってるのか、を話すってことだよね？　そして、それを聞いたら僕は君に協力しなくちゃならなくなる、と」

「何せお前は今日会ったばかりの悪魔を助けに迷宮の奥深くに行くぐらいだからな。オレの話を聞いたら間違いなく話に乗るだろうよ」

「何よそれ？　誰かが襲われるとでも言うのかしら？　……いえ、悪魔が集まってるなら、別に不思議でも何でもない、か」

「……むしろ、それ以上のことが起こっても不思議じゃない？」

「あ、あの人たちはそんなこと……！」

レリアが反射的に声を上げかけるが、すぐに口を閉ざしたのは自分が何を言っても説得力がないと気付いたからだろう。

悔しそうに唇を噛み締めながら、俯いていた。

「ま、そいつが言ってることはある意味正しいぜ？　あいつらは別にそういう目的で集まってるわけじゃないらしいからな」

「でも、話を聞いたら引けなくなるようなことを企んでるわけでしょ？」

「さあな」

「さあな、ってどういうことです？」

「……誤魔化す？」

「そういうわけじゃねえよ。単にオレも知らねえってだけだ。オレが知ってるのは、このままだと何が起こるのか、ってことだけだからな」

「一体何が起こるっていうの？」

その質問への返答に僅かな間があったのは、口に出すのを躊躇ったからか。

だがアキラは躊躇いを振り払うかのように息を吐き出すと、その口を開いた。

「まあ、そうだな、最低でもこの周辺――いや、この迷宮都市は、丸ごと吹き飛ぶだろうな」

「っ……!?」

瞬間、思わず、といった様子でレリアが立ち上がったが、結局何も言うことなく元の体勢に戻った。

ただ、何を言いたいのかは伝わっただろうが、アキラは何も言わず肩をすくめた。

「……その話って、信憑性はどのぐらいあるの？　たとえば、何かが起こるのは間違いなくても、実際にはもっと小規模で終わるとか」

「ないと思うぜ？　情報源のやつの口ぶりからするに、最低でもそのぐらいは起こるだろうからな」

「最低でもってことは、それ以上も有り得るってことですか」

「まあ、悪魔が複数いるっていうのなら、そういうことも十分有り得るでしょうね。ただ、私としては少し腑に落ちない気もするけれど」

「あん？　何がだ？」

「だって、貴女は今までにも何度も同じようなことを経験しているでしょう？　そしてその全てを退け、解決してきた。なら、アレンに手助けを求める必要はないんじゃないかしら？」

「……確かに、一人で十分そう？」

そんなやり取りに一瞬首を傾げたアレンだが、すぐになるほどと納得した。

そういえば、こちらの世界ではアキラは何度も世界を救ったということになっているのだ。

ならば、ノエル達がそう考えるのは当然と言えた。

だが。

「さすがにそれはオレを過大評価しすぎっていうか、状況を楽観視しすぎだ。何が起こるか分からねえんだから、手は多いに越したことはねえだろ？」

「それは……まあ確かにそうね」

「……油断大敵？」

「そういうこった。で、納得いったんなら返答をもらいてえんだが？」

「返答、か……まあ、ここで断って何かあったら寝覚め悪いしね」

元々断るつもりはないが、一応そう言って肩をすくめておく。

アンリエットからは何か言いたげな目を向けられたが、これが無難だろう。

「で、まあ、手伝うとして……とりあえずは、四つ目の迷宮とやらがどこにあるのかを探せばいいのかな？」

「あん？　……ああ、まあ、そうだな」

そう言いつつ、アキラは一瞬レリアへと視線を向けたが、それには気付かないフリをした。

確かにレリアから聞いた方が早い上に確実だし、手段を選んでいる場合ではないのかもしれないが、それでも、そんなことのために助けたわけではないのだ。

話したくないというのならば、それを尊重するだけであった。

「ちなみに、探すのはいいんだけど、何か手掛かりとかないの？」

「ねえな。オレもここには来たばっかだしな」

「ほんの少しも？　貴女、今までその迷宮を探してたんでしょう？」

「……方向音痴？」

「オレはこの街で嫌われてるからな。情報を集めようにも、自分の足だけで探し回らなくちゃならねえから、あんま集まらねえんだよ」

「ああ……なるほど、言われてみりゃそうですね。アレンに助けを求めたのは、それもあったってわけですか」

どういうことだろうかと思ったものの、そこで疑問を感じたのはアレンだけだったらしい。

ノエル達もなるほどと頷いていた。

「あー、そういえば、勇者って冒険者から嫌われていたわね」

「……仲間外れ？」

「むしろ、仲間じゃねえから嫌われてんだけどな」

「結果的にはですが、勇者は冒険者の商売敵みてえなことになることも多いですからね」

「ああ……そういえば、この街で再会した時も冒険者に絡まれてたし、周りは誰も助けようともしてなかったたっけね」

そもそもあれは言いがかりではあったが、周囲が見ているだけだったのはそういった理由だったようだ。

「まあでも、そういうことなら、何にせよ変わらなかったんじゃないかな？」

「あん？　何でだよ？」

「ああ……まあ確かに、四つ目の迷宮の話なんか聞いたとこで、冒険者達が教えるわけねえですからね。何か知ってたらそもそも自分で探そうとするでしょうし」

「……無意味？」

「言われてみればそうね。つまり聞いたところで教えてくれないか、教えられたとしたらその情報は価値がないものってことになるかしら」

となると、冒険者相手の情報収集は無理だろう。

しかしこの街にいるのは、大半が冒険者だ。

つまり――

「地道に探していくしかない、か」

「……まあ、しゃーねえか。人手が増えた分楽にはなるだろうし、それでよしとするしかねえな」

「それでいいの？　あまり悠長にしていられそうにない感じだったけれど」

「……間に合わない？」

「実際その辺のところどのぐらい分かってやがんです？」

「さてな。ま、どうだろうとやるしかねえだろうよ。これでも勇者やってるわけだしな」

そう言って肩をすくめるアキラに、気負いは感じられなかった。

自然なそんな様子に、思わず口元を緩める。

まあ、たとえ手掛かりがなくとも、ここに存在していることに間違いはなさそうなのだ。

ならば、どうにかして探し出すことは可能だろう。

と、そんなことを考えた時のことであった。

「……あのっ！」

突然かけられた声に、反射的に視線を向けた。

それから目を細めたのは、レリアの顔に僅かな迷いと確かな決意が見て取れたからだ。

それがどういう意味を持つのかなど、考えるまでもあるまい。

だがアレンが何かを言うよりも先に、レリアが続けて口を開いた。

「一つだけ、聞きたいことがあります！」

「……僕に、でいいのかな？」

「はい！」

言葉を口にすることで決意が固まったのか、アレンに向けられる目は真っ直ぐであった。

それを正面から受け止めながら待つと、レリアが放ってきた言葉は少し予想外のものであった。

「先ほど聞けなかったことなんですが……もしも、いつかまたあたしが諦めたくなっちゃったとしたら、どうするつもりなんですか？」

それはちょうど魔物が襲ってきたことで中断することになった時であった。

このタイミングで聞くようなことだろうかと思ったものの、すぐに思い直す。

このタイミングだからこそ、それを聞いてきたのだろう。

だがそこにどういう意図があったとしても、アレンの答えは決まっていた。

先ほど言えなかった言葉を、レリアの目を真っ直ぐに見つめ返しながら口にする。

「そうだね……その時は、まあ、僕がまた何とかしてみせるよ。僕の責任もそれなりにあるだろうしね」

「ふふっ……そうですか。責任を取ってくれるんですね……なんて言ったら、怒られそうですね」

どことなくからかうような言い方に、思わず苦笑を浮かべた。

そういえば、実年齢的には彼女の方が年上だったか。

今まではあまりそういったことを感じたことはなかったが、この時ばかりはそれを感じた。

そして。

「——知られざる第四の迷宮は、冒険者ギルドの真下にあります」

そのまま冗談を続けるような口調で、しかし目には確かな意思を乗せたまま、そんな言葉を口にしたのであった。

情報収集

「まさか冒険者ギルドの真下とはなぁ……さすがにそれは予想してねえわ」

呆れたようにそんな言葉を口にするアキラに、アレンは苦笑を浮かべながら肩をすくめて返した。

まったくもって同感である。

レリアが教えてくれなかったから、探し出すのにかなりの時間がかかったことだろう。

「レリア様様だね。……ところで、よかったの？」

「あん？　何がだ？」

「彼女のことを放っておいて」

アレン達に四つ目の迷宮の場所を教えたレリアは、すっきりした顔で、そろそろ自分は行くと言ってどこかへと去っていった。

アレンには止める理由もなかったために、そのまま何もせずに見送ったわけだが――

「まあ、その迷宮にいるっていう悪魔達にオメエのことを伝えるかもしれねえですしね。実際迷宮の場所は教えてもそこへの行き方は教えなかったわけですし」

アンリエットが言った言葉は割と意地の悪いものではあるが、考えられることではある。

事実アンリエットの言う通り、レリアは迷宮の場所は教えたものの、行き方は教えてくれなかったのだ。

それは見ようによってはアレン達と悪魔達両方への義理を果たすため……行き方は教えないで時間を稼ぎ、その間に悪魔達を逃がそうとしている、と考えることも出来るだろう。

だがアキラは、鼻を鳴らすと肩をすくめた。

「その時はその時だろうよ。つーか、オレはそれでも別に構わねえしな」

気負いない様子から考えるに、どうやらそれはアキラの本心であるようだった。

それはそれで解決する、とでも考えているのかもしれない。

ただ、それはそれとして、レリアに何もしなかったというのは、勇者が悪魔に対し何もしなかった、ということでもあるのだが……おそらくは、その意味も含めてのことなのだろう。

アキラらしいと言えばアキラらしかった。

「そんなことより、これからその迷宮への行き方を探した後で、迷宮そのものの探索も待ち構えてやがるんだ。頼りにしてるぜ？」

当然と言うべきか、迷宮の場所が判明したことで、そのまま迷宮に向かう流れとなった。

アレン達は今まさに迷宮に向かうべく、とりあえずは冒険者ギルドのある方角へと向かっているのだが――

「うーん……まあもちろん頑張ってはみるけど、分からないことが多いからなぁ」

「そもそも場所が場所ですからねえ。まず冒険者ギルドがその存在を把握してるのかってとこが問題ですし」

把握しているのだとしたら、その上で隠蔽しているということになる。

その場合、その理由が問題になるし、悪魔達のことも知っているのかもまた問題だ。

迷宮の存在も悪魔達のことも知っているとなれば、ひたすらに厄介でしかあるまい。

「確かに問題は多そうだが、お前らなら何とか出来るだろ？」

気楽な様子でそんなことを言ってくるアキラに苦笑を浮かべながら……そういえば、問題はもう一つあったかと思い出した。

アキラの姿を横目に眺めつつ、アキラに倣うように気楽な口調で話しかけた。

「そういえば、アキラ……一つ気になってたことがあるんだけど」

「あん？　なんだよ？」

「ずっと思ってたことではあるんだけど、アキラってさ――こうなる前の世界の記憶、あるよね？」

その言葉に、反射的にか、アキラの足が止まった。

しかしすぐに歩みを再開すると、苦笑交じりに肩をすくめた。

「何だ……やっぱりお前らもそうなのか」

その言葉に、やはりかと納得する。

アキラの言動からは、時折こちらを知っているかのようなものが窺えたし、こちらを探っているような様子も見えた。

おそらくは、その可能性が高そうだと思いつつも、確信は持てていなかった、というところなのだろう。

「まあね。ちなみに、状況の把握は？」

「ある程度は出来てると思うぜ？　何にしろ――神とやらが直接説明にきやがったからな」

「神が……？」

さすがにそんな状況だとは思わなかったので、思わず驚きの声を上げる。

しかし同時に、納得もしていた。

ふと頭に思い浮かんだのは、リーズの姿だ。

もしかしたらリーズもまた神から直接話を聞き、その結果としてあっち側にいるのかもしれない。

「ちなみに、どんな話を聞いたの？」

「そうだな……この世界の方が本来の世界に近いとか、あとは、オレが正当に評価されてる世界だとかも言ってやがったな」

「正当に、です……？　別に元々オメエは不当に評価されてたって気はしねえですが……」

「オレもよくは知らねえが、そうなんだとよ。で、あとは、帳尻合わせのためにこの世界ではどんなことが起こったことになってるのか、なんてことを説明されたな」

ということは、アキラもこの世界を受け入れた、ということだろうか。

そう尋ねようとして、やめておいた。

肯定されてしまったら、アレン達と敵対することが確定してしまう。

それはもちろん出来れば避けたいことではあるが、それ自体を避けるつもりはない。

どうしようもないのならば、ぶつかるだけだ。

ただ、協力して事に当たろうとしているというのにそれは、さすがに避けるべきだろう。

立場を明確にするにしても、これが終わってからでも問題はあるまい。

と、そんなことを話している間に、一軒の大きな建物へと近付いてきた。

冒険者ギルドだ。

「さて……それじゃあアキラ、よろしくね？」

「まあ、決まったことだから文句は言わねえけどよ……本当にオレが行くのでいいのか？　絶対まともに相手にされねえぜ？」

「だからいいんですよ。その方が動向を探りやすいですからね」

この後の流れとしては、とりあえずアキラが冒険者ギルドに行って四つ目の迷宮の話を尋ねることになっていた。

それがアキラの役目なのは、アキラならば相手にされないから、である。

勇者は冒険者どころか、冒険者ギルドからも煙たがられるらしい。

特に迷宮を潰したことがあるアキラは、ここの冒険者ギルドからは特に嫌われているようで、まともに話を聞いてもらえるかどうかも怪しいとのことだ。

だが、アキラに絡んでいたあの冒険者の男のことを思い出してみればいい。

アキラが迷宮を探していることを言っていなくとも、あの様子だったのだ。

実際に迷宮を探しているとギルドに伝えたとして、仮にその存在を掴んでいればギルドとしては慌てるはずである。

そこから辿っていこう、というわけだ。

これがアレン達であれば、他の冒険者と同じような扱いをされて終わりだろう。

世に知られていない迷宮のことを知りたいのは、他の冒険者も同じなのである。

ゆえに、これはアキラがやることに意味があるのだ。

「ふーん……ま、いいけどな。じゃ、後のことは任せたぜ？」

「うん、任された」

「安心して行ってきやがれです」

ギルドが動き出すのならば、その尻尾を掴むのはアレン達の役目である。

気楽な様子でギルドに向かっていくアキラを見送ると、アレン達はそのまま建物の裏手に回った。

「さて……とりあえずはここで待機、か」

「こっち側で動きがあるとは限らねえですが、どうせ中にいたところでそこまで露骨な反応はしねえでしょうしね。んなことになったら、他の冒険者が勘づきやがるでしょうし」

冒険者は別に、冒険者ギルドの味方というわけではないのだ。

積極的に敵対したりはしないが、自分達の利益になるのであれば、冒険者ギルドの顔色など知ったことではない、という冒険者は多い。

特に、ギルドが隠していることならば、尚更だ。

やましいことがあるからこそ、隠しているのだから。

と、そんなことを考えていると、ギルドの中が騒がしくなってきた。

おそらくはアキラが四つ目の迷宮を探してるから何か知ってるなら教えろ、とでも言ったのだろう。

冒険者ギルド自体は表立って騒がないだろうが、それを聞いている冒険者達は別だ。

きっと中は大変なことになっているに違いない。

「それにしても……ノエル達には、悪いことしたですかね」

「うん？　ああ……まあでも、仕方ないんじゃないかな？」

ノエル達が一緒にいないのは、宿で留守番をしてもらっているからだ。

今回の件に冒険者ギルドが関わっているのかは分からないが、もし関わっていた場合、ノエル達がいると厄介なことになる可能性が高い。

冒険者ギルドはどこの国にも属していないが、だからこそ、エルフの王であるノエルが敵対とも捉えられかねない行動をするのは危険なのだ。

ゆえに、ノエル達は不満そうではあったが、今回は留守番してもらうことになったのである。

「それに……こう言ったらなんだけど、ギルドの件だけじゃなくて、迷宮を探索する上でも、今回は彼女達には留守番してもらってた方がいいだろうし」

迷宮にはアレンも慣れてはおらず、しかも今回の迷宮は何の情報もないのだ。

そこを探索していき、しかも最後には悪魔まで待ち構えているとなれば、どれだけノエル達のことを気にしていられるかは分からない。

正直留守番してもらっている方が安心出来た。

「……それを言ったら、正直ワタシも大差ねえと思うですがね」

と、不意にそんなことを言い出したアンリエットへと視線を向ければ、アンリエットは俯くように地面を見つめていた。

その様子を見るに、どうやら冗談を言っているわけではないらしい。

「大差ないって……そんなことないと思うけど？」

「あるですよ。いえ、むしろ、役に立たないって意味ではワタシの方が圧倒的に上ですかね。迷宮の中では、ワタシは何も出来ねえんですから」

そこでアレンがなるほどと思ったのは、ふとレリアを助けに行く時のことを思い出したからだ。

レリアがどこにいるのかを探し当てたのは、アレンだ。

アンリエットは、それを自分が出来なかったのを気にしているのだろう。

確かにいつもならば、その役目はアンリエットが果たしていたはずだ。

とはいえそれは、アンリエットの方が得意だからというだけでしかない。

別にアンリエットの存在意義がそれだけしかないというわけではないし、話を聞くに実際やれることは十分やっていたようだ。

アレンが一人でレリアの救出に向かった後、残りの皆は迷宮の外に向かい、無事に脱出することは出来たらしいのだが、そこで少し問題になったのは冒険者の男である。

無事に外に出られたことで安心したのか、先ほどのは何だったのかと騒ぎ始めたらしい。

だがそこを口先で丸め込み、さらには口外しないことまで誓わせたというアンリエットは、十分役目を果たしたと言えるだろう。

もっとも、それを伝えたところで、アンリエットは納得しないに違いない。

ゆえに、少し違う方向から話をすることにした。

「まあ確かに、戦力的な意味ではアンリエットは役に立たないかもしれないけど、僕が今回アンリエットに来てもらったのは、違う方面で助けになってくれると思ったからだしね」

「違う方面、です……？　下手な慰めはいらねえんですが？」

「いや、本音だって。僕が今回一番気になってるのは、迷宮とか悪魔よりも、別のことだし」

そう言ってアレンが視線を向けたのは、冒険者ギルドだ。

正確には、その中ということになるが……アンリエットは、それだけでアレンが何を言いたいのかを察してくれたらしい。

「……勇者、ってことですか」

「まあね。アキラはどうやら記憶があるみたいだし、実際僕の知ってるアキラとほとんど違いはないとは思う。でも、今回のアキラは何て言うか、よく分からないところがあるんだよね」

たとえば、今回の件の情報をアキラに与えたという情報源の話だ。

その相手を頑なに口にしようとしないのは、ある意味アキラらしくはあるが、同時にアキラらしくもなかった。

確かにアキラは、義理を大切にする方ではある。

しかし、だとしても、協力者にも何も話さないというのは、どうしても違和感があった。

「ああ……確かに、言われてみりゃ気になるですかね」

「あと、さっき言ってたこともあるしね」

「神から直接話を聞いた、ってやつですか」

「うん」

アキラの立ち位置はまだはっきりしていないが、その情報提供者が神だというのならばある程度納得もいくのだ。

普通ならば勇者が神から情報をもらっているというのは隠すようなことではないが、状況が状況である。

念のため隠すよう指示されている可能性もあった。

「まあ、正直そういうことにアキラが素直に従うかっていうと少し疑問ではあるんだけど……違和感があるのは事実だからね」

「話は分かったですが……それとワタシが何の関係がありやがるんです？　正直ワタシは、アイツのことをそれほどよく知らねえですよ？」

確かに、アキラに関して言えば、あるいはアレンの方が知っているかもしれない。

だが。

「神の命を受けて動く勇者、っていう意味なら、君はよく知ってるんじゃないかと思ってさ」

少なくとも、アレンの知る限りであれば、そういったもののことを一番よく知っているのはアンリエットだ。

さらに言えば、その命を出す神のことを一番よく知るのもまた、アンリエットだろう。

「なるほど……アイツを探るのに一番適してる、ってわけですか」

「少なくとも、僕では気付けないようなことに気付ける可能性は高そうだからね」

逆に言えば、そんなアンリエットの目から見ても不審なところが見当たらないようならば、何の問題もない可能性が高いということになる。

もちろんそれだけで全てを決めるわけではないが、間違いなく指標の一つにはなるだろう。

最終的には直接訪ねてみるつもりではあるが、相手のことを考えれば、備えは必要であった。

「まあとは、純粋に君が最も状況を冷静に見極められそうだから、というのもあるけどね」

そう言いながらアレンが思い浮かべるのは、レリアのことだ。

救いを求めていなかった彼女を、アレンは構わず助けた。

結果的にそれは正解だったわけだが……正直に言ってしまえば、半ば以上偶然だ。

少なくとも、確信を持てていたことは一つもなかった。

彼女が無意識に自分へと能力を使っていたことも、本当は魔が差してしまっただけで心の底から諦めたわけではないことも。

蓋を開けてみれば、余計なお世話……いや、邪魔でしかなかったという可能性も、十分に有り得たのだ。

そして、もしも……もしも、彼女が本当に心の底から救いを求めてはいなかったら。

死を選んでいたとしたら、アレンはどうしていただろうか。

彼女の意思を無視してでも助けていたのか、それとも彼女の意思を尊重したのか。

全ては起こらなかった仮定の話でしかないことだが……いくら考えても、答えは出なかった。

そもそも、正解があるのかすらも。

「……よく分からねえですが、何か厄介なことをワタシに押し付けようとしてねえですか？」

「いや、そんなことはないよ？」

実際アレンは別に、何らかの判断をアンリエットに任せようとしているわけではない。

ただ……アレンは今、迷っている自分がいることを自覚していた。

そしてそのせいで、自分がどこまで冷静に物事を判断出来るのかの自信もなくしていた。

だが、アンリエットならば、その辺の心配はいらないだろう。

「まあ、そうだね……言っちゃえば、アンリエットがいてくれることで、安心出来る、ってとこかな？」

「はぁ……？　なに言ってやがんですか、オメエは？」

変なものでも見るかのような目をアンリエットは向けてきたが、アレンが本気で言っていることが分かったのだろう。

呆れたような表情を浮かべながら、溜息を吐き出した。

「……仕方ねえやつですね、オメエは」

「本当にね」

「ったく……仕方ねえですから、まあ、ちゃんといてやるですよ」

「うん、よろしく」

そっぽを向きながら、どことなく不機嫌そうにも見えるアンリエットに、苦笑を浮かべながらそう告げる。

と。

「お、終わったみてえだな」

「っ……!?」

聞こえた声に、驚愕と共にアンリエットが反射的に視線を向ける。

アレンもそちらへと顔を向ければ、そこには呆れたような顔をしたアキラがいた。

「ったく、こんなとこでイチャついてんじゃねえっての」

「イっ……!? だ、誰もんなことしてねえですが!?」

過剰なまでの反応を示すアンリエットに苦笑を深めながら、アレンはその場を見渡した。

それから目を細めたのは、今のやり取りはともかく、アンリエットの反応には思うところがあったからだ。

「なるほど……この周辺に迷宮があるのは確かみたいだね」

「あん？ どういう意味だ？」

「アンリエットがアキラの接近にまったく気付いてなかったからね」

そう、アレンはアキラの接近に気付いていたからこそ、声をかけられても驚くことはなかったのだ。

しかしあの反応からして、アンリエットがアキラに気付いていなかったのは間違いない。

多少注意が散っていたとしても、普段のアンリエットならば有り得なかったことだろう。

それはつまり、アンリエットの能力が弱まっていることの証であった。

「……なるほど。確かに、間違いないみてえですね」

「よく分からねえが……まあ、お前らがそうだって言うんならそうなんだろうな。なら、少なくともここに来た意味はあったってことか」

「ということは、ギルドの方は？」

「少なくとも、オレが見る限りでは白だな。オレが迷宮のことを聞いたところで、いつものこと、みたいな反応だったしな。むしろその場にいた冒険者の方が煩《うるさ》かったぐらいだぜ？」

「そっか……こっちからも特に動いてるような気配は感じなかったし、ギルドは白ってことでよさそうかな」

とはいえ、それがよかったことと言えるかどうかは正直微妙なところだろう。

ギルドと事を構える可能性を考えなくてよくなったのはいいが、代わりに入り方は分からないままだ。

ギルドが迷宮のことを隠していて、その入り口が地下にある、とかだったら簡単でよかったのだが……。

「そんなうまい話はない、か」

「ま、しゃーねーだろ。で、次はどうすんだ？　この近くに迷宮があるってことが分かったんなら、地面でも掘んのか？」

「んなことをしても意味はねえですよ。迷宮の中で地面を掘っても意味がねえように、こっから地面を掘ったところで迷宮の中には入れねえんですから。つーか、んな方法で入れんなら、今頃この街は穴だらけでしょうよ」

確かに、四つ目の迷宮が存在している、という噂は既にあるのだ。

地面を掘ることでそこに到達できるのならば、冒険者達が実行に移していないわけがなかった。

とはいえ。

「まあ、実際のところ、迷宮に行くだけならどうとでもなりそうなんだけど」

「あん？　どういうことだ？」

「ああ……もしかして、直接乗り込むってことですか？」

「うん。空間転移を使えば、多分入れるだろうからね」

存在していることは分かっているし、この近くにあることもほぼ隠している。

ならば、あとは時間さえあれば、ある程度の場所を特定するぐらいのことは可能だろう。

そして迷宮ほどの大きさであれば、そこに直接跳ぶのは難しくない。

ただ、問題があるとすれば――

「何処に辿り着くのが分からねえのは、ちと厄介ですねえ」

「どっちに進めばいいのかも分からない、ってことだからね」

「ああ……なるほどな。確かにそれは、ちと面倒か」

もっとも、それは問題ではあるものの、致命的というほどではない。

進んでいった結果、実は入り口に辿り着いてしまった、という可能性もあるわけだが、それも結局は時間がかかるというだけのことだ。

もちろん時間的にも余裕があるわけではないのだろうが、それでも何とかなる範囲である。

「一番の問題は、そうした結果何が起こるのか分からない、ってところかな」

「ですねえ。迷宮がどう出るか分かったもんじゃねえです」

「迷宮が……？　どういうこった？」

アキラが意味が分からないとばかりに首を傾げるも、単純と言えば単純な話であった。

迷宮とは、試練の場なのだ。

そんなところへ、空間転移を使って入ればどうなるか。

ほぼ間違いなくズルと判定されるだろう。

おそらくは、悪魔が迷宮に入った時と同じような反応が起こるはずであった。

レリアの時に問題なかったのは、既にレリアがいたからだ。

下手をすればさらに何かが起こる可能性もあったが、跳んだ先がレリアのいる場所だったのと直前までレリアと一緒にいたこともあって、一括りにされたのだろう、というのが、アンリエットと話し合った末に出た結論であった。

ともあれ、そういうわけで、空間転移を使っての侵入は割とリスクが高いというわけだ。

「説明するには複雑だから詳細は省くけど、まあ、そうだね、レリアが迷宮に入ったことで起こった現象があるよね？　あれと同じようなことが起こる可能性がある、ってこと」

「ふーん……？　なるほどな」

詳細は省いたものの、結論だけが分かればいいのか、アキラはそう言って納得した。

だが直後、再度首を傾げた。

「とはいえそういうことなら、問題ないんじゃねえの？」

「は？　何でです？」

「いやだって、あん時もオレとアレンで何とかなっただろ？　なら、また同じことがあったところで、問題ねえだろうよ」

そう言って肩をすくめたアキラにあるのは、自分の力への自信とこちらへの信頼だろうか。

それを嬉しく思うのと同時に、やはりアキラと出来れば敵対したくはないと思うものの……まずは、今回の話だ。

「そうであればいいんだけど……迷宮によって魔物の強さっていうのは変わってくるらしいからね」

「オメエらが倒したような魔物が普通に出てくる迷宮もあるでしょうし、今回の迷宮がそれだって可能性もあるです。そしてそういう場合に出てくる魔物は」

「アレなんか目じゃないぐらいの魔物が出てくるってことか」

しかしその話を聞いても、アキラに臆した様子はなかった。

それどころか、どこか楽し気に、唇の端を吊り上げる。

「はっ……ならむしろ、こっちとしては望むところだぜ。正直アレは手応えなかったからな」

「警戒するどころかさらにやる気出しやがるとか……これだから戦闘馬鹿は手に負えねえんですよ」

そう言ってアンリエットは溜息を吐き出すものの、乗り気なのはそれはそれでありがたくはあった。

問題はあるものの、それを問題としないのならば、間違いなくこれが一番手っ取り早いからだ。

それに少なくとも、レリアを探し出して入り方のことも聞きだす、といったことをするよりかは、遥かにマシだろう。

「お？　なんだ、アレンもやる気みたいじゃねえか」

「別にそういうわけじゃないんだけどね。ただ、アキラがそれでいいっていうんなら、やるだけだと思って」

「はぁ……困ったやつらですねえ。まあ、オメエらがそこまでやる気あるってんなら、アンリエットとしてもこれ以上は止めねえですよ。好きにやりやがれです」

投げやりのように言ってきたアンリエットだが、本当に無理だと思っていたら止めてきただろうから、ある意味では信頼の証でもあるのだろう。

ならば、応えなくてはなるまい。

とはいえまずは、転移先の選定からか。

そんなことを考えながら、やる気のアキラと呆れ顔のアンリエットを横目に、アレンは地面を見つめると、その先にあるはずの迷宮を見通すべく、目を細めるのであった。

四つ目の迷宮

瞬間、めまいに似た感覚に襲われた。

それでもふらついたりすることがなかったのは、慣れているからだ。

反射的に閉じていた目を開ければ、視界には直前までとは異なる光景が広がっていた。

「ここが四つ目の迷宮、か……」

どうやら無事転移に成功したようだ。

しかも運のいいことに、広場のような場所に出たらしい。

レリアを助けた場所と比べても、天井までが高い上に、広い。

というか、先ほど行った迷宮と比べると、雰囲気そのものがかなり異なっていた。

「んー……迷宮によって風景が異なるっていうのは知ってたけど、ここはどっちかというと人工物っぽい感じなのかな……？」

「みたいですね。まあ、前の迷宮が自然すぎたってだけな気もしますが」

声に視線を向ければ、すぐ近くにいたアンリエットが、周囲を見渡していた。

そのさらに奥にはアキラがおり、同様に周囲を見渡している。

とりあえず全員に問題がなさそうなのを確認すると、アレンも同じように周囲を見渡した。

「ひとまず、すぐに異常が起こる様子はなさそうかな？」

「んなすぐに起こられても困るですしね」

「そうか？　オレとしちゃ何が起こるのか少し楽しみでもあるんだが……ま、何も起こらないに越したことはねえか」

そんなことを話しながら、周囲の様子を眺めていく。

まず真っ先に目につくのは、等間隔に置かれた円柱状の柱だ。

さらに地面は舗装されたように滑らかであり、遠くに見える壁際には松明《たいまつ》のようなものが飾られている。

ふと頭に思い浮かんだのは、神殿というものであった。

ただ、ここが迷宮なのは間違いないはずだ。

ということは、迷宮というものは思ったよりも多彩というか、自然物のみから作られているわけではないらしい。

「試練、か……」

迷宮は人に与えられた試練の場だという言葉には正直いまいちしっくり来ていなかったのだが、この様子を見れば納得出来た。

こういった場所がずっと続いていくというのならば、確かにそれは何者かによって作り出されたものに他なるまい。

そんなことを考えながら、さらに周囲を見渡し、目を細めた。

「んー……広いところに来られたのは運がよかったと思ったけど、そんなこともなかったみたい、かな？」

「ですねえ。ただでさえ何処に行きゃいいのか分からねえってのに、どっかに続いてそうな場所が四つ、ですか」

「奥に行く道と入り口に戻る道、あとはどこ行くか分からねえ道、ってとこか？」

「いえ、他もこんな感じなんだとしたら、最悪三つは外れで一つは戻るだけ、って可能性もあると思うです」

「その場合は面倒なことになりそうだなぁ……まさか、これが異常ってわけじゃないよね？」

だとしたら、さすがに嫌すぎる。

魔物の方が、まだマシだ。

とはいえ、そう思う時点で、ある意味効果的ではあるのかもしれないが――

「っと、とりあえずは余計な心配だった、かな？」

「あん？　……ああ、そうみてえだな」

「ったく、加減って言葉を知らねえみたいですねえ……まあ、迷宮が知るわけがねえですか」

アンリエットが溜息を吐き出すのと合わせるように、視線を向けている先から影が現れた。

ただしそれは、一つではない。

数えるのも億劫《おっくう》になるほどの影が、次々と姿を見せたのだ。

「スパルトイ、か……確かに、元々複数で現れることが多い魔物ではあるけど……」

「この数はさすがに異様ですねえ……」

「ま、一匹だけじゃ手応えがねえやつらだしな。異常だっていうんなら、せめてこのぐらいの数は必要だってことだろうよ」

スパルトイは、全身骸骨姿の、スケルトンに似た魔物だ。

ただしスケルトンと比べると硬い上、盾と剣を使うので、複数で一斉に襲われるとそれなりに厄介な魔物ではあった。

もっともそれは、狭い空間ならばの話だ。

ここまで広い空間であれば、やりようはいくらでもある。

しかもあれだけ数が多く、密集しているのであれば――


――剣の権能《ワールド・エンド》。

「――待った」

だが、まとめて斬り飛ばそうと思った瞬間、アキラが一歩前に出た。

反射的に振るおうとしていた腕を止める。

「……アキラ？」

「ここはオレ一人でやる。この程度で終わるとも思えねえし、後ろで警戒してるやつも必要だろ？」

確かにそれはそうだが、アレンならばそもそもその前にスパルトイ達を一掃可能だろう。

そう思ったのだが、すぐに、いや、と思い直す。

おそらく、アキラには何か考えがあるのだろうと思ったからだ。

そう思うぐらいには、アキラの背中には気迫のようなものが溢れていた。

「……分かった。じゃあ、任せたよ」

「ああ。……悪いな」

そう言いつつアキラは前傾姿勢を取ると、ぐっと身体を沈める。

そして次の瞬間には、スパルトイに向けて駆け出していた。

「……何考えてやがんですかね、アイツは」

「さぁ……？　まあ、とりあえず分かるのは……どうやらアキラは、結構強くなってるみたいだってこと、かな？」

そう言っている間も、視線の先で数十体のスパルトイが轟音と共に打ち上げられていた。

その衝撃で身体は半壊しており、落下していくにつれて崩壊も進んでいく。

致命傷を受けているのは明らかで、アキラもそれを理解しているのだろう。

そちらには目もくれず、続けて地上で轟音を響かせると、蒼い雷光と共に集団の一角がまとめて消し飛んだ。

「飛ばしやがるですねぇ」

「まあ、無理してる様子もないし、少なくともそっち方面では問題ないんじゃないかな？」

見た目は派手ではあるが、動き自体に無駄はないし、的確に敵の集団を狙っている。

まあ、状況を考えればどこを狙っても大差はないだろうが、敵を倒していけば自然と偏りは生じていく。

アキラはそれを見逃すことなく攻撃を加えていた。

「つっても、あれじゃあそのうち力尽きるんじゃねえですか？」

「どうだろうね？　少なくとも呼吸に乱れはなさそうだし、あの集団を壊滅させるぐらいなら余裕でもちそうだけど……」

ただ、これで終わりならばともかく、少なくともこの後に悪魔達がいる上に、そこまで迷宮を探索する必要もある。

というか、そもそもこれで敵が打ち止めだとは限らないのだ。

今は一方向からしか来ていないこともあり、最悪全方位から新手が現れ襲ってくる可能性もあるだろう。

「というか、異変ってどのぐらい続くの？　たとえば、悪魔を見つけるまでずっとこれが続くとかだったら、アキラどころか僕も厳しそうだけど」

「さあ……？」

「さあ、って……」

「異変とは言うですが、どっちかってーとオメエがやったことの方が迷宮にとっては異変ですからね。この状況は要するに、それを正そうとしてるだけに過ぎねえわけです」

「正されるまで止むことはないってこと？　ってことは、途中から入っちゃったわけだし、やっぱりずっと続く可能性もあるのか……」

悪魔を探すよりも、まずは入り口を探して、そこから再度入った方がいいのかもしれない。

まあ、何も分かっていない以上、難易度的にはどっちも大差ない気がするが。

と、そんなことを考えていると、アンリエットが首を横に振った。

「いえ……まあ、断言は出来ねえですが、悪魔とは違って転移に関しては別に禁止されてるわけじゃねえですしね。実際、迷宮の中では有り得ることですから」

「ああ……罠として、ってこと？」

「です。ってことは、迷宮がそれを正当だと認める……いえ、結果的に問題ないと判断すりゃあ、そこで止まる可能性はあるです」

「つまり……実力を示す、ってことかな？」

確かに、ここが試練の場だということを考えれば、途中から割り込んでも問題ない実力がある、ということを証明できれば、問題なしと判断される可能性もあるのか。

ということは、これは異変というよりは、これも一種の試練と考えるべきなのかもしれない。

「ま、ワタシも今ここで改めて見てみてふと思っただけのことですから、そうはならねえ可能性も高いですが。迷宮がどんなものなのか、って知識自体はあっても、実際に経験するのは前回に続いて二回目ですから」

「まあ、とりあえずはそれが正しいって前提で考えてもいいんじゃないかな？　結局やることに変わりはないわけだし」

ただそうなると、アレンも参加した方がいいのかもしれない。

あの群れをアキラ一人で全滅させた場合、それはアキラに相応しい実力があると示されただけなのだ。

アレン達は別である。

「いえ……別に一人一人証明する必要はねえはずです。それだと、全員が一定以上の戦闘能力が必要ってことになっちまうですからね。迷宮は罠とかも色々あって、戦闘に秀でてるだけじゃ無理なことも多いですし」

「じゃあ、とりあえずは任せたままで問題ないってことか。それはそれで、押し付けちゃってるような気分にもなるけど」

「アイツが自分に任せろって言ったんですから、気にする必要はねえでしょうよ。それに、別に本当に何もしてねえってわけでもねえですし」

「まあ、そうだけどさ」

こうして話をしている間も周囲の警戒は怠っていないし、万が一の場合いつでも助けにいけるようにアキラの動きから目を離してもいない。

もっとも、アキラに関して言えば必要なさそうだが。

「世界を何度も救った勇者、か」

目を細めて見つめる先では、ちょうどアキラが敵の集団に周囲を完全に囲まれたところであった。

ネズミの一匹が通る隙間もないほどに密集したそこに、逃げ道はない。

あの状況で一斉に襲い掛かられてしまったら、さすがのアキラも全てを凌ぐことは難しいだろう。

その分同士討ちも多くなりそうだが、そんなことを気にするような相手でもない。

だが、その状況にあってアキラに慌てる様子はなかった。

いや、むしろ口元に笑みが浮かんでいるあたり、意図的に作り出した状況なのだろう。

そして次の瞬間、その推測が正しいことが証明された。

「――爆《は》ぜろ蒼雷」

そんな呟きと共に蒼い雷を纏った聖剣を地面に突き刺すと、一瞬で蒼い雷が周囲に広がり、そのまま爆ぜたのだ。

衝撃によって土煙が立ち昇り、それが晴れた時には、アキラの周囲はまるでそこだけが削り取られたかのように、空白の空間が出来上がっていた。

「前に見た時と比べると、まあ、そこそこ名前負けしねえ戦い方は出来るようにはなったですかね」

「動きもよくなってる上に、一撃ごとの威力がかなり上がってるかな？　この世界になったことで、ギフトの効果が上昇することってあるんだっけ？」

「いえ、むしろアイツので言ったら逆なんじゃねえですかね？　確かアイツのギフトには世界の危機に応じて効果量が上昇するってのがあったはずですが、まさか神が起こした現象が危機扱いはされねえでしょうし。あと、話を聞いた感じからすると、おそらくアイツはほぼそのままの状態でこっちに来たっぽいですから、そういう意味でもあっちの頃とは変わってねえでしょうね」

「つまりは純粋にアキラの努力の成果ってこと、か」

アキラは元々弱いわけではない。

むしろ、強い方だろう。

だが強さとは、元が強ければ強いほど、その強さを磨き上げるのには労力が必要となるものだ。

ここまで目に見えるほどに、しかも割と短期間にとなれば、果たしてどれだけの努力をしたのか分かったものではない。

「……願わくば、その努力が神のために、とかじゃなければいいんだけど」

「……どうでしょうねえ。アイツを喚《よ》んだのはその神でしょうからね。直々に声をかけられたとなれば、それでやる気になっても不思議じゃねえと思うです」

「まあね……」

だからこその願望ではあるのだが……まあ、果たされるかは何とも言えないところか。

そんなことを話している間も、スパルトイの数は順調に減っていた。

数えるのが億劫になるほどいるものの、アキラが攻撃するたびにごっそりその一部が消えていくのだ。

少なくとも減っているということは分かりやすいし、しかも目に見えて減ってもいた。

おそらくは、あと半数といったところだろう。

今のところ増援の気配はなく、アレン達の方に来る様子もない。

このまま何事もなく――

「……なんて、さすがにそこまで甘い話はない、か」

「ま、予想出来てたことですし、むしろ分かりやすくていいんじゃねえですか？」

「だね」

言いながらアキラが戦っているのとは反対側へと視線を向ければ、ちょうど新しい影が姿を現すところであった。

その正体は変わらずスパルトイで、数も最初と同じぐらいいそうだ。

半分まで減らして一息吐いたところで増援とは、迷宮というのは中々意地が悪いらしい。

もっとも、確かに効果的でもあるだろうが。

「さて、と……うーん、あの様子からすると、アキラは出来ればあっちも相手したそうだけど……」

「ワタシ達がひたすら逃げ回れば可能かもしれねえですが……まあ、現実的じゃねえでしょうね」

「仕方ない、か。まあ、恨み言は後で聞くとして……」

まずはあれの対応をするのが先だろう。

とはいえ、先ほどと同じであるならば、対処するのは難しくもなかった。

先ほどやろうとしていたことを、そのままぶつけるだけだ。

そしてそれは、アキラが取ったやり方とほとんど変わりはない。

違いがあるとすれば、アキラは立ち回りによって自分の周りに敵を集めてから一網打尽にしたが、アレンの場合はその一手間が必要ないぐらいだ。

足に力を込め、そのまま地を蹴る。

そして。

──剣の権能《ワールド・エンド》：百花繚乱。

敵の大群のちょうど真ん中あたりに降り立つと、そのまままとめて周囲の全てを斬り裂いた。

「──ふぅ」

息を吐き出すのと共に、身体に込めていた力を抜いていく。

もちろん警戒は忘れないが、魔物を倒したことで何かが起こる、ということは今のところなさそうだ。

一番有り得そうなのはさらなる敵の増援だが、そういったことが起こりそうな様子もない。

あるいは、一瞬で壊滅してしまったことで、迷宮の対応が追い付いていないのか。

「あとは、単純にこれで終わりってことも——いや。なるほど、そっちのパターンか」

呟きながらその場を見渡し、目を細める。

この後にどうすべきかを考え、すぐに結論は出た。

「——アキラ！」

「あん？　——ちっ」

アキラの名を呼べば、それだけでアキラも状況を把握したようだ。

舌打ちを漏らしながら忌々しそうに周囲を見渡し、その場を飛び退いた。

スパルトイ達だけがその場に残されることとなったが、スパルトイ達はアキラの後を追うことはしなかった。

単純に追いつけないというのもあるだろうが、どちらかと言えばその必要がないからだろう。

そしてその代わりとでも言わんばかりに、一斉に弾け飛んだ。

アキラが何かしたわけではない。

おそらくは、迷宮の仕業だ。

そう言えるのは、それに合わせて広間全体から莫大な魔力の反応があったからである。

それに対し呆れ半分感心半分の感情を抱きながら、急ぎアンリエットの傍へと向かう。

アレンが到着したのとほぼ同時にアキラも傍に降り立ち、その瞬間であった。

まるでタイミングを計っていたかのように、迷宮の床が発光しだしたのだ。

しかもその光は直線と曲線から成り立っており、とある幾何学模様を描き出していた。

「これは……魔法陣、ですか」

「この広間全体に罠を敷いた、って感じなんだろうね。そしてそのトリガーとなるのは、魔物の命」

「魔物を倒して広間に魔力を行きわたらせることで魔法陣を起動させる、ってわけか。ったく、まどろっこしい真似を」

「まあ、有効ではあったわけだけどね」

実際最初からこの魔法陣がこの場に存在していたら、アレン達は即座にこの場から引いていただろう。

だが、間に魔物を倒すというステップを挟むことで、アレン達は位置を分散させられてしまった。

それでも、アレンやアキラだけだったら、気付いた時点で動けばこの広間から逃げることは可能だっただろうが、アンリエットがいたのは広間のほぼ真ん中だ。

どこに逃げるにしても距離があり、逃げようとしたところで間に合わなかったことだろう。

そして、アンリエットのことを見捨てるという選択肢は存在していなかった。

その結果としてこうして三人まとめて捕らえられてしまったのだから、まどろっこしくはあるものの有効ではあったということだ。

「ちなみにこれ、この魔法陣をぶっ壊すのは駄目なのか？」

「やめといた方がいいでしょうね。魔法陣自体は既に完成しちまってるですし、ここで辺に壊したりしちまうと何が起こるか分かったもんじゃねえです」

「まあそれに、そこまでして邪魔をする必要もないだろうしね」

「逃げろって言わねえ時点でそんな気はしちゃいたが……これがどんな代物か分かってるってことか？」

「大体のところはね」

とはいえ、アレンがそれを分かったのは、魔法陣に詳しいからではない。

単に、これから引き起こされるであろう現象に対し、それなりに慣れていたからだ。

それは、アレン達がここにやってきた手段でもある。

即ち、空間転移であった。

「変なところに飛ばされたりしたら問題だけど……多分それもないだろうしね」

罠は罠でも、試練の一種だというのならば、少なくとも即死するようなことはあるまい。

まあ、さらに強力な魔物が出てくるような場所に飛ばされる可能性はあるが、その程度ならば問題はないだろう。

さてどうなるだろうかと、そう思った瞬間であった。

床全体が光ると共に、視界もまた白く塗り潰されたのだ。

そして。

次の瞬間視界に現れた光景に、アレンは思わず溜息を吐き出すのであった。

モノクロの記憶

思わず聖剣を握る手に力を込めたのは、視界が黒で塗り潰されたからであった。

様々な可能性を瞬時に思い浮かべ――

「んー……これは単に密閉された狭い空間に飛ばされたから視界が利かないってだけかな？　明かりを出せばすぐに分かるだろうけど……」

聞こえた声に、半ば反射的に聖剣へとさらに力を込めた。

ただしそれは、聖剣を振るうためではない。

込めた力が蒼い雷を走らせ、数瞬その場を照らし出した。

「ちっ……確かにアレンが言う通りみてえだな」

「ですね。大体三人で座るぐらいのことは出来そうですが、それ以上は無理そうです」

「すぐに状況を把握できたのはいいけど……これはどうしたものかなぁ。色々試してみようにも、さすがに狭いだろうし」

アレンの言葉を聞いたアキラは、とりあえず試しに軽く壁を叩いてみた。

感触からいって、脆くもなければ固すぎるということもない感じか。

壊すことは可能そうだが、ただ、向こう側に空洞がある感じもしなかったので、壊したところで意味がなさそうでもある。

とはいえ。

「とりあえず一通りぶっ壊しておくのが手っ取り早くはあるか？」

「いや……どうかな？　壊した先に何かがあるって感じでもなさそうだしね。多分試したところで破片が地面に転がるだけじゃないかな？」

「それは勘弁ですね。まあ、壁を掘って広くしてくれるってんなら歓迎するですが」

「生憎んなことが出来る手段は持ち合わせてねえな。単純にぶっ壊すだけなら出来るだろうが、その時はお前らも巻き添えだろうよ」

「うーん、さすがにそれは嫌かなぁ」

そんな言葉と共に苦笑を浮かべる気配を感じ、アキラは肩をすくめた。

そんなことを言いつつも、実際にやったら難なく捌くのだろうが……まあ、確かに無駄だと分かっていることをやっても意味はあるまい。

「つっても、じゃあどうするってんだ？　何もしないで何かが起こるのを待つってのかよ？」

「そうだね……まあ、最終的にはそんな感じになると思うよ？」

「あん？」

本気で言っているのかと思うが、目を凝らしたところで表情まで捉えることは出来ない。

だが何となく冗談を言っている雰囲気は感じられなかった。

「……本気で言ってんのか？」

「正直なところ、アンリエットも賛成ですがね。こんなとこで出来ることなんてたかが知れてやがるですし」

「まあ、言いたいことは分かるよ？　何もしなければずっとこのままだって言いたいんだよね？でも、そうとも言い切れないと思うよ？」

「あ？　何でだよ？」

「僕達を捕らえておくつもりなら、こんなところじゃ意味がないから、かな。ここから出るだけならば、空間転移で一瞬だし」

「あとは、まるで計ったかのように三人で座るのにぴったりな空間ですしね。まるで、座って待ってろとでも言わんばかりの」

「……確かに否定は出来ねえが」

「まあ、強引な手段を試すのは、とりあえずまだ先でいいんじゃないかな？　ここで座って何かが起こるのを待ちながら、何か見つかったりしないか探すってことで」

「異論はねえです。まあ、アンリエットに出来ることはそもそもねえんですが」

「……ちっ、わーったよ」

実際のところ、アレンの提案は合理的だ。

といっても、アキラの感知能力はそれほど高くない。

現状で何も感じない以上は、何をしたところで無駄だろう。

仕方なくその場に座り込むと、背中を壁に預けた。

「はぁ……しかしそうなると暇だな。ったく、折角迷宮に来たっつーのに。どうせなら探索させろっつーの」

「探索って、迷宮にも興味あったの？」

「あん？　ああ、まあな。ここに来た主目的はもちろんそれじゃあねえが、割と興味はあったぜ？　探索できるってんならやってみようかと思うぐらいにはな」

「意外、ってほどでもねえですか。何となくそんな感じしやがるですし」

「そんな感じってどんな感じだっつの」

「何でも楽しむ、みてえね感じです」

「ああ……それは確かに合ってるかもな。オレにとってみりゃ、この世界のもんは全てが興味深いからよ」

何せこの世界にあるものは、アキラにとって見知らぬものが多い。

いや……見知らぬものばかりだと言うべきか。

さすがに道端に転がっている石すらも珍しい、とまで言うつもりはないが、心境的には似たようなものだ。

ただ、そう思うのは、単にこの世界のものがアキラにとって物珍しいものばかりだから、というだけではないのだろうが。

そんなことを考えながらアレンのいる方向に視線を向ければ、それに気付いたのか、アレンが首を傾げたような気配がした。

「うん？　アキラ、どうかした？」

「……何でもねえよ。ただ、あまりにもやることがねえからな。何か見つかったかと思っただけだ」

「残念ながら、この周辺には何もない、ってことが分かっただけかな」

「周りには何もねえのにこんな場所があるってんですか。なら、ますます怪しいですねえ」

「意図的に用意された場所だってのはほぼ確定したっつーわけか。まあ同時に、オレが暇を持て余すことになるってのも確定したわけだが」

そんなことを言いつつも、実際のところはアキラは言うほど暇を持て余しているわけではなかった。

確かにやることがないのは事実だ。

しかしそれはそれとして、アキラは今の状況を割と楽しんでいた。

そしてそう思えているのは、やはりアレンが理由だろう。

アレンと初めて会ったあの時、アレンと戦うことで、アキラは世界の広さを知った。

いや……気付いたと言うべきか。

アキラが思っているよりも世界は広く、見方次第でいかようにも色を変えていくのだと。

あの時の一件をきっかけにして、そんな当たり前のことを初めて知ったのだ。

「……それが分かってりゃ、少しは違ったんかね？」

口の中だけで言葉を転がし、目を細める。

視界が闇に閉ざされているせいだろうか。

普段は思い出さないようなことが、ふと頭に浮かんでくる。

この世界に勇者として喚ばれる前のこと――自分が生まれ育った世界と、そこでの自分のことを。

思わず、自嘲の笑みが浮かんだ。

「――アキラ？　どうかした？」

「あん？　何がだ？」

「いや、急に黙ったからさ。何かあったのかと」

「確かに、急に黙りやがりましたね」

「……別に何もねえよ。むしろ、何もやることがねえからこそ、喋る気もなくなったんだよ。それとも、ガキの頃の話でもするか？」

「子供の頃、かぁ……してもあまり楽しい話にはならなそうだからなぁ」

「アンリエットも同じような感じですねえ」

「なんだ、お前らもかよ……」

子供の頃の思い出というのは、大体そういうものだということなのだろうか。

いや、さすがにそういうことはないと思うが……。

「ちなみに、アキラってどんな子供だったの？」

「あん？　楽しいもんじゃねえってのに聞くのかよ……」

「まあ正直なところ、アンリエットも少し気になるですがね」

「んなもんかねえ。本当に聞いても面白くも何ともねえぞ？」

割と本気で言っているのだが、アレン達はそれでも聞きたいらしい。

まあ、どうせやることはないのだ。

暇つぶしがてら話すのもいいだろう。

「つっても、どっから話したもんか……まあ、オレが覚えてるとこから話すとだな──オレはいわゆる、神童ってやつだったらしい」

そしてそれは、事実だったのだろう。

子供の頃のアキラは、自分に出来ないことなどないと思っていた──いや、事実として、そんなものは存在していなかった。

一度聞いたことは忘れないし、運動では誰にも負けたことはなかった。

テストは常に百点で、賞を取ったことは数えきれない。

しかも両親はそれなりにいい職に就いていたようで、金に困ったこともなかった。

「……面白い話じゃねえって言ってた気がしやがるんですが、つまり自慢話になるから、ってことです？」

「まあ、そういう感想になるのも分かるっつーか、それだけで終わりゃあそうなったんだろうがな」

だが、そうはならなかった。

そうした日々が続いた結果、アキラは日常に何の楽しみも見出すことが出来なくなっていたからだ。

やることなすことが成功し、誰からも褒め称えられる。

そこには嫉妬すらなかった。

ひたすらに賞賛ばかりが送られ、最初は嬉しかったそれに何も感じなくなるのに、そう時間はかからなかった。

あるいは、そこにプレッシャーを感じるようになっていたらまた別だったのかもしれないが、アキラはそんなことすらなかった。

子供だったからか、何でもかんでも出来すぎたからか。

おそらくは、その両方だろう。

そして中学校に上がる頃には、アキラは世の中に期待を持てなくなっていた。

「ま、それもある意味では自慢になるのかもしれねえが……少なくとも、オレにとっちゃ最悪だった。そんな日々がずっと続くのかと思ったら、尚更な。ま、今となっちゃ痛すぎて頭抱えるってなもんだが」

多分、あのまま数年も経てば、現実を知ることになっていたのだろう。

自分が万能の超人かのように感じてたのは幼さゆえの錯覚で、世の中には自分なんかより遥かに優れた人物なんていくらでもいるということに。

だが、そうはならなかった。

そうなる前に、アキラは勇者として異世界に召喚されることになったのだ。

「そしてこっちに来てようやく現実を知って、痛いだけの馬鹿だったガキはようやく人並みになれた、ってわけだ。な？　面白くも何ともなかっただろ？」

「……面白かったかはともかく、興味深い話ではあったかな？」

「まあ、こう言っちゃなんですが、少なくとも時間を潰す役ぐらいには立ってたと思うです」

「そうか……そりゃよかったぜ。あの頃の馬鹿だったオレも、多少は役に立てたみてえだな」

そんなことを言いつつも、実のところアキラはそれほどあの頃のことを後悔してはいなかった。

もちろん反省してはいるが、あの頃があったからこそ今があるのだ。

あっちの世界で生きるのと、こっちの世界で生きるの。

果たしてどちらの方がよかったのかは分からないし、おそらく今後分かることもないのだろうが
……それでも、少なくともアキラは今の自分も今の日々も嫌いではない。

……そしてだからこそ、悔いはないようにしようとも思う。

と、らしくもなく、そんなことを考えた時のことであった。

「っと……どうやら、ちょうどよかったみたいかな？」

「あん？」

一瞬アレンが何を言っているのか分からなかったが、すぐにその意味を察した。

次の瞬間、その場に魔力が溢れたからだ。

それは魔法陣がないことさえ除けば、先ほどとほとんど変わらない状況であった。

となれば、この後何が起こるのかも、きっと変わらないのだろう。

「さて……次は何が待ってやがるんだろうな」

さすがにまた同じような場所に行くことだけはないだろうが……せめて、身体が動かせる状況であってほしいものである。

そんなことを考えながら、何が待っていようとも対応出来るよう身構えつつ、アキラは目を細めるのであった。

悪魔と悪魔

一瞬の閃光に、僅かな浮遊感。

反射的に閉じていた目を開けば、アレンの視界に映し出されたのは、ある意味予想通りで、ある意味予想外のものであった。

予想通りなのは、そこが広間のように広い場所であったこと。

予想外だったのは――そこに複数人の、見知らぬ人達がいたことであった。

「っ、な、何が……!?」

いや、人、と言っていいのかは何とも言えないところか。

確かに見た目は人に見えるものの、厳密には彼らは人ではないからだ。

悪魔であった。

しかも、おそらくは――

「馬鹿な、どうやってここに……!?」

「侵入者がいたなんて話、聞いてないぞ……!?」

「それに、まさか、アレは……!?」

「勇者、だと……!?」

反応を見る限り、やはりアレンの予測に間違いはなさそうだと確信する。

彼らは、アキラが探していた悪魔なのだろう。

しかし、アキラへと視線を向けたアレンは、思わず眉をひそめた。

目的の相手を探し当てたというのに、アキラの顔はいまいち晴れやかではなかったからだ。

だがそのことを不思議に思いつつも、とりあえずアレンはその場を見渡した。

それはそれとして、気になることもあったからだ。

そして、納得した。

「なるほど……迷宮の中に悪魔達が集まるなんて、どうやってるのかと思ってたけど、これが答え、か」

「考えてみりゃ納得ですが、実際に見てみなけりゃこの発想は出なかったですね。認識阻害の結界ですか」

迷宮に悪魔が入ったら強制的に排除されてしまうのならば、迷宮に悪魔はいると認識させなければいい。

つまりは、そういうことだ。

だがその結論を出すためには、まず迷宮に対して認識阻害の効果があるということを知る必要がある。

しかし普通ならば、そもそもそんな発想には至るまい。

魔物に対してならばともかく、迷宮に対してなど、誰が考えるというのか。

ただ、その発想に至ったのは、悪魔だから、というわけではないのだろう。

おそらくは、この結界と同等以上の効果を発揮する能力を持つ者が身近にいたからこそ、気付いたのだ。

しかも、どうやらこの結界には認識阻害以外の効果はないらしい。

ただし機能をそこに絞っている分、効果はかなり高そうだ。

アレン達は直接その結界内部に転移してきたため効果はなかったが、あるいは結界の外側に転移していたらアレン達ですら気付かなかったかもしれない。

迷宮に影響を与えるとなると、このぐらいは必要だということなのだろう。

と、そんなことを考えている間も、悪魔達はアキラのことを見つめながらざわついていた。

「何故勇者が……いや、そもそもどうやってここを……⁉」

「どこかから我らのことが漏れたというのか……？」

「まさか、やつが……⁉」

「いや、やつに限ってそんなことは……！」

ざわめきはいつまで経ってもやむ様子を見せなかったが、それも当然か。

自分達の天敵が突然姿を見せたのだ。

しかもおそらく、彼らは自分達が見つかるとはまったく考えていなかったはずである。

状況を考えれば、もっと殺気立っていてもおかしくない。

とはいえ、それも今は混乱の方が先立っているからのだけだろう。

落ち着くと共に、少しずつそうなってくるはずだ。

そうなる前に、先んじて何らかの対応をしておくべきだが……何故か、アキラはそんな悪魔達のことを見つめるだけで、動く様子がなかった。

もっとも、アレン達が頼まれたのは、あくまで迷宮の探索である。

悪魔達を見つけた後のことは頼まれていない。

それを考えれば、ここから先のことは放っておいても構わないのだろうが……さすがにそういうわけにはいかないだろう。

とはいえ、何をするにしろ、アキラの方針が分からないことにはどうしようもない。

とりあえず、アキラと話をすべきだろうか……と、そんなことを考えていた時のことであった。

「――ご苦労」

そんな言葉と共に、その場に新たな複数の人影が現れたのだ。

いや……それらもまた、人と呼んでいいものかは分からないが。

それらもまた、悪魔であった。

「ふんっ……まさか、本当に見つけるとはな。正直期待などしていなかったが……さすがは、といったところか」

そう言って新たに現れた悪魔達の一人が視線を向けたのは、アキラであった。

そしてそれに対してアキラは何も言わず、ただ肩をすくめて返す。

それが意味するところは明白であった。

だが、アレン達がそれに反応を示すよりも先に、この場に先にいた悪魔達が驚愕の声を上げた。

「っ……馬鹿な、貴様らまさか、勇者と手を組んだというのか……!?」

「手を組んだだと……？　人聞きの悪い言い方はよせ。これはただの契約よ」

「契約だと……？　言い方を変えただけじゃないか。悪魔の恥さらしが……！」

「お前達に言われる筋合いはないな。神を前にして逃げだした臆病者どもが」

「我らは逃げたわけではない！　下手に動くことこそ神に利する行為と判断し」

「黙れ。これだけのことをしでかした神に対し、今こそ立ち上がらずしていつ立ち上がるというのか！」

どうやら、悪魔同士の仲間割れに巻き込まれたらしい。

いや、本来悪魔は群れることはないらしいので、仲間と言っていいのかは分からないが。

ただ、そうして互いを罵り続けている悪魔達のことをアレンがジッと見つめていたのは、単純に興味深かったからではない。

その中に一人、罵り合いに参加しない悪魔がいたからだ。

しかもそれは、知っている顔であった。

「……あんなとこにいるっつーことは、アイツはあれらの仲間、ってことですかね？」

「まあ、そういうことになるんじゃないかな？　ただ、ちょっと毛色が違いそうにも見えるけど……」

その相手――ソフィは、確かに悪魔達の中にはいたものの、どことなく一歩引いたところで様子を窺っているようにも見えた。

あと分かるのは……おそらく、アレン達のことを覚えている、といったところか。

一瞬目が合った時に、それを感じ取ったのだ。

「立ち上がる……？　貴様は立ち上がったとでも言うつもりか？　勇者と手を取り合っていながら！」

「だから、これはただの契約だと言っているではないか。どうやら貴様らは、神の目から見ても不愉快に映ったらしいぞ？」

「なに……？　どういうことだ⁉」

「どういうことも何も、そのままの意味だ。悪魔達が争えば、周囲に少なくない被害が出る。それを最小限に抑えるため、我らに協力し、貴様らを殲滅することに決めた、ということだ」

「っ……悪魔でありながら、同胞を滅ぼそうとするばかりではなく、神の手すら借りるとは……！」

「神の手を借りるのではない。神の方から頼み込んできたのだ。あの神が、我ら悪魔にだぞ？　くくっ、これに乗らぬ手はあるまい。我らは貴様らとは違い、柔軟《じゅうなん》な対応が出来るのでな」

「何が柔軟だ……！　見境がないだけの獣が……！」

アレンが状況を見極めようとしている間にも、言い合いは激化し、そろそろ衝突しそうな感じになっていた。

ただ、状況が完全には掴めていないこともあり、アレンはここからどうしたものか正直迷っていた。

状況が分からないのだから、下手に手は出さない方がいい気もするのだが、顔見知りの悪魔が一人いるのに加え、アキラもこの状況に関わっているようなのだ。

何もしないでいいものか、判断が付けられないでいた。

と、そうして迷っている間に、どうやら状況が動くようであった。

「さて……貴様の役目はここまでだ。さっさと神の元に帰るがいい」

「へえ……？　帰してくれんのかよ？　てっきり用なしだとか言って襲い掛かってくるかと思ったんだが」

「確かにここで貴様も始末したいのはやまやまだが、アレらは腑抜けではあるものの、油断は出来ん。貴様の相手は、また後でだ」

「そうかよ、ならオレは好きにさせてもらうぜ？」

そう言うとアキラは、悪魔達に背を向けた。

そうなると自然とアレンはアキラの表情がよく見えるようになるわけだが……だからこそアレンは、苦笑を浮かべた。

アキラの口の端が、吊り上げられていたからだ。

瞬間、蒼い雷が迸《ほとばし》ると共に、轟音が響いた。

「――ちっ。さすがにそこまで間抜けじゃねえか」

アキラが舌打ちを漏らしたのは、視線の先にいた悪魔が無傷だったからだ。

アキラが振り向くのと同時に叩き込んだ蒼い雷を、その悪魔は届く前に弾き飛ばしたのである。

ただそれは、悪魔の腕がいいというよりは、おそらく予想していたということなのだろうが。

「……どういうつもりだ？」

「はっ、好きにしろっつったのはそっちだろ？」

「なるほど、この機会にまとめて一網打尽にする、ということか。さすがは勇者だ」

「よく言うぜ。口元が笑ってんぞ？　どうせこうなるのを予想してたんだろうが。ま、正確に言えば間違ってるがな」

「なに……？　どういう意味だ？」

「意味もクソもあるかよ。オレが喧嘩売ってんのは、あくまでテメエらだけだってこった。そっちは関係ねえよ」

「……なに？」

その言葉に最も驚きを見せたのは、アキラがそっちと示した方――元からこの場にいた悪魔達であった。

まあ、状況を考えれば、アキラがそちらの悪魔に味方すると言っているようなものである。

驚くのは当然と言えば当然だろう。

とはいえアレンとしてはすっきりしたというか、納得した気分であった。

アキラが何を考えているのか、ようやく分かった気がするからだ。

「勇者が悪魔の味方をするというのか？　……貴様、何を考えている？」

「別に大したことじゃねえよ。ただ、偉そうにしてるテメエらが何となく気に入らない。それだけだ」

要するに、自分がやりたいようにやっている、ということなのだろう。

アキラらしいやり方であった。

「……ふんっ。まあいい。やはり勇者とは愚か者であったようだな。所詮は神の操り人形か」

「そんなやつの力を借りてまですることが、隠れて平穏に生きてる仲間を殺すことだなんて、オレだったら恥ずかしくて生きてらんねえけどな」

「黙れ。――これを見ても、その減らず口を叩けるか？」

その言葉と共に、上空の空間が歪んだ。

はっきりそう分かったのは、それだけその歪みが大きかったからである。

そして同時に、そこから感じる気配には、覚えもあった。

そう思った、次の瞬間だ。

ガラスが砕けるような音と共に、それが姿を現した。

見上げるほどの巨体。

全体的な印象は爬虫類に近く、さらには巨大な翼が生えている。

そしてどうやら、先ほどの感覚は正しかったらしい。

「……確か、赤龍王、だっけか？」

かつて滅ぼしたはずの龍の王が、虚《うつ》ろな目をしながらそこにいたのであった。

譲らぬ意思

その姿を眺めながら、アキラは目を細めた。

なるほど、道理で随分強気だと思ったら、そういうことだったのか。

「オレの力どころか、死んだやつすら利用すんのか。いや、悪魔らしいっちゃあらしいけどな」

「ふんっ……どうとでも言うがいい。知っているぞ？　貴様がコレ相手に惨《みじ》めたらしく負けたことをな」

「しかもコレの意識は既にない。痛みを感じることもなければ、死を恐れることもない、ということだ。貴様も多少は成長しているのだろうが、ただ貴様を殺すためだけに襲い掛かるコレを前に、果たしてどれだけ抗い続けることが出来るかな？」

「まさか勇者が惨殺される姿をこの目で見られるとはな！　臆病者共を抹殺出来る上にこれとは、今日は素晴しい日となるに違いない！」

随分好き勝手言ってくれているが、あながち間違いではないというか、少なくとも否定は出来なかった。

正直なところ、あの姿を見ているだけでアキラには震えがくる。

何一つ通用しなかったあの時のことを、身体がはっきり覚えているのだ。

だが。

「――アレン」

「うん？　なに？」

「手、出すんじゃねえぞ？」

「……いいの？」

「ああ」

おそらくアレンに任せれば、何の問題もなく倒せるのだろう。

それが最善であり、合理的な判断だということも分かっている。

しかし、それでも――

「アレは、オレの獲物だ」

きっとこの行為は勇者らしくはないのだろう。

だがそんなのは知ったことではなかった。

かつて手も足も出なかった相手へ、決して起こるはずもなかったリベンジの機会がやってきたのだ。

逃せるわけがなかった。

「……分かった。でも無理は……いや。健闘を祈るよ」

「おう。祈っといてくれ。あああと、悪いが、あっちは任せた」

一瞬だけ、悪魔達の方へと視線を向けた。

もう完全に勝ったつもりでいるようだし、あの様子ならば余計なことをすることはないだろうが、念のためだ。

「了解。絶対に余計な真似はさせない」

アレンがそう言うのならば、向こうを気にする必要はあるまい。

安心してアレに集中出来るというものだ。

「さて……んじゃ、やるか」

その瞬間、全ての意識を上空の龍へと向けた。

まだ悪魔達が何かを言っているような気がするが、既にその声がアキラの耳に届くことはない。

今アキラの世界にいるのは、自分とあの龍の二つだけだ。

目を細め、息を一つ吐き出し、地を蹴った。

――勇者《ブレイバー》：滅魔の蒼電。


出し惜しみはなしだ。

相手の実力は分かりきっている。

全てを出し切ってすら手が届くか分からない相手に、余計なことを考えている余裕はなかった。


――勇者《ブレイバー》：ファイナルストライク。


上空を飛んでいる相手に接近すると同時、雷を纏った聖剣を叩きこんだ。

轟音と共に腕へと衝撃が返り……思わず舌打ちを漏らした。

「分かっちゃいたが、通りゃしねえか」

派手だったのは音だけで、直撃を当てたはずの箇所には傷一つない。

だがおかげで分かったこともあった。

決して見た目だけの張りぼてではなく、あの時の龍と変わらぬ力を持っているということだ。

そう思った瞬間、アキラは目の前の鱗を蹴った。

それは加減なしの全力だったが、決して攻撃のためのものではない。

その反動によって龍との距離が開いた瞬間、眼前を凄まじい勢いで何かが通り過ぎていった。

「っ……半ば勘だったが、正解だったみてえだな」

おそらく今のは、龍の尻尾だろう。

まるで煩い蝿《はえ》を追い払うかのごとく、尻尾で薙ぎ払ったのだ。

ただ、推測なのは、アキラにはその動きがまったく捉えきれなかったからである。

だが、戦力に差があるなど、最初から分かりきっていたことだ。

ならば、この程度のことは怯む理由にはなりはしない。

地面に着地と同時、再び攻撃に移るべく――

「――ちっ」

瞬間、感じた悪寒に従い、その場を飛び退いた。

その直感が正しかったことを知るのは、直後のことだ。

轟音と共に、アキラが直前まで立っていた場所に龍が降り立ったのである。

「重量で押しつぶすとは、随分いやらしいことやってくるじゃねえか」

だが、判断としては正しい。

重量もまた立派な戦力の一つであり、覆しがたいものの一つだ。

積極的に利用されては、厄介なことこの上ない。

しかしだからこそ、有効でもあるのだが……その姿を眺めながら、なるほどと頷く。

「確かに、意識は存在してねえみたいだな」

どれだけ有効であろうと、かつてのアレならばそんな手段を使うことはなかっただろう。

正々堂々と戦うため、ということではもちろんない。

むしろ逆であり、こちらを嬲《なぶ》り、悦に入るためだ。

そしてそれは、保身のためでもあった。

重量差を利用するということは、接近する必要があるということだ。

「んな一歩間違えばやけどしかねない真似、テメエがするわけがねえもんな」

虚ろな瞳を眺めながら呟き、一歩前に出た。

それと同時に身体を沈めれば、すぐ真上をすさまじい風切り音が通り過ぎていく。

龍が飛び掛かりながら、前腕を薙ぎ払ったのだ。

おそらくはかすっただけでも重傷は避けられないだろうが、それでも正直恐怖は薄かった。

「あの時のテメエは、こんなもんじゃなかったはずだぜ?」


——勇者《ブレイバー》：魔法・プラズマストライク。


すれ違いざま、圧縮した雷を叩きこんだ。

だが魔力抵抗が高いのか、まるで避雷針に吸い込まれていくように雷が身体の表面を滑っていく。

そのまま大気に溶けるように消えていくのを横目に、溜息を吐き出した。

「やっぱ普通にやってたんじゃ無理か」

相手の攻撃を食らわない自信はある。

確かに相手の攻撃は合理的だが、合理的なだけの攻撃はかえって読みやすい。

あの時よりも経験を積んだこともあり、たとえ攻撃がろくに見えずとも避けるだけならば容易《たやす》かった。

しかしそれは、何のリスクもないというわけではない。

神経は常に張り巡らせなければならないし、相応に体力も消耗する。

このまま回避を続けているだけでは、ジリ貧どころか、そう遠くないうちに捉えられてしまうだろう。

どれだけ攻撃が読みやすかろうが、やはり彼我の戦力差は絶望的なのだ。

むしろこの程度の代償で済んでいるのならば、僥倖というしかなかった。

「……ま、だとしても、まったく嬉しくねえけどな」

もっとも、アキラは文句を言える立場にはない。

相手を圧倒出来るというのならばともかく、逆にギリギリで凌げているという状況なのだ。

虚ろな瞳に嘲りが浮かんだ気がして、舌打ちを漏らす。

「さて……どうしたもんか」

まだ二回攻撃を当てただけだが、それだけでも分かったことは多い。

中でも最大の問題は、やはり攻撃が通用しないということだろう。

しかもそれは、ただ単にこちらの力が足りていないという理由なのだ。

攻撃を当てるだけならば容易いが、肝心のダメージが通らないのでは意味がない。

一応切り札は残されているが、おそらくはそれでも無理だろう。

「……オレがアレに勝つには、奇跡が二回起こる必要がある、か」

それは神と名乗るやつと会った際に話した内容の一つであった。

そいつ曰く、今のこの世界は、本来あるべき正しい世界なのだという。

アキラが幾度も世界の危機に立ち向かい、救い、賞賛されるに至った世界。

賞賛云々はどうでもいいが、アキラが世界を何度も救ったという話は正直気になった。

今の自分がそんなことを出来るとは、到底思えなかったからだ。

特に、今も相対しているこの龍には、どうやっても勝てるイメージが思い浮かばない。

だからこそ、本来あるべき世界とやらで、自分はどうやってあの龍を倒すことが出来たのかが気になったのだ。

そして返ってきた答えというのが、奇跡が起こった、というものであった。

本来ならば勝てるはずがなかったが、奇跡が起こることで勝てたのだ、と。

それは見方によっては馬鹿にしているのかとも思えるようなものだったが、アキラとしては納得がいくものであった。

奇跡でも起こらなければ勝ち目などないだろうというのは、アキラ自身が一番感じていたことだったからだ。

ただ、その予想は厳密には正しくなかったらしい。

奇跡は奇跡でも、それだけでは足りなかったとも言われたからだ。

死の淵にまで追い込まれたアキラは、奇跡を引き起こすことでそれまでとは比べ物にならないほどの力を引き出せるようになり、だがそれでも龍には及ばなかった。

ゆえに勝てたのは、そこにさらにもう一つの奇跡が重なったからだ。

その場に居合わせたもう一人の奇跡の担い手——聖女の力も借りることで、ようやくアキラは龍を打倒するに至ったのである。

だが、この場に聖女はいない。

いや……いたとしても、アキラは力を借りようとは思わなかっただろう。

これが世界の危機だと言うのならば手段を選んでる場合ではないだろうが、あくまでこれはアキラの戦いだ。

あの時の借りを返すためという、身勝手なものである。

ならばこそ、アキラ一人で挑まなければならなかった。

「——ちっ」

しかしそんな意地を張ったところで、やはり彼我の戦力差は簡単には埋まらない。

その場を転がるようにして飛び退くと、身体のすぐ傍を龍の腕が通り過ぎた。

と、思えば尻尾が薙ぎ払われ、その場に跳躍することでギリギリかわす。

「あんま調子に、乗ってんじゃねぇ！」

——勇者《ブレイバー》：キガブレイク。

そのまま間近にある龍の頭部へと、聖剣を振り下ろした。

鈍い音と共に巨体が吹き飛ばされ、だがその衝撃を利用するようにして空を飛ぶ。

やはりダメージを負っている様子は見られず、何度目かの舌打ちを漏らした。

「これはさすがに覚悟を決める必要がある、か」

今のままの自分ではどうやっても勝ち目がないのを、アキラは認めた。

あの頃より強くなった自信はあるものの、その程度で手が届く位置に相手はいないようだ。

アキラがアレに勝つには、やはり奇跡が必要なようであった。

だが。

「んなもんに頼るなんざ、ごめんだ」

勝てないのが分かっていても、それでも、奇跡を祈るなんて、それは違うだろう。

一つ息を吐き出し、聖剣を構える。

そんな姿を龍は見ているはずだが、その様子に変化はない。

変わらぬ虚ろな瞳で、見下ろしているだけだ。

そして機械的な動きで翼を広げると、そのまま降下してきた。

とはいえ、アキラに分かったのは、降下した瞬間までだ。

重力に加えて翼での羽ばたきも利用したその動きは、一瞬でアキラの視界から消えたのである。

しかし姿は見えずとも、動きを予測するのは容易であった。

一直線に自分のところへと向かってくるのだろうことは、分かりきっていたからだ。

真横に飛び退いた瞬間、自分がいた場所に巨体が降り立った。

いや、それはむしろ墜落とも見間違うかのようなもので、実際あまり大差はないのだろう。

その程度の衝撃で傷つくような存在ではないからだ。

こちらはその墜落によって発生した衝撃波をくらうだけで重傷を負いかねないというのに、まったくもってふざけた存在である。

しかも今のそれにとっては、驕りですらないのだ。

単なる事実を基に、合理的な判断を下しているだけに過ぎない。

だがだからこそ、取れる手段というものも存在していた。

「――とりあえず、そこで大人しくしとけや」

――勇者《ブレイバー》：魔法・スペルバインド。

瞬間、中空に現れた数十本の光の糸が、龍の身体に絡みついた。

襲い掛かってくる場所が分かっているのならばと、罠を仕掛けておいたのである。

もっとも、本来ならばそれなりに強力な拘束なのだが、アレ相手ではどうせ数秒が限度といったところだろう。

しかしそれで十分であった。

左腕へと魔力を溜めながら、地面に着地するのと同時に地を蹴る。

一瞬で龍との距離を詰めると、そのまま左腕を突き出し――

――勇者《ブレイバー》：魔法。


その時であった。

龍が拘束を引きちぎったかと思えば、その口を大きく開いたのである。

「なっ――」

予想よりも遥かに早かったことに、一瞬反応が遅れた。

そして当然のように、その隙をそれが見逃すはずがない。

瞬間、激痛が走った。

「っ……！」

全身が飲まれることは避けたものの、閉じられた口にがっちり左腕が食い込んでいた。

焼けるような痛みが左腕から伝わり――思わず、口の端を吊り上げる。

「拘束が速攻で破られた時はさすがに驚いたが……ありがとうな。狙い通りの動きをしてくれて、よ！」

――勇者《ブレイバー》：魔法・サンダーブレイク。

瞬間、口の中に魔法を叩きこんだ。
アキラの目には見えないが、口の中では雷が暴れ回っているはずである。
どれだけ身体の外側が硬くとも、口の中まではそうではあるまい。

『――っ⁉』

その予測は正しかったのか、口の中を焼かれているだろう龍が身体を一瞬跳ねさせた。
だが、効果はあっても、致命傷には程遠いだろう。
何より、予想はしていたが、意識がないことで痛みもろくに感じていないらしい。
先ほどの反応も、あくまでも反射的な身体の反応でしかないのだろう。
つまりは、痛みで動きが鈍るとかいったことを期待することは出来ないというわけだ。
とはいえ、そこまで予想していたのだから、問題はなかった。
そもそも狙っていたのが、この一瞬なのだ。
この一瞬を、ここまで近寄りながら、相手の動きが止まるその時だけを、狙っていた。
未だに痛みを訴えかけてくる左腕を無視し、その下……龍の喉のあたりを見つめる。
狙っていた時が今ならば、狙っていた場所はそこだ。
そこにある、一ヵ所だけ逆さに生えた鱗へと狙いを定め――

――勇者《ブレイバー》：オーバードライブ。

――勇者《ブレイバー》：滅魔の蒼電。

――勇者《ブレイバー》：轟雷一閃。


蒼い雷を纏った聖剣を、全力でぶち込んだ。

『――――――っ⁉⁉⁉』

確かな手応えが腕に返り、初めての感触にようやく届いたという実感を得た。

もっとも、あの頃であれば、ここまでやっても届かない……いや、そもそもこの状況までもっていくこと自体が出来なかっただろうが――

「――ごっ⁉」

瞬間襲い掛かってきた衝撃と痛みに、息が詰まった。

聖剣を手放さずに済んだのは、ほとんど偶然と言っていい。

そして自然と視線が下がったことで、何が起こったのかを理解した。

逆鱗を貫かれながらも、尻尾を叩きこんできたのである。

「っ……テメエ……！」

意識を失いかけるほどの痛みが全身を襲うが、ギリギリのところで歯を食いしばり、耐える。

それは、二重の意味での意地だった。

ここまで追い込んだということと、それと、こんなやつになど負けられるかということ。

確かにコレは、巨大な力を持っている。

しかし本来ならば、この程度ではなかったはずなのだ。

性格はクソでしかなかったが、だからこそあの時のアレは勝つことへの執念があった。

だが躯《むくろ》でしかないコレに、それはない。

まるで生きているかのように動いていようとも、その虚ろな瞳が示す通り、コレはとうの昔に死んでいるのだ。

ならば、そんなモノに負ける道理など、あるわけがなかった。

「っ……いい加減……堕《お》ちやがれ……！」


――勇者《ブレイバー》：滅魔の蒼雷。

――勇者《ブレイバー》・雷光一閃。


聖剣を握る右腕に力を込め、さらに押し込んだ。

聖剣に纏わせた蒼い雷が内側から龍の身体を焼き、それでも力は緩めない。

こんなことになろうと、コレは痛みを感じてはいないのだ。

ならばこの状況からさらに攻撃を仕掛けてきたところで不思議はない。

しかしだとしてもこの手を放すつもりはないと、強く握りしめ――その瞬間、腕から伝わってくる抵抗がなくなった。

虚ろだった瞳から、完全に光が消えてなくなる。

最後の最後まで、意思の一つも見せずに……それこそが意地だとでも言うかのように。

それ以上何も起こることなく、身体から力が抜けると、そのまま龍は地面へと崩れ落ちるのであった。

「……やれやれ。何とかなった、か」

その光景を眺めた後で、アキラは安堵の息を吐き出した。

それと共に全身が痛みを訴えかけてきたが、どのみち色々な意味で限界だ。

「ったく……オレもまだまだ、だな」

そんなことをぼやきながら、それでも少しだけ口元を緩めると、アキラもまたその場に倒れ込むのであった。

真理

アキラが地面に倒れ込むのを眺めながら、アレンは息を一つ吐き出した。

随分やきもきさせられたものだが、どうやら無事撃破に成功したようだ。

その代償は小さくないだろうが、命に別状はないようだし、上等といったところだろう。

あとは――

「っ、馬鹿な、赤龍王が敗れた、だと……!?」

「いや、まだだっ、勇者の首さえ取れば……!」

「そうだ、勇者の首を手土産に、神を……!」


――剣の権能《ワールド・エンド》：百花繚乱。


騒がしい悪魔達の口を、強制的に閉じさせた。

ちなみに、殺したわけではない。

あくまで気絶させただけである。

あと残っているのは、元々ここにいた悪魔達――それに、ソフィだ。

倒れた悪魔達の中、一人佇むソフィに向けてアレンは視線を向けると、肩をすくめた。

「これでよかったかな？」

その言葉に、ソフィは驚いた様子もなく微笑んだ。

まるでこうなることが分かっていたかのような……いや、実際こうなると確信を持っていたのだろう。

自分がやったことではあるが、思わず溜息を吐き出す。

「ええ、助かりましたわ。さすが、ですの」

「素直に喜べねえ言葉ですねえ」

「上手く使われちゃった、ってわけだしね」

「否定はしませんけれど、あなた達がここにいることにわたくしもかなり驚かされましたのよ？ですから、お相子というものではありませんの？」

「いや、そうはならないんじゃないかなぁ」

と、ソフィとそんな会話を交わしていると、悪魔達から驚きの視線を向けられた。

まあ、事情が分かっていない彼らからすれば当然ではあるのだろうが……そこに敵意がなかったことから、やはりか、と思う。

アレン達に対して敵意がないというのは、まだ分かる。

だがそれでもそこに警戒はあるし、それは当然のことだろう。

しかしだというのに、ソフィに対しては敵意どころか警戒すらも向けてはいなかった。

その意味するところは一つだ。

「君は元々向こう側だった、ってことでいいんだよね？」

「それだけですと、半分正解、という感じですわね。思想としてはあちら側と同じなのですけれど、だからこそ彼ら側についた、といったところですの」

「で、内側から上手く操ろうとしてやがった、ってとこですか」

「……あなた達の様子から気付いているとは思いますけれど、よく分かりましたわね？」

「あっちの彼らは一度も君に敵意も警戒も向けなかったからね」

「あと、オメエもまたアイツには一度も警戒すら向けなかったです。それどころか、オメエがずっと意識を向けてたのは仲間のはずの悪魔達だったですし」

「……本当に、さすがですの。まあ、御覧の通り、掌握《しょうあく》しようとしたもののしきれなかったわけですけれど」

そう言うとソフィは、自嘲するように口元を歪ませながら肩をすくめた。

それから足元に倒れている悪魔達のことを眺めると、目を細める。

「わたくしの力不足もありますけれど、それ以上に彼らの情熱を……世界に対しての憎しみを甘く見ていたようですわ」

「世界に対しての憎しみ、か」

「つっても、んなもんはオメエにもあるんじゃねえですか？」

「ええ。もちろん、悪魔である以上わたくしにもそれはありますわ。そして彼らの主張にも一定の理解は示せますの。今回のことは、悪魔として憤って当然のことですもの」

「でも、彼らのやることには反対なんだ？」

「まあ暴走しそうっつーか、明らかにしてたですしね」

「仕方ありませんわ。彼らは比較的悪魔として若いですから」

そう言って苦笑を浮かべるソフィの目には、やんちゃをし過ぎた子供を見つめる大人のような雰囲気があった。

いや、下手をすると老成した、とでも言えるような雰囲気をまとっていたが、さすがにそれは黙っておく。

そのぐらいの分別はアレンも持っていた。

「若い分怒りもまた新しく、経験不足なことも相まって、自分を抑えることが出来なかったのですわ」

「はた迷惑なやつらですねえ……ちゃんと掌握しときやがれです」

「まあ、せめて自分達だけで対処してほしかったかなぁ」

「それに関しては、申し訳ございませんと言うしかありませんわね」

本気で申し訳なさそうにしているあたり、本当に予想外のことだったらしい。

そんな顔をされてはこれ以上責めるわけにはいかず、代わりとばかりに溜息を吐き出す。

「逆に言えば、そっちのやつらはちゃんと自制出来てる、ってわけですか」

「彼らは逆に、悪魔として長い月日を過ごしてきましたもの。ただそれは、自制心が強いというだけであって、決して世界に対する怒りが弱いわけではありませんわ。むしろ、月日を重ねた分だけ強まっていると言っていいでしょうね」

「君も含めて、ってことかな？」

「さて……どうでしょう？　少なくとも、今はまだ抑えていますけれど、機会が訪れれば、躊躇いなく今まで溜めてきたものが解放されることだけは確かですわ」

出来ればそんな時は来てほしくないものだ。

それが神と悪魔のみで片が付くというのならば好きにすればいいと思うが、その時には間違いなく周囲に影響が出るだろう。

それを考えれば、何もないのが一番であった。

「まあですが、それは少なくとも今ではありませんわ」

「オメエも世界が変わったことには気付いてやがるんです？」

「ええ。驚くことに、と言うべきか、やはり、と言うべきかは迷いますけれど、あなた達もそうであるようですわね」

「まあね。で、世界が変わっていることが分かっているのに、動くべきではない、って？」

「現状では色々と不明瞭すぎますもの。どうして突然こんな世界にしたのか、最低でもそれが分からなければ動きようがありませんわ。下手に行動した結果、それこそが神の利となる可能性がありますもの」

「なるほど……」

思ったよりも色々考えている、と言ってしまうとさすがに失礼だろうか。

だが悪魔だからこそ考えるべきことがあることに、アレンは素直に納得した。

「オメエの話は分かったですし、理解も出来るですが、ならちゃんと意志は統一しておきやがれってんです」

「それが出来てたならこんなことは起こらなかったわけだしね」

「いえ。むしろ、逆ですわ」

「逆、って何が……ああいや、そういうこと？」

「つまり、やっぱりアンリエット達は都合よく利用された、ってわけじゃねえですか」

「ですから、先ほども申し上げましたわ。否定はしません、と」

要するに、言っても分からないやつには力づくで分からせることにした、ということらしい。

それが手っ取り早いのは確かだろうが、ならばやはり内々で済ませてほしいものである。

「ちなみに、僕達がここにいるのは予定になかったんだよね？　なら、本来の予定ではどうするつもりだったの？」

「流れ自体はほぼ同じですわ。違いがあるとしたら、わたくしが不意を衝くはずだった、というところだけですわね」

「オメエが、ですか……まあ、それ自体を疑うつもりはねえですが、ってことは、さっきの龍が使われることも当然知ってたわけですよね？」

「ええ、当然ですわ」

「なら、アイツがアレに勝てなかったらどうするつもりだったんです？」

それは当然の疑問のように思えたが、ソフィは何だそんなことか、とでも言わんばかりの顔をした。

そして肩をすくめ――

「――そんなことあり得ませんわ。わたくし達が歴代の勇者にどれほど邪魔され続けたと思っているんですの？　この程度のことで倒せるのならば苦労はありませんわ」

自分の言葉をまるで疑ってる気配のないその姿に、アレンは思わず苦笑を浮かべた。

天敵であるというのに、あるいは、天敵であるからこそ、アキラのことを誰よりも信じているらしい。

もしかしたら、アキラ自身よりも。

そのことをアキラが知ったらどんな顔をするだろうか、などと思いつつ、地面に倒れている悪魔達へと視線を向ける。

「ところで、彼らはどうするつもり？　何となくなんだけど、この程度じゃ折れない気がするんだけど」

「しぶとそうでしたからねえ。諦めるどころか逆にやる気出しそうな気がするです」

「その想像はおそらく当たっていますわ。目が覚めれば彼らは今まで以上に激しく行動することになると思いますの。――行動できれば、の話ですけれど」

そんな言葉と共に、ソフィは冷たい目を倒れている悪魔達へと向けた。

彼らのことも理解は出来るが、それはそれとして思うところはあるらしい。

「……殺すつもりですか？」

「まさか、ですわ。確かにそれが一番後腐れがありませんけれど、結局は自分の首を絞めることにしかなりませんもの。あくまで拘束しておくだけですわ」

「それで大丈夫なの？」

「ここをどこかお忘れですの？　本来ならば気軽に行き来できる場所ではありませんのよ？　それ

に、それを理解した上で、それでも命を懸けて逃げ出す気概があるのならば、それはそれで問題ありませんわ。将来有望ということですもの」

そうは言いつつも、そんなことはないと思っているのがよく分かった。

まあアレンの見た感じでも、威勢はよくともそこまで度胸のある者はいないように見えた。

大人しくしているかは分からないが、少なくとも頭を抱えるような事態にはならないだろう。

「ともあれ、これで悪魔達も多少は落ち着くと思いますわ。一番過激だったわたくし達の行方が分からなくなれば、皆の頭も冷えるはずですもの」

「オメエの狙い通りに、ですか」

ソフィはその言葉に答えなかったものの、その口元に浮かぶ笑みを見れば聞くまでもあるまい。

やれやれと溜息を吐き出す。

「何だかんだでやりたいようにやってるなぁ」

「当然ですわ。悪魔ですもの。……もっとも、悪魔でなくとも好き放題やっている方もいるようですけれど」

そう言ってソフィが視線を向けた先では、アキラが大の字になって横たわっていた。

決して軽くはない傷を負っているだろうに、その顔にはどことなく満足げな表情が浮かんでいる。

その姿を眺めながら、確かにとアレンは頷いた。

世界がどんなになろうと……あるいは、こんな風になったからこそ、自分の好きなように、やりたいようにやっている人達がいる。

そんな人達のことを見ていて、アレンもふと思った。

考えることというのは確かに大切だ。

だが時には、ただやりたいようにやってみてもいいのかもしれない。

そんなことを思い――

「僕も――」

「――おっと。君の考えはもちろん尊重したいのだけれど、決めてしまう前に少し待ってもらえるかな？」

「――っ⁉」

不意に聞こえた声に、反射的に視線を向けた。

気配などはなかったはずだ。

空間転移をしたような様子もなく、しかし確かにその姿はそこにあった。

だが、アレンは十分驚いていたが、それよりも遥かに驚いていた人物がここにいた。

ソフィを始めとした、悪魔達だ。

「っ、嘘、ですわよね……⁉　どうしてここに……⁉」

「そのどうしてがどういう意味なのかは分からないけれど、むしろどうして分からないと思ったんだい？　キミ達ならば、迷宮がどういうものなのか、ということは大体推測出来ているだろうに。なればこそ、ここでの出来事を僕が把握出来ているのは不思議でも何でもないと思わないかい？」

その言葉にソフィ達が何も返さなかったのは、反論出来なかったのか、あるいは、他の理由か。

黙り込んでしまったソフィ達を横目に、アレンは目を細める。

一瞬見間違いかもしれないと思ったし、むしろその可能性の方が遥かに高いだろうに、どうやらそうではないようであった。

新教皇――もしくは、神。

それが、そこにいた。

「ま、そんなことよりもだね。ボクがここに来たのはそんなことを言うためにじゃないし、そもそもボクが今回用があるのはキミ達じゃないんだ」

そう言いながら顔を動かしたそれと、目が合った。

何を意味しているのかは、明白だろう。

「……僕、ですか？」

「うん。キミにちょっと言い忘れていたことがあったというか、まあ、これを伝えておかないとフェアじゃないと思ってね」

「何を……？」

困惑と共にその姿を見つめるが、何を考えているのかまるで分からない。

少なくとも、ふざけているわけではないということだけは分かるが……。

「残念ながら、ボクにはキミが何を考えているのかは分からない。キミが何を選ぶつもりなのかもね。でもだからこそ、これだけ伝えておこうと思うんだ」

そして、何を考えているのか分からない、そのままの様子で――

「――この世界を否定したら、リーズちゃんは死ぬ。それだけは、覚えておいてほしい」

そんなことを告げてきたのであった。

勇者と新世界

出来損ないと呼ばれた
元英雄は、
実家から
追放されたので
好き勝手に
生きる
ことにした

夢を見ているかもしれないと思うことがなかったのは、単にそんなことは考えたこともないからだ。

いや、あるいはこの世界に来たばかりであれば分からなかったが、さすがに今もそんなことを考えるほど恥知らずではない。

だから最初に思ったのは、何を企んでいるのか、というものであった。

「――勇者様、ねえ」

先ほど自分にかけられた言葉を思い返し、アキラは呟いた。

見知らぬ誰かからそう呼ばれること自体は、正直なところ慣れている。

誰がどうやって広めているのかは知らないが、どうやら自分の顔と名前はそれなりに知られているらしく、訪れる先々で何らかの事情を抱えた者から話しかけられることがあるからだ。

それどころか、見知らぬ者から憧れの目を向けられたり、初めて訪れる場所で歓迎されるようなこともある。

だがその大半のことを、アキラは疑問に思ったことはない。

勇者として、そのぐらいのことをしてきた自負があるからだ。

しかし同時に、だからこそ全てを無条件に受け入れたわけではなく、疑問に思ったこともあった。

自分のしてきたことを考えると、明らかに過剰なほどの歓待を受けたことなどがあったのだ。

そしてそういったものは全て、例外なく悪魔による企みであった。

そのことを考えれば――

「さっきのもそうだと考えるべき、なんだがなぁ……」

歓待こそなかったものの、アキラに向けられた視線と言葉は、明らかに過剰なものであった。

――勇者様のおかげで今があります、勇者様をお目にかかれて光栄の至りであります。

勇者様勇者様勇者様、とまるで世界でも救ったかのような扱いだったのだ。

あるいは、自分が実際に助けた村などであったら、そんな扱いをされるのも納得ではある。

しかし自分が今いるのは、王都だ。

人が多い分自分と関わった者が多くいても不思議ではないが、それが行き交う者全てとなれば、それは異常以外の何物でもあるまい。

とはいえ、もしもこれが悪魔の仕業だというのならば、王都が悪魔の手に落ちているということになるが……。

「にしては、別に嫌な予感とかはしねえんだよなぁ……」

だが同時に、完全に否定も出来ないのは、そもそも何故自分が今王都にいるのかが分からないからだ。

記憶にある限りでは、アキラは王都とはまったく異なる場所にいたはずなのだが、気が付いたら王都の街中を歩いていたのである。

それを考えれば、むしろ悪魔が何かをしたと考えるのが当然だが、それにしては意図がまるで分からない。

嫌な視線や気配を感じることはなく、殺意どころか悪意すらも今のところ感じることはなかった。

今のところ起こっているのは、アキラを無駄に持ち上げるということだけであり、しかしまさかそれで油断を誘えると考えるほど悪魔達も馬鹿ではあるまい。

「……ま、今のとこは考えたって無駄、か」

考えるにしても、材料がまるで足りていないのだ。

とりあえずは警戒を絶やさず、いつ何が起こってもいいような心構えをしておくしかないだろう。

「っと、ここは……教会、か？」

そんなことを考えながら、状況の把握を兼ねて適当にぶらついていると、ふと一軒の古びた建物が目についた。

周囲と比べると浮いてすら見えるそれは、間違いなく教会だろう。

王都には大きな教会があるが、何せ王都はそれなりに広い。

全ての者が定期的に通うには不便ということで、王都には小さな教会が点在しているのだ。

おそらくはこれもその一つなのだろう。

しかも都合のいいことに人の気配は感じられない。

少し考え、すぐに決めた。

「よし……ちと邪魔させてもらうぜ？」

まさか教会に悪魔の罠があったりはしないだろう。

状況が分からずずっと気を張っていたこともあって、多少の疲れを感じていた。

ここで少しだけ休ませてもらうとしよう。

「へえ……思ったよりもしっかりしてやがんな」

普段から人が出入りしている上に、手入れもしっかりされているのだろう。

外から見た時は随分趣のある様子に思えたが、中は特に古臭くもなければ汚れたりもしていなかった。

程よく使い込まれた椅子などは、座ってみると思った以上にしっくりくる。

思わず、深い息が漏れた。

「――ふむ。教会で休息をとる勇者、か。うん、いいんじゃないかな。実に絵になる姿だよね」

「――っ⁉」

瞬間、その場から飛び退いた。

油断などはまったくしていなかったはずだ。

中に誰もいなかったのは確認したし、誰かが入ってきた気配もなかった。

だというのに、それは当たり前のような顔で、直前まで自分が座っていた椅子の真横に座っていた。

「おや……どうしたんだい、そんなに慌てて？　休息中はしっかり身体を休めた方がいいよ？　ただでさえキミは大変な身の上なのだからね」

とぼけたような様子でそんな言葉を口にするそれを、アキラは射殺さんばかりに睨みつけた。

しかし何の反応も見せないことに、舌打ちを漏らす。

それが何者であるのかは分からない。

だが少なくとも、通りすがりの一般人ということはあるまい。

無論、可能性として高いのはやはり悪魔だが――

「……いや。この感覚……まさか……？」

「おや、気付いたかな？　ふむ、何も言わずに気付くなんて、さすがと言うべきだね。うんうん、ボクとしても鼻が高いというものさ」

その姿に見覚えはない。

その声に聞き覚えもない。

しかし、その気配に、アキラは覚えがあった。

この世界に来てから……いや、その前から。

ある意味自分の次に身近に感じていたものに、それはよく似ていた。

「うーん……でも、気付いてくれた割に、警戒は解いていないようだけれど……さすがにボクの前では警戒を解いてもいいんじゃないかな？」

「……馬鹿言いやがれ。気付いたからこそ、解けねえんだろうが」

不可解な状況に、ある意味で悪魔以上に不可解な存在。

その両者が揃っていて無関係だと考えるほど、アキラは能天気ではなかった。

「ふむ……キミが何を警戒しているのかは何となく分かるけれど、ボクにキミを害す意思はないよ？」

「ふん……人のことをよく分かんねえ状況に突然放り込んでおきながらよく言えたもんだぜ」

「うーん……そう言われてしまうと何も言えなくなっちゃうかなぁ。でも、一つだけキミの勘違いを正しておこう」

「あ？　勘違いだ？」

「うん。キミからすれば、今の状況は訳が分からないかもしれない。突然自分のことが持ち上げられて戸惑うのも当然ではある。だけど、そうじゃないんだ。むしろ、今までの方がおかしかったのさ。キミは本来、このぐらい称えられるべきなんだからね」

正直なところ、何を言っているのかは分からなかった。

だが、本気で言っているのだと言うことは分かる。

加えて言うのならば、おそらくそれが本当のことなのだろうということも。

とはいえ、だからといって納得出来るかどうかは、別の話であるが。

「ふーむ……納得がいっていない、って顔だね？」

「……当たり前だろうが」

「それもそっか。だけど、ボクとしては是非とも納得して欲しいんだけど……まあ、言葉でいくら言っても分かるものじゃないよね」

その言葉には何も答えず、ただ肩をすくめる。

当然であった。

「うーん……となれば、そうだね……なら、キミにはちょっと依頼をしようかな」

「依頼だ……？」

「いわゆるお使いクエストってやつさ。それをこなしていくことで、きっとキミにも色々なものが見えてくるだろうからね。今がどんな状況にあって、キミがどんな状況にあるのか。キミが何をすべきなのか、ってことも、ね」

「何をすべきか、ねえ……」

「まあ、そんなことを言われてもすぐには信じられないだろうけど、すぐに分かるはずさ。キミには本当に色々なところに行ってもらうつもりだから。かの迷宮都市とかにも、ね」

「迷宮都市、か……」

アキラも話に聞いたことはあるし、いつか行ってみたいと思っていた場所ではあるが、果たして行ってみたところで、何か変わるのだろうか。

少なくとも今の時点では、とてもそうは思えないが……まあ、一理あるのも事実ではあった。

現状を理解するには、確かに結局のところ色々と見て回ることが一番だろう。

言葉をいくら重ねられたところで何も納得できないだろうということは、自分が一番よく理解していた。

「さて、でもその前に、もう一度言っておこう。誤解して欲しくないのだけれど、今の状況は決してボクが私欲で引き起こしたということじゃあない。むしろこれこそが世界のあるべき姿……この世界が辿るべきだった、正史なのさ。キミが世界を救った後の、ね。その事実を念頭に置いた上で、キミには考えて欲しいんだ。ボク達は決して、キミ達を不幸にしたくてここに喚んだわけじゃないんだから」

正直なところ、言いたいことは山ほどある。

だが、一先ずは様子見をすることに決めた。

直接言葉を交わすのはこれが初めてだが、これでもそれなりの時間付き合いがあるのだ。

だから嘘は言っていないことは分かるし、言っていないこともあるのだということも分かる。

ゆえに、まずは様子見なのだ。

とりあえずは、何をするつもりなのかを見極める。

どう動くのかを決めるのは、それからだ。

それに、どうせアイツらもこの状況を黙って見てはいないだろう。

きっといつかどこかで関わることになる。

そんな予感があった。

おそらくは、その時に自分がどう動くのか決まるだろうということも。

「さて……どうなりやがんだかなぁ」

そんな言葉を口の中で呟きながら、この先にあることを考えつつ、アキラは肩をすくめるのであった。

あとがき

こんにちは、紅月シンです。

前巻から引き続き、あるいは今回からという方も、本書を手に取ってくださりまことにありがとうございました。

好き放題書いているだけの本作がついに7巻まできました。

しかもアニメ化までしていただけることとなり、この巻が出るころにはまさに放送中かと思われます。

正直自分はアニメに関してはそれほどのことはしていないと思うのですが、関係者の皆様のおかげで素晴らしいアニメになっています。

自分が言うのもおこがましくはあるのですが、楽しんでいただけましたら幸いです。

また、シリーズ累計は大台が見えてきています。

これも全て皆様が応援してくださるおかげです。

本当にありがとうございました。

さらには、ジュニア文庫も順調に続刊出来ており、コミックの9巻も来月発売となっております。

よろしければこちらも是非手に取って頂けますとありがたいです。

特にコミックの方は、烏間ル先生に相変わらずとても丁寧に且ついい感じにコミカライズ化していただけておりますので、まだ読んだことがないという方も、是非手に取っていただけましたら幸いです。

そして今回もまた様々な方のお世話になりました。

編集のＦ様、今回もまた色々とお世話になりました。

いつもありがとうございます。

イラストレーターのちょこ庵様、いつも通りの素敵なイラストありがとうございました。

正直ここまでこれた功績の半分ぐらいはちょこ庵様のイラストのおかげだと思っています。

あ、ちなみに残りの半分は烏間ル先生です。

ともあれ今回も本当にありがとうございました。

校正や営業、デザイナーなど、本作の出版に関わってくださった全ての皆様、今回もお世話になりました。

いつも本当にありがとうございます。

そして何よりも、いつも応援してくださっている皆様と、この本を手に取り、お買い上げくださった皆様に。

心の底から感謝いたします。

それでは、またお会い出来る事を祈りつつ、失礼いたします。

出来損ないと
呼ばれた元英雄は、
実家から追放されたので
好き勝手に生きることにした
THE BANISHED FORMER HERO LIVES AS HE PLEASES
テレ東・BSテレ東・AT-Xほかにて
TVアニメ絶賛放送中!

アニメ化決定!!!
没落予定の貴族だけど、
暇だったから魔法を極めてみた
©三木なずな・TOブックス／没落貴族製作委員会

涼を襲うならず者は
教皇本人!?

出来損ないと呼ばれた元英雄は、
実家から追放されたので好き勝手に生きることにした7

2024年6月1日　第1刷発行

著　者　紅月シン

発行者　本田武市

発行所　TOブックス
〒150-0002
東京都渋谷区渋谷三丁目1番1号　PMO渋谷Ⅱ　11階
TEL 0120-933-772（営業フリーダイヤル）
FAX 050-3156-0508

印刷・製本　中央精版印刷株式会社

ISBN978-4-86794-183-6